ペルシア文芸思潮

増補新版

黒柳恒男

東京外国語大学出版会

増補新版にあたって

本書は、一九七七年に近藤出版社から「世界史研究双書」第二十三巻として刊行された黒柳恒男著『ペルシア文芸思潮』に、新たな補注と文献案内、あとがきにかえて、索引を付して増補新版として復刊したものである。

日本におけるペルシア語・ペルシア文学の研究・教育の歴史は、黒柳恒男の名前抜きに語られることは不可能であろう。東京外国語大学のインド・パーキスターン語学科、後に自ら設立に尽力したペルシア語学科で教鞭をとった著者が残した業績は、大小各種のペルシア語辞典、ペルシア語教本や読本・対訳本、ペルシア文学作品の翻訳など多岐にわたる。これらは将来外交や行政やビジネスの世界に飛び立っていく学生たちに必須の知識を教えるという必要性から生み出されたもので、実際に今日も日本のペルシア語教育の現場で使われている。日イラン関係を縁の下で支える国民的財産といってもよいだろう。

本書『ペルシア文芸思潮』もまた、学生やこれからイランについて学ぶ人が、イランの人々の精神文化の中心にあるペルシア文学について知るための必携書である。イスラーム期以降、現代（イラン革命の前）までの千年以上にわたる近世ペルシア語文学の流れを、詩の翻訳をふんだんに挿入しながら、一般読者にも読みやすい形でコンパクトな一冊にまとめた本書の意義は高く、他に類書がないにもかかわらず、出版社の廃業により長らく入手困難となっていた。書店や図書館で気軽に手にとって読むことのできるペルシア文学史の存在が、ペルシア文学研究の裾野を広げるための第一歩であるとの考えから、本書の復刊は企画された。

復刊にあたって、本書刊行以降の新しい情報をどのように反映させるかについては、企画段階で様々な案があった。しかし、現在の視点から本文に手を加えることで、著者の意図や工夫を損なう結果や、新たな間違いを生むことにもなりかねない。編者による検討を重ねた結果、一九七七年版（以下、旧版）刊行以降のペルシア文学研究の動向については巻末の文献案内で補完することとし、本文には極力手を加えず、明らかな誤植や、必ずしも著者が意図したと思われない誤表記・思い違いと思われるもののみ修正を行い、必要に応じて最低限の注を記すにとどめた。本文中の〔　〕内は編者による補注である。それ以外の（　）による補記及び注は旧版のものである。

以下、新版で初めて本書の記述に触れる読者のために、修正した点、しなかった点について若干の説明を付しておきたい。

固有人名や地名の片仮名表記には、「メシェッド」〔マシュハド〕、「サイイッド」〔サイイド、セイイェド〕等、今日の標準的な表記とは異なるものが多いが、預言者の「マホメット」とその他の人名の「ムハンマド」に使い分けをするなど、片仮名表記にも当時なりの著者の工夫が込められていると考え、敢えてそのまま残した。ただし、「予言者」と「預言者」のように表記の揺れが認められるものについては、編者の判断で統一した。こうした最低限の表記の訂正を行うにあたっては、『ペルシアの詩人たち』(東京新聞出版局、一九八〇年)など、著者が旧版以後に発表した著作で用いている表記を参考にした。

年号表記に関して、旧版は人物の生没年や王朝の成立・滅亡年を西暦で表示しているが、ヒジュラ暦から換算した場合、ヒジュラ暦の一年が西暦の複数年にまたがるのが普通である。本書のように西暦を単一年で示す場合、実際とは一、二年ずれている場合がある。また、新資料の追加や研究の進展により、今日では本書と異なる年代が採用されている例も少なくない。しかしこれらの年代表記は本文の記述と連動するものと考え、新版でも基本的に旧版のものを採用した。

旧版の復刊とはいえ、新版には、今日の読者が新しい情報にアクセスするための一助となるよう、旧版刊行以降のペルシア文学史研究と日本における翻訳の概要について解説した文献案内と、新たな方針で作り直した索引を収録した。詳しくはそれぞれの説明を参照されたいが、新版の付加価値として特記しておきたい。また、新版では図版も新たなものに変えている。旧版と同じ写真が入手できなかったものもあるが、できるかぎり近いものを選んだ。一九七七年当時のペルシア文学研究の雰囲気を味わいつつ、新たに増補した索引や文献案内をたよりに、新しい知見の探究へと歩を進めていただければ、著者の衣鉢を継ぐつもりで本書の復刊を企てた編者一同としてこれ以上望むものはない。

新版の作成にあたって、多くの方々のご協力を賜った。本書のあとがきにかえてをお書き下さった佐々木あや乃東京外国語大学教授には本書中の訳詩を検討するための読書会を開催していただいた。古典詩に精通した佐々木教授のご協力なくして、本書の企画は成り立たなかったであろう。ここにすべての方の名前を挙げることはできないが、本書の復刊企画が実現にいたるまで、多くの方からの助言や協力を得た。この場を借りてお礼を申し上げる。

徳原靖浩・中村菜穂

はしがき

イラン人がその伝統文化の中で最も強い愛着を抱き、民族の文化遺産として誇りを感じているのはペルシア文学であると言われ、イラン人ほど古典詩を愛好し、現在日常生活に生かしている国民は他にあまり例をみないであろう。イラン文化の主柱は文学と芸術であると言うも過言ではなかろう。それ故、西欧の東洋学者たちは前世紀〔十九世紀〕以来、この文学の高い価値を認め、精力的な研究を続けて多くの優れた成果を刊行してきた。

二千五百有余年の歴史を有するイランの文学は歴史的に七世紀半ばを境としてイスラーム期前の文学、すなわち古代ペルシア語、中世ペルシア語による文学と、イスラーム期の文学、すなわち近世ペルシア語による文学とに分けられ、今日ペルシア文学といえば一般にイスラーム期の文学を指し、本書もイスラーム期ペルシア文学の流れをたどった文学史である。

わが国におけるペルシア文学の研究・紹介は西欧のそれに較べて極めて後れており、一般の人々にはペルシア文学の存在さえも知られていないのが実状であろう。しかしわが国でもこの分野の研究が皆無であったわけではない。荒木茂氏は大正十一年に『ペルシヤ文学史考』(岩波書店)を刊行し、わが国において初めて古代から近世ペルシア語に至る文学史を取扱い、先覚者として注目に値する業績を残した。しかしこれ以降長い空白の期間が続き、学術誌に発表された論文を除くと、イスラーム期前の文学としては荒木氏の作品から半世紀以上を経た昭和四十九年に伊藤義教氏による学術的な名著『古代ペルシア』（岩波書店）が刊行された。イスラーム期ペルシア文学の分野では、筆者の恩師である蒲生礼一氏の優れた業績がある。同氏は多年にわたってイランの文化、歴史、文学の研究に専念され、昭和十六年『イランの歴史と文化』（博文館）において本格的にペルシア文学を論じたのをはじめとして、『ペルシアの詩人』（昭和三十九年、紀伊國屋書店）、サアディー著『薔薇園』（昭和三十九年、平凡社）等を刊行し、わが国におけるペルシア文学の真の開拓者として活躍された。なお沢英三氏および八木亀太郎氏の注目すべき論文や訳書もある。

筆者は恩師の御指導によりこの分野を専攻し、さらに約二十年前テヘラン大学文学部に留学してイラン人諸学者と接して以来、今日までペルシア文学に関していくつかの論文を書き、数点の古典文学作品を訳し、かなり詳しい解説を付して刊行した。本書はこれらに主として基づき、ペルシア文学史全般の流れを考慮しつつ執筆したものである。筆者は以前『世界文学大系、アラビア・ペルシア集』（昭和三十九年、筑摩書房）の巻末で、「近世ペルシア文学史」と題し、十五世紀末に至る文学史を簡単に執筆したが、本書においてはこれを内容的にさらに拡大・充実し、現代文学までを含めた。筆者の知る限りでは、この小著はこの種の作品としてわが国では最初のものである。ペルシア文学研究は近年イランや西欧において従来以上に進み、多くの注目すべき研究書が刊行されたので、筆者はできる限り新しい学説を本書に採り入れるように努めた。しかし本書は専門家を対象とする学術書ではなく、あくまでも一般読者を対象としたペルシア文学史であるから詳述を避けた。なお、今後この文学に興味を抱き、研究されようとする方々のために、イランや西欧で出版された主要な研究書や訳書をあげるように心掛けた。

このささやかな書物がイランの文化やペルシア文学に関心を抱く方々に少しでも役立てば筆者にとって大きな喜びである。

最後に本書の出版を快諾して下さった近藤出版社、社長近藤安太郎氏に心から感謝を捧げたい。

一九七七年四月

黒柳恒男

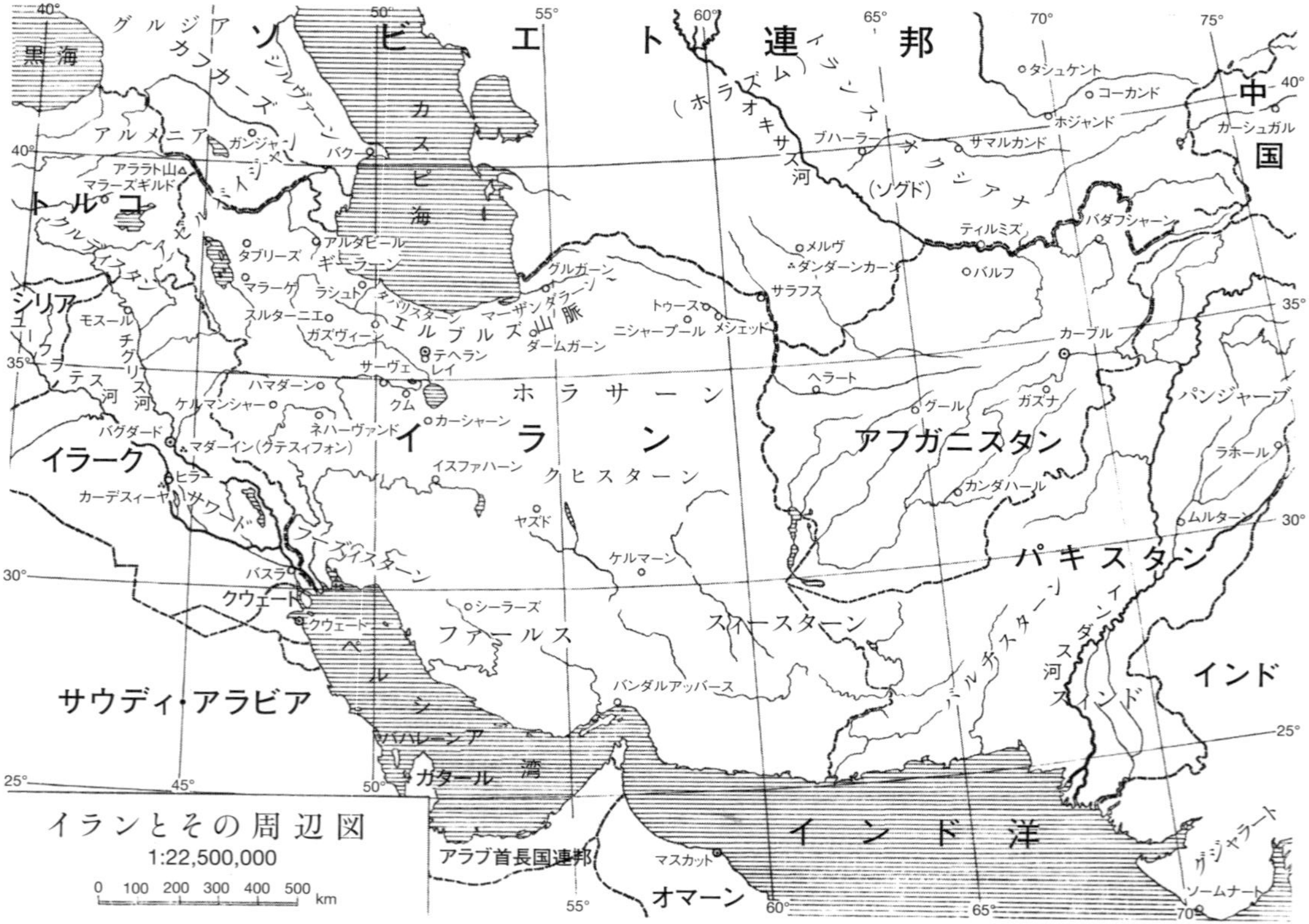

イランとその周辺図

(旧版付録より)

目次

凡例

一、本文中イランとある場合は国、民族関係、ペルシアとある場合は言語、文学、文化関係に用いた。

一、原音表記は原則として伝統的な表記によった。すなわち、短母音ア（a）、イ（i）、ウ（u）、二重母音アイ（ai）、アウ（au）で表記したので、現代ペルシア語音には短母音ア（a）、エ（e）、オ（o）、二重母音エイ（ei）、オウ（ou）とすれば容易に転化できる。例えば、ハーフィズ→ハーフェズ、ウンスリー→オンソリー、ダウラト・シャー→ドウラト・シャー。

一、エザーフェは独立して表記せず、前の子音と結合して表記した。例えば、ナースィル・エ・ホスロー→ナースィレ・ホスロー、シャムス・エ・タブリーズ詩集→シャムセ・タブリーズ詩集。

一、一部の地名については慣用により表記した。例えば、ホラーサーン→ホラサーン、ニーシャープール→ニシャープール。

ペルシア文芸思潮

一　ペルシア文芸復興

1　沈黙の二世紀

イスラーム正統第二代カリフ、ウマルの治世六三六年秋、イランの民族王朝ササーン朝はイラクのカーデスィーヤの戦でアラブ軍に敗れてイラクへの支配権を失い、次いで首都クテスィフォン（マダーイン）を占領された同朝最後の皇帝ヤズドギルド三世は本土のイラン高原に逃がれ、頽勢を挽回すべく各地から兵力を動員して、六四二年イラン西部の都市ハマダーンの南方ネハーヴァンドの地で王朝の命運を賭けた最後の決戦を挑んだが、三日間の激戦の末ササーン軍は壊滅し、アラブ軍は「勝利のなかの勝利」をかちとり、かくてイラン全域征服への道を開いた。この敗北の結果、三世紀前半以来西アジアの雄として君臨してきたササーン朝は事実上崩壊した。その後、アラブ軍は各地で小規模ながら激しい抵抗運動を撃破しつつ進撃を続け、約十年かかってイランの殆ど全域を手中に収めた。この間、ヤズドギルド三世はアラブ軍の追撃を避けて各地に転々と逃がれたが、六五一年メルヴの地であえない最期を遂げてササーン朝は名実ともに滅亡し、かくしてイランは完全にアラブの占領・支配下に置かれ、政治・民族の独立は失われた。アラブのイラン直接支配は二世紀間の長きにわたって続いたので、この期間をイランのある歴史学者は「沈黙の二世紀」と名づけた。

アラブの占領・支配が強化・拡大されるにつれて、西アジアの他のアラブ征服地域で行われたと同じように、アラブはアラビア半島から続々とイランの主要都市、ハマダーン、イスファハーン、カーシャーン、レイ、カズヴィーン、クム等に移住・定着し、彼らの移住はその後イラン東部ホラサーン地方へと拡がり、ウマイヤ朝初期六七二年に約五万のアラブ戦士が家族とともに同地方に移住したという。しかし彼らは必ずしもイラン人から歓迎されたわけではなく、時としては悪魔の到来として憎悪の目で見られ、アラブが礼拝に集まると住民は大声をあげて嘲笑し、時には彼らの住居に汚物や石を投げこんだこともあったと『クム史』には述べられている。

それ故、イラン人のイスラーム化もきわめて漸次的、緩慢であった。これは一方では支配者アラブが被征服民への経済的搾取に示したほどの熱意を布教・改宗に示さなかったことに起因するところが大であるが、他方ではイラン人の異民族宗教への嫌悪・違和感が大きく作用していた。換言すれば、ササーン朝以来の伝統的民族宗教ゾロアスター教と固有の文化への執着と愛着であった。イラン人のイスラームへの改宗は支配者層の強制によるのではなく、全般的に自らの意志によってなされたことは諸学者の指摘の通りで、それは経済的、社会的要因による。イラン人はアラブの征服後、三世紀間の長年月のうちに次第々々にイスラーム化し、十世紀になってはじめてイラン全域がイスラーム化したと言われている。しかし征服後、早い時期に信仰のためというよりむしろ宗教を利用して征服・支配者層との同化を示し自己の立場を有利にするために改宗した者が相当数いたことも事実である。二世紀にわたるイラン人の政治的沈黙は九世紀前半、アッバース朝第七代カリフ、マームーンの治世に破られた。第六代カリフ、アミーンとの抗争・打倒に顕著な働きをしたイラン系将軍ターヒル・ビン・フサインは八二一年ホラサーン地方の太守に任命され、赴任後ほどなくして独立を宣した。彼が樹立したターヒル朝（八二一―七三）は二世紀間のアラブ支配後、イランに最初に創設された民族王朝としてイラン人は歴史的に高く評価しているが、今日西欧イスラーム学者たちは一般に同朝を完全な独立王朝と見做《みな》さず、カリフに忠誠を誓う半独立王朝、もしくはホラサーン地方の世襲太守一門との見解を採っている。第三代アブドッラーの治世（八二八―四五）に最盛期を迎えた同朝の文化はアラブ的であったが、当時都ニシャープールにはペルシア詩人が現れた。同朝の支配者たちは公的にはアラビア語を用いたが、私生活においてはペルシア語を使い、古来からのペルシア英雄譚を楽しんだと思われる。同朝の政治史における位置は取るに足らないが、イラン文化史の立場からみると、同朝の出現はペルシア文芸復興を促す一因になったとも考えられよう。

イラン東南部スィースタン地方で銅鍛冶《サッファール》から身を起したヤークーブ・ビン・ライスが八六七年ヘラートとプーシャングをターヒル朝から奪取して創設したサッファール朝（八六七―九〇三）はターヒル

朝と異なり、カリフに隷属しないイラン系民族王朝であった。彼は八七三年にターヒル朝を滅ぼし、イラン東部、南部を支配下に収めてからイラクに侵入し、バグダードの南に迫ったが、八七九年カリフ軍に敗れてまもなく病没し、弟アムルがその後を継いだ。彼はオキサス河以北地域への支配を求めて拡大政策を採ったため、すでに同地域の雄であったサーマーン朝と対立し、九〇〇年バルフ近郊における激戦の末敗北を喫し、彼は捕虜として後に処刑された。同朝がイラン東部で覇権を握ったのはヤークーブとアムルの治世のみであり、それ以降は名目的存在に過ぎなかった。勢力拡大のため遠征・戦闘に終始した民衆出身の創設者と弟は明確な文化政策を採る暇も見識もなかったが、後述するように、その宮廷はペルシア文学と関係を有していた。

ターヒル朝、サッファール朝に次いで登場したサーマーン朝（八七四―九九九）こそペルシア文芸復興に非常な貢献をした王朝であった。同朝の血統については必ずしも明らかでないが、通説では同朝はササーン朝貴族バフラーム・チュービーンの後裔を称《とな》えていた。同朝の始祖サーマーンはバルフ（サマルカンド、ブハーラーの説もある）近郊の地主で八世紀前半にイスラームに改宗したという。四人の孫が八一九年頃叛乱鎮圧で功績を樹て、ホラサーン、中央アジアの主要都市の太守にそれぞれ任ぜられて以来、サーマーン家は次第に同地方で権力を握り、四人兄弟のうちアフマド一門が同家の主流になり、彼の長子ナスルは八七四年にカリフから中央アジアの支配権を認められてサマルカンドを拠点に王朝を創設したが、ブハーラーの叛徒を鎮圧した弟イスマーイールが兄と対立して実

イスマーイール廟（ブハーラー）

権を握り、兄亡き後第二代の王になり、同朝の事実上の創設者と見做されている。即位後彼は勢力拡大に努め、サッファール朝のアムルを倒して名実ともに広大な地域を領有する覇者となり、都をブハーラーに定め、行政・統治機構を整え同朝百年の基礎を確立した。第四代の王ナスル二世（在位九一四－四三）は二人の名宰相ジャイハーニーとアブル・ファズル・バルアミーに輔佐され、ペルシア文化の保護・奨励に努めたので、同朝は政治的にも文化的にも最盛期を迎え、都ブハーラーは東方イスラーム世界における文化の一大中心地になった。サアーリビー（一〇三八没）はアラビア語の詞華集『時代の無比の真珠《ヤティーマトッ・ダハル》』において当時のブハーラーを評して「ブハーラーはサーマーン朝統治下において栄光の焦点、王国のカアバ、当代一流知識人の集合場所、世界の文芸の星の上昇場、時代の大学者たちの市場」と述べている。当時の知識人は行政機構を司った書記、宗教学者、文学者、詩人の四つの階層から成っていた。同朝宮廷で宗教、外交の用語にはアラビア語が用いられたが、行政公用語にペルシア語が使われ、これがペルシア文芸復興を促す大きな要因になった。

　文芸復興とはいえ、それはイスラーム期前の古代ペルシア文化の復活、再生そのものを意味するのではなくて、七世紀以来イスラーム圏全域にわたって独占的な地位を保ってきたアラビア語支配を脱して、ペルシア語によるイスラーム的ペルシア文芸の復興を意味し、その性格はペルシア伝統文化とイスラーム文化との融合・折衷であり、後者の要素が前者に比して大きな割合を占めていた。このことはアラブの征服・支配によってイラン人の政治的独立は失われたが、ペルシア文化は消え去ることなく、二世紀有余の歳月を経るうちにイスラームの枠内においてその文化の影響を受けながら自らの軌道を修正しつつ再生・復活したことであり、イスラーム文化の統合部分としてペルシア的要素が受け入れられたことを意味する。これをイスラーム文化史の大きな流れからみれば、同文化の変容、発展、拡大であり、イラン人のイスラーム文化への大きな貢献の一つと見做されている。

サーマーン朝がなぜ民族的な文化政策を採ったかについてはさまざまな説があり、一般に同朝の都や支配地域がアラビア語文化の中心であるバグダードから遠く離れていたためという地理的理由が挙げられているが、それも一因とはいえ不十分である。なぜなら当時アラビア語とその文化はすでに中央アジアにまで深く浸透し栄えていたからである。地理的理由よりもむしろサーマーン朝の性格に起因するところが大きいといえよう。同朝の諸王はペルシア名門出身を強く意識し、積極的に古来の伝統保持の政策に努め、この政策を強く支持したのが、同朝支配体制で大きな役割を果した地主階級《ディフカーン》であった。彼らはアラブ支配下においてもアラブ文化の影響をあまり受けることなく、民族固有の文化的伝統の維持に努めてきた階層で、サーマーン朝の興隆にササーン朝の栄光の再現を見出した彼らは支配者と一体になって民族文化の推進に非常な熱意を示したのである。さらにイラン南部ファールス州や西部地方とは異なり、サーマーン朝支配の東部地域においてはゾロアスター教徒の勢力が強く残っていなかったため、アラビア文字によるペルシア語文芸復興に大きな反対がなかったと唱える学者もいる。ともあれ、九世紀以来の民族王朝樹立は時代の大きな流れであって、この時代精神が文芸復興を助長させた最大の要因であり、またペルシア文化の継続性・強靭性《きょうじん》の現れでもあった。

サーマーン朝はナスル二世の治世を頂点として次第に下降線をたどり、十世紀後半にはトルコ系傭兵の勢力が増大し、内紛・叛乱が続き中央集権体制は崩れ、財政的に破綻《はたん》して遂に同世紀末にカラハン朝とガズニー朝に領土を奪われ滅亡したが、政治衰退期においても文化政策は保持された。同朝はイスラーム政治史の流れから見れば一地方王朝に過ぎないが、ペルシア文化史上においては文芸復興を実現させ、その果した役割は高く評価されねばならない。

尚、本書はイラン史執筆が目的ではないから、政治史については文芸思潮の時代的背景を理解するに足る程度の大きな流れを述べるに留める。政治史に興味がある方は巻末の参考文献〔文献案内〕を参照されたい。

2　ペルシア文学の黎明

ペルシア文学の発生の記述に先立ち、文学表現の媒介である言語について述べよう。さきに単にペルシア語と記したが、これはイラン言語史から言えば、アヴェスター語、古代ペルシア語、中世ペルシア語（パフラヴィー語）を経て成立した近世ペルシア語を指す。かつて近世ペルシア語はアラブ支配時代に中世ペルシア語が、変化して成立した言語であると述べられたが、近年では近世ペルシア語の母体はパフラヴィー語ではなくダリー語であると唱える学者が多い。

ササーン朝末期からアラブ支配時代にかけてのイランの言語事情を記した文献はきわめて乏しいが、最古の典拠はイブン・アン・ナディームが九八八年にアラビア語で著した『文献解題《アル・フィヒリスト》』におけるイブヌル・ムカッファ（七六〇頃没）の引用である。それによると、「イランの言語にはパフラヴィー語、ダリー語、パールスィー語、フーズィー語、スルヤーニー語がある。パフラヴィー語はファフラに関係があり、ファフラとは五つの地域、即ちイスファハーン、レイ、ハマダーン、マーハ・ネハーヴァンド、アゼルバイジャーンに適用される地域名である。ダリー語についていえば、それはマダーインの都市の言語で、王宮《バーブ》にいる者たちによって話されていた。その名称は王宮に由来し、ホラサーンや東部の住民の言語、特にバルフの住民の言語がこれを多く占めていた。ファールスィー語は僧侶や学者等によって話され、ファールス地方の住民の言語である。フーズィー語は王や貴族が私的に娯楽の場で家来たちと話した言語であり、スルヤーニー語はサワード（イラク南部）の住民が話した言語である」。

これら五つの言語の中で、スルヤーニー語はアラム語であり、フーズィー語は恐らく古代エラム語の遺物で、ともに非イラン系言語である。そこで問題になるのはパフラヴィー語、ダリー語、ファールスィー語であり、ダリー語を除く残りの二言語は今日の言語学的名称と用法を異にしている。すなわち、イブヌル・ムカッファがパフラヴィー語と述べている言語は歴史的にパルティア語に近いメディア方言であり、彼がファールスィー語と述べている言語が今日でいうパフラヴィー語を指している。そこでこれを整理すると、ササーン朝時代にはファールスィー語（パフラヴィー語）は公用語、唯一の書き言葉として行政、宗教、文学の言語であり、これと並行して日常会話にはダリー語が用いられていた。ペルシア語で宮廷を意味するダルまたはダルバールから名称が派生したダリー語はイスラーム期において話し言葉から書き言葉になり、しかもアラビア文字で表記されるようになって行政語、文学語へと発展し、これを母体に今日のペルシア語が成立した。この説は今日では西欧東洋学者やイラン人学者の多くに認められている。ペルシア語の古文献においては近世ペルシア語はダリー語、パールスィー語、パールスィーイェ・ダリー語等さまざまな名称で呼ばれていたが、今日ではペルシア語といえば近世ペルシア語を指し、原語でファールスィーといいイランの国語である。

ダリー語は元来書き言葉のパフラヴィー語と殆ど違わなかったが、後者が殆ど静的であったのに対して、話し言葉の前者は非常に変化・発達したので、ササーン朝末期には遂に両者の相違が顕著になり、話し言葉に固有の名称をつける必要が生じたというのがフランスのイラン学者G・ラザールの説である。ダリー語の言語系統についても二つの説がある。イラン人学者M・バハールは『ペルシア散文文体論』においてダリー語は元来ホラサーンやイラン東部住民の言葉で、ササーン朝末期にマダーインに伝えられたと述べている。これに対して同じイラン人学者M・ミーノヴィーはマダーインの言葉であったダリー語はヤズドギルド三世のイラン東部への逃避に随行した数千人の廷臣たちとともに東方に拡がったとの説を採っている。今日一般に、ダリー語は元来南西イラン方言で、ササーン朝末期またはイスラーム期初期にイラン東方に拡がり、東方諸言語の要素を多く採り入れたという説が強いようであるが、M・ムイーンやZ・サファーのようなイラン一流の大学者はダリー語東方言語説を採っているので、いずれとも断定しがたい。

沈黙の二世紀、すなわちアラブ支配下におけるイランの言語状態は、ササーン朝時代から受け継がれた書き言葉としてのパフラヴィー語、話し言葉としてのダリー語の他に、支配者の言語であるアラビア語が行政・宗教語として導入されて最も強い勢力を有し、やがてパフラヴィー語の地位を完全に奪い、ダリー語に甚大な影響を及ぼすようになった。これら三言語以外にも、地方語としてはホラズム語、ソグド語、トハラ語、クルド語、アーザリー語、フーズィー語等が用いられていたが、上記の三言語に較べて大きな流れの外にあるのでここでは採り上げないことにする。八世紀から九世紀にかけて、パフラヴィー語はゾロアスター教僧侶や一部の学者等ごく限られた階級の言葉に留まり、やがて消滅する運命にあった。これに対してアラビア語は支配者の公用行政語、イスラームの宗教語、文化・科学・文学語としてイラン知識人層に深く浸透し、彼らはこの異民族言語を母語同様に、いやそれ以上に自由に駆使してイスラーム文明の形成に多大の貢献をした。彼らがアラビア語を受け入れたのは、それが行政、宗教、文化語であったという理由だけではなく、多くのパフラヴィー語文献がアラビア語に翻訳されたので、難解な原典で読むよりも、翻訳書によって容易に自国の固有文化を摂取することができたからであると唱える学者もいる。

しかし当時のイラン人大半にとってはアラビア語は依然として外国語であり、彼らの言語はダリー語であった。ダリー語が書き言葉、さらに文学語へと上昇するためには文字による表現が不可欠であった。ダリー語がアラビア文字をいつごろ借用したかは明らかでなく、アラブ征服後まもない七世紀後半を唱える学者もいるが、八〜九世紀の間と見る説もあり、いずれにせよ、文献的な証拠はない。アラビア文字がなぜ採用されたかについては、アラビア語、イスラームの影響もあるが、パフラヴィー文字の難解に起因するところが大である。アラム文字で表記されたパフラヴィー文字に較べれば、アラビア文字ははるかに表記が簡単、容易で便利でもあった。アラビア文字に短母音が表記されないことも当時のイラン人にはたいした障害ではなかった。何故なら、パフラヴィー文字も同様であったから、彼らは当然のこととして受け入れたであろう。かくしてアラビア文字表記によるダリー語は時代とともに多くのアラビア語彙を借用して内容を豊かにしつつ近世ペルシア語へと発展し、今日に及んでいる。本書はこの言語による文芸思潮である。

以上でペルシア語成立の流れを終え、文学的展開に移ろう。ペルシア文学はアラビア文学と同じように韻文文学、すなわち詩で始まり、中世を通じて詩が主流を占めてきた。イスラーム期前においても、パルティア帝国、ササーン朝を通じて宮廷貴族文学、宗教文学とともに吟遊詩人《ゴーサーン》によって民衆の間に口誦の詩の伝統が保持されたことは学者に指摘されている。ペルシア詩の起源をどこに求めるかについて、学者によってさまざまな説があるが、大別すればイスラーム初期のダリー古詩と九世紀中葉のペルシア詩とに分けることができる。ダリー古詩とはアラビア語の史書、地理書やペルシア語の地方史に断片的に残っている詩である。なかでも名高いのは地方史『スィースターン史』に収められているカルクーイのゾロアスター寺院への讃歌で、ササーン朝末期またはイスラーム初期の作とされている。この他にタバリーの史書やイブン・ホルダーズビフの地理書にも三つの詩が残っており、年代的には六八〇年頃、七二六年（または七三七年）、八一五年頃の作である。タバリーの史書にはイスラーム暦一〇八年（西暦七二六年）と一一九年（西暦七三七年）の記述に二箇所においてトルコ族遠征に敗れてバルフに戻ったホラサーン太守アサドを諷刺した同地住民のダリー詩が記されている。

お前はフッタラーンから逃げて来た
顔を取り乱して逃げて来た
さまよいながら逃げ戻った

元気をなくして逃げて来た

イブン・ホルダーズビフの地理書にはサマルカンドの荒廃を嘆いたアッバース・ビン・タルハーンのダリー詩として次の詩が収められている。

サマルカンドに栄えあれ
そなたをこの状態に陥れたのはだれか
そなたはシャーシュ〔トランスオクシアナの地名〕にまさる
そなたはいつも美しくあれ

これらの素朴なダリー詩は近年学者の研究の結果見出されたもので、韻律は音節《シラブル》に基づき、後のペルシア詩のように音量に拠ったものではない。ペルシア詩が音節の原則からアラビア詩と同じように音量の原則に移ったのは九世紀半ば頃とされている。起源は断定しがたいが、ペルシア詩の黎明期が九世紀である点においては諸学者も一致している。これはすでに述べたように沈黙の長い二世紀を経てイランに初めて地方王朝が樹立された時代と一致している。アラブ支配時代においても作られていたダリー詩が次第にアラビア詩の大きな影響をうけ、その韻律を採り入れた結果、大きく変容して、成立したのがペルシア詩と見做すことができよう。十三世紀前半にペルシア詩人伝を著したアウフィーは、八〇九年カリフ登極前のマームーンがメルヴに来た時、それを歓迎してアッバース・マルヴァズィー（八一五没）がペルシア語で頌詩を作ったとしてその詩を記している。今日この詩はそのスタイルからして十世紀の作と断定され、大部分の学者はアウフィーの記述を斥けているが、碩学J・リプカは『イラン文学史』において、これを斥ける必要はないとの意見を述べている。

記録に残る最古のペルシア詩人として東西の諸学者が認めているのは、ターヒル朝時代のハンザラ・バードギースィーで、G・ラザールも『初期ペルシア詩人』を彼から始めている。一説では八三五年に没したというが、明らかではなく九世紀後半の説もある。生涯は全く不明で、作品もアウフィーの著作に一詩、ニザーミー著『四つの講話《チャハール・マカーレ》』に一詩が収められているにすぎず、後者によると、彼は詩集を有していたという。これが事実とすれば、彼は当時相当な詩人であったろう。ニザーミーによると、彼の詩にまつわる逸話として、サッファール朝に仕えてホラサーンの太守になったアフマド・フジスターニーはかつて驢馬《ろば》屋であったが、ハンザラの次の詩を読んで発奮し、遂に高い地位に達したという。

王権が獅子の顎《あご》にあるならば
行って危険を冒しそこに求めよ

栄誉、栄光、富、地位を求めるか
それとも男らしく死に直面せよ

マフムード・ヴァッラークはターヒル朝最後の王ムハンマド（在位八六二－七三）と同時代の詩人であった。同朝とペルシア詩人との関係は明らかでないが、次のサッファール朝時代になると、少し明らかになる。アラビア詩に代ってペルシア詩が同朝宮廷で擡頭した理由を示す興味深い逸話が『スィースターン史』に記されている。それによると、同朝創設者ヤークーブが八六七年ヘラートとプーシャングを征服して帰還した時、戦勝を祝って詩人たちがアラビア語で詩を作った。すると学問がなく、それを理解しなかった彼は「予が分からないものをどうして作らねばならぬのか」と言った。そこで当時書記として仕えていたムハンマド・ビン・ヴァスィーフが、「おお王《アミール》よ、世の諸王は大小とわず、わが君の奴隷、下僕、家来、犬の係、小姓にすぎぬ」で始まるペルシア詩を作ったという。『スィースターン史』には彼と同時代のペルシア詩人として、バッサーメ・クールド、ムハンマド・ビン・ムハッラドの名が挙げられている。

アウフィーはヤークーブの弟アムルの治世の詩人として、フィールーズ・マシュリキーとアブー・サリーク・グルガーニーを挙げ、断片的な数詩を引用している。

要するに、九世紀にペルシア詩人たちがかなりの作詩を行った跡は十分に認められるが、現存する作品はきわめて断片的であるため、その全貌は明らかでなく、この世紀はペルシア文芸思潮の流れからみて、黎明期・揺籃《ようらん》時代と言えよう。しかし、この時代に培われたペルシア詩の若木があればこそ、次の世紀に美しく開花したことを思えば、九世紀の詩人たちが果した役割は決して等閑視できない。

3　ペルシア詩人の父

十世紀サーマーン朝の治世下に同朝諸王のペルシア文化の保護・奨励の結果、ペルシア詩は百花繚乱《りょうらん》の時代を迎え、ペルシア文学は真にこの世紀から始まった。三世紀有余続いたアラビア語文化の独占体制の一角が崩れ、イスラーム＝アラビア語の時代が終って、いわゆる「ペルシア文芸復興」が出現したこの時代に「ブハーラー宮廷の華」と謳《うた》われ、「ペルシア詩人の父」、「詩人の帝王」の尊称で呼ばれた優れた詩人が十世紀前半におけるルーダキー（九四〇没）であった。当時サーマーン朝諸王をはじめ貴族たちもこぞって詩人たちを寵愛・保護したので、詩人の数は非常に多く、今日まで伝記等に名を留めている大小の詩人は百人以上にも達し、ペルシア宮廷詩人が名実ともに最も優遇された時代で、ペルシア文学は宮廷貴族文学として栄えた。これはペルシア古来の宮廷の伝統的風習を復活させようとした同朝の政策の表れでもあった。宮廷詩人はササーン朝以来の伝統で、同朝末期においては、宮廷詩人は王座を囲む主要な四人の中に数えられていた。この伝統が長い異民族支配を経て民族王朝サーマーン朝宮廷において真に復活した。宮廷文学として頌詩が主流を占め、詩人の活動地域がイラン東北部、すなわちホラサーンとトランスオクシアナに限られ、他の地域に殆ど及んでいなかったことはこの時代の特色である。

ルーダキーは本名をアブー・アブドッラー・ジャファル・ビン・ムハンマドといい、サマルカンドの東方ルーダクという村の出身で、出身地にちなんでルーダキーと号した。生年は不明で、八六〇年から七〇年の間と推定されている。彼がブハーラー宮廷に出仕する以前の人生は分からないが、アウフィーの記述によると、彼は生来美声の持ち主で、吟遊詩人になり竪琴《たてごと》に長じ、名声が国中に広がったので、サーマーン朝ナスル二世に召されて側近の宮廷詩人になり、非常な寵愛を得て莫大な富を持ち、二百人の奴僕を有し、彼が旅に出る時には四百頭の駱駝が荷物を運んだという。かなり誇張した記述ではあるが、当時の優れた宮廷詩人の豪華な生活ぶりを如実に示している。

『四つの講話』〔第二講話 第二話〕には彼についての有名な逸話が述べられている。ナスル二世は冬は都ブハーラーで、夏はサマルカンドかホラサーンのどこかの都市で過ごしたものだった。ある年、王はヘラートに赴き、そこがすっかり気に入って都への帰還を延ばしに延ばして四年の長い歳月が過ぎた。王に従っていた貴族や家臣たちは都に残した妻子を思い望郷の念に駆られたので、ルーダキーに、「もしそなたが一計を案じて王さまをこの地から出立させてくれたら、金貨五千枚を差し上げましょう」と申し出た。王の性格をよく知っていた詩人は散文では効き目がないと分かっていたので、頌詩で説得しようと思い、王が朝酒を飲み終えた時、彼は入って自分の席につき、やがて楽師たちが楽をやめると、竪琴をとってこの詩を吟じはじめた。

思い出すはムーリヤーンの流れの芳《よ》き香り
思い焦がれるはかしこに残せし好き友
オキサス河の砂の道、いかに粗《あら》くとも
わが足には綾絹のごとくやわらか
友との再会《めぐり》を歓ぶオキサスの流れは
湧きてわれらが白馬の腰まで濡らす
おおブハーラーよ、喜べ、永遠《とわ》に栄えよ
わが君は楽しく帰る、ながもとへ
王は月にして、ブハーラーは大空
月はいま大空に現れん
王は糸杉、ブハーラーは園

　園に向かうはわが君の糸杉

詩人がここまで吟じると、王は感動のあまり王座を降りるや靴もはかずに馬に跨り、都の方に向って一気に駆けだしたという。

　富と名声を極めた彼が九三七年突如としてブハーラー宮廷から追放され失意のどん底に落ちたのは、彼の保護者でもあった宰相バルアミーの失脚と大きな関係があり、その背景は同宮廷をゆるがした宗教事件で、それは異端イスマーイール派の宮廷への浸透であった。ニザームル・ムルクの『政治の書《スィヤーサト・ナーメ》』によると、九一〇年代にエジプトのファーティマ朝はホラサーン地方に宣教員《ダーイー》を送り、次第に勢力を拡大してブハーラー宮廷まで触手をのばし、初めにナスル二世の側近、高官を改宗させ、遂に王までも改宗させた。これを激怒した正統派宗教学者《ウラマー》やトルコ系将兵は異端派の粛清を始め、王子ヌーフもこれに加担して父王を監禁したという。これに関連して宰相や詩人も追放されたと考えられている。そこでルーダキーをイスマーイール派詩人とする学者もいるが、彼は宮廷詩人として保護者との関係上、ある期間同派に傾いただけで、同派の詩人とは言いがたいというソビエトの学者ベルテルスの説が妥当である。

　アウフィーは「詩人が生来盲目であった」と述べ、中世の詩人伝にもこのことがよく述べられ、東洋学者の中には彼をホメーロスと対比した者もいたが、今日では彼は晩年に盲目にされたというのが通説である。彼の作品には目が見えたと思われることを示すいくつかの詩があり、最も決定的な根拠は彼の墓の発掘調査の結果である。一九四〇年、タジキスタンが生んだ偉大な文学者アイニーは中世の資料に拠って苦心の末遂にパンジ・ルーダク村で詩人の墓を発見し、一九五六年十一月人類学者グラシモフを長とする調査団が遺骨を掘り起して人類学、医学の見地から研究した結果、彼

ルーダキー復元像

は非常な高齢で死亡し、死亡年齢は八十歳を超していたものと推定され、さらに生来の盲目ではなく、晩年に盲目にされたことが判明した。

ルーダキーは「ペルシア詩人の父」の名にふさわしく、十世紀の代表的な詩人であったが、彼がどれほどの作詩をしたかについては中世以来いろいろな説がある。例えば彼の作詩数は百三十万句、七十万句、十三万句、十万句、百巻等さまざまに述べられてきた。このように大きな差が生じたのは主として十二世紀の詩人ラシーディー・サマルカンディーの詩集『幸福の書』における次の詩句の解釈による。

彼の詩を数えたらスィーズダ・ラ十万句
もしよく数えればさらに多くなろう

この句の「スィーズダ・ラ」を「十三倍」と解釈すれば「百三十万句」、「十三回」数えたとすれば「十万句」になる〔「スィーズダ」は十三、「ラ」は道、方途を意味し、スィーズダ・ラは十三倍とも十三回とも取れる〕。どちらが正しいか断定できないが、後者の方が妥当に思われ、数はともかく彼が膨大な作詩をしたことは事実であるが、作品の大部分は散逸して約一千句が現存するにすぎない。彼の詩集は伝わらず、作品は中世のさまざまな文献に散在し、今日ではこれらの文献から集め整理されている。S・ナフィースィー著『ルーダキーの生涯と作品』（全三巻一九三〇―四〇、改訂版一巻一九六二）やモスクワ版『ルーダキー』（一九六四）には現存作品が殆ど収められ、優れた研究書としてはナフィースィーの著作の他に、ソビエトの学者A・ミルゾエフ著『アブー・アブドッラー・ルーダキー』（一九五八）がある。

現存する彼の作品を詩形から分類すると、カスィーダ（頌詩）、ガザル（抒情詩）、マスナヴィー（叙事詩）、ルバーイー（四行詩）、キタ（断片詩）から成る。これらの詩形はペルシア詩の主要な詩形として今後本書によく現れるので、ルーダキーの作品を述べるに先立ってここで説明しておこう。各詩形を図示すると下（二七頁）の通りで、脚韻の押韻によく注意されたい。

カスィーダは元来アラビア詩形で、最初の対句《バイト》は半句《ミスラー》の脚韻が互いに押韻し、第二対句以降は後半の半句の脚韻が最初の対句の脚韻と同じで全て押韻する。詩の長さは一般に十五対句以上から成り長さに制限はない。内容は主として自然を描写したり恋を語る導入部《ナスィーブ》、詩の主体として称讃部《マディーフ》、結びとして保護者への祝福《ドゥアー》の三部から成る。一般に頌詩と訳され、宮廷詩人が保護者である王侯貴族を称讃するために用いた詩形で、のちには教訓詩、神学・哲学詩、諷刺詩、神秘主義詩等もこの詩形で作詩された（二八頁）。

ガザルも元来アラビア詩形で、詩形としてはカスィーダと同じであるが、長さが異なり、ガザルは一般に五対句乃至は十五対句から成り、抒情詩・恋愛詩の表現に主として用いられ、結びの対句に詩人の雅号《タハッルス》が詠みこまれるのが特色であるが、初期にはこの規則はなかった（二九頁）。

マスナヴィーはイラン独自の詩形で、全ての対句は半句の脚韻が互いに押韻し、長さに制限はなく数万句に及ぶ作品もある。一般に叙事詩として知られ、英雄詩、ロマンス詩、神秘主義詩の作詩に主として用いられた〔三〇頁〕。

ルバーイー（四行詩）もイラン独自の詩形で、第一、第二、第四句〔ここでは句は半句を指す〕の脚韻が押韻し、第三句の脚韻は押韻してもしなくてもよく、内容は神秘主義、哲学、人生問題等さまざまであり、複数〔形〕はルバーイヤート〔以下、本文ではルバイヤートと表記〕で、オマル・ハイヤームの詩集として名高い〔三一頁〕。

キタ（断片詩）は頌詩《カスィーダ》の最初の対句《マトラ》を省いた詩形で、半句または一対句だけの短い詩もあれば、頌詩と同じ長さに達することもある。哲学、倫理、挽歌、諷刺的内容の表現に主として用いられた詩形である。

以上の主要な詩形の他に、タルジー・バンド、タルキーブ・バンド、ムサムマト、ムスタザード等の詩形も用いられたが、主要詩形に較べればはるかに少いので説明を省く〔ムサムマトについては七〇－七一頁を参照〕。

詩にとって重要なのは詩形とともに韻律であることは申す迄もない。ペルシア詩は音量すなわち音の長短の原理に基づき組み合わされた韻律で作詩される。ペルシア詩の韻律は元来一部の例外を除いてアラビア詩の韻律から採り入れられたが、両者の間にはかなりの相違がある。すなわちアラビア詩においては、タウィール、バスィート、カーミル、ワフィール、マディード等の韻律が主として用いられたが、ペルシア詩においてはこれらの韻律は殆ど使われず、ハザジ、ラジャズ、ラマル、

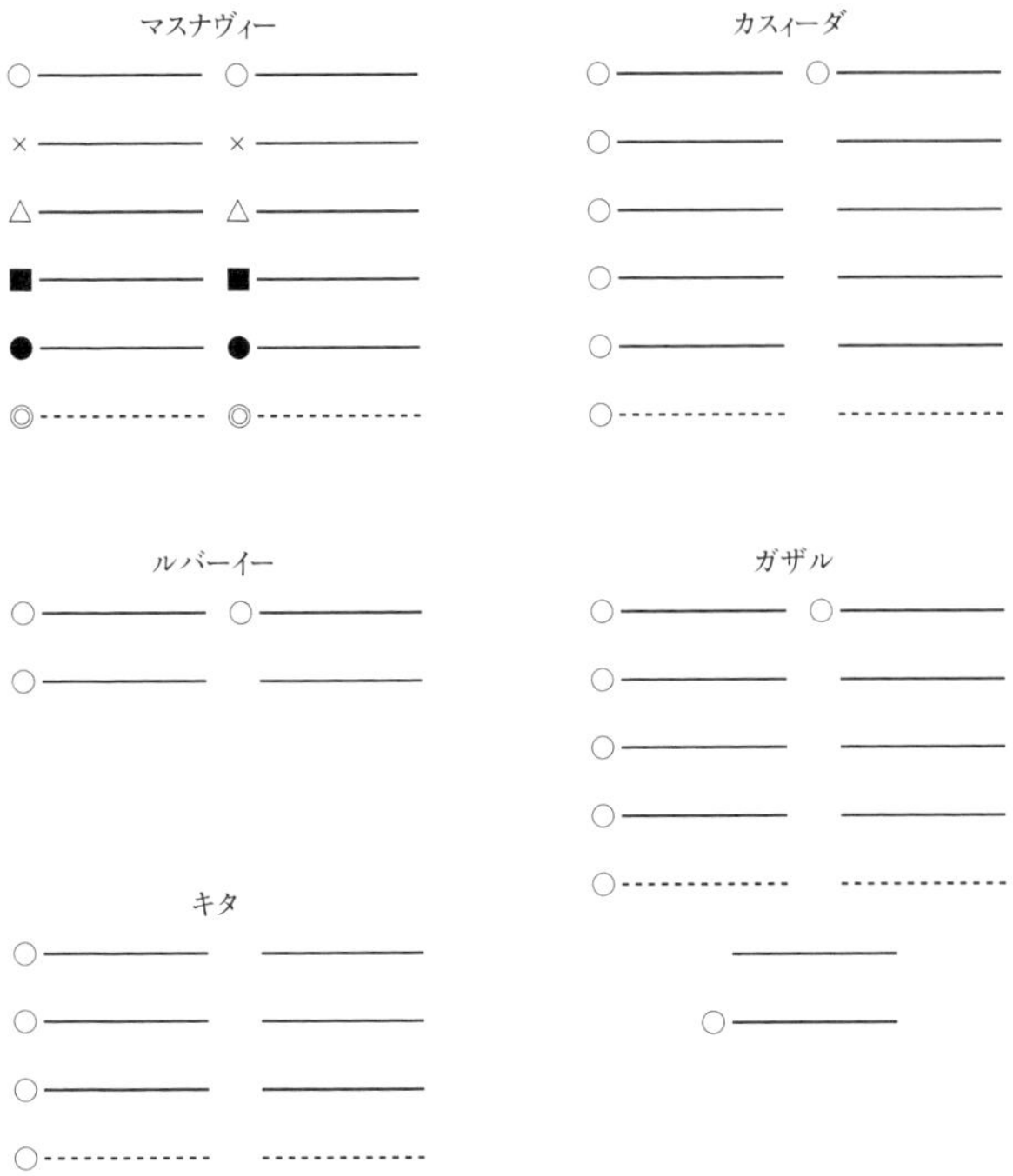

各種詩形の概念図

ペルシア詩は右から左へ読み、通常は1対句（バイト）（=2半句（ミスラー））を、半句と半句の間を空けて1行に書く。2以上の対句を1行に並べることもあれば（特に古写本）、半句が長い場合（特に活字本）や四行詩では半句ごとに行を変えることもある（ガザルの例②を参照）。

図中で○や×を付している部分は脚韻を指し、○と○、×と×、△と△、…がそれぞれ同じ脚韻で押韻することを示す。なお、本書において詩の分量を表す部分では、「句」は対句を指し、「三千句」とある場合は三千対句を意味する。四行詩（ルバーイー）とムサムマトの記述においては、半句を「句」、「行」と表現している箇所があるので注意されたい。〔編者〕

カスィーダの例
『ナースィレ・ホスロー詩集』より（p. 161-163に訳文あり）

カスィーダでは一篇の詩を通して同じ脚韻を繰り返す。下線部分が韻を踏んでいる部分である。この詩の例では、最初の対句（マトラという）の前半句はnīlūfarī rā、後半句はkhīre sarī rāで終わっており、〰〰arī rāの部分が押韻していることがわかる。2番目の対句以降は後半句がすべて〰〰arī rāの韻を踏んでいる。

〔編者〕

① مژده وصل تو کو کز سر جان برخیزم　　طایر قدسم و از دام جهان برخیزم
به ولای تو که گر بنده خویشم خوانی　　از سر خواجگی کون و مکان برخیزم
یا رب از ابر هدایت برسان بارانی　　پیشتر زان که چو گردی ز میان برخیزم
بر سر تربت من با می و مطرب بنشین　　تا به بویت ز لحد رقص کنان برخیزم
خیز و بالا بنما ای بت شیرین حرکات　　کز سر جان و جهان دست فشان برخیزم
گر چه پیرم تو شبی تنگ در آغوشم کش　　تا سحرگه ز کنار تو جوان برخیزم
روز مرگم نفسی مهلت دیدار بده　　تا چو حافظ ز سر جان و جهان برخیزم

② اگر آن ترک شیرازی به دست آرد دل ما را
به خال هندویش بخشم سمرقند و بخارا را
بده ساقی می باقی که در جنت نخواهی یافت
کنار آب رکن آباد و گلگشت مصلا را
فغان کاین لولیان شوخ شیرین کار شهرآشوب
چنان بردند صبر از دل که ترکان خوان یغما را
ز عشق ناتمام ما جمال یار مستغنی است
به آب و رنگ و خال و خط چه حاجت روی زیبا را
من از آن حسن روزافزون که یوسف داشت دانستم
که عشق از پرده عصمت برون آرد زلیخا را
اگر دشنام فرمایی و گر نفرین دعا گویم
جواب تلخ می زیبد لب لعل شکرخا را
نصیحت گوش کن جانا که از جان دوستتر دارند
جوانان سعادتمند پند پیر دانا را
حدیث از مطرب و می گو و راز دهر کمتر جو
که کس نگشود و نگشاید به حکمت این معما را
غزل گفتی و در سفتی بیا و خوش بخوان حافظ
که بر نظم تو افشاند فلک عقد ثریا را

ガザルの例

『ハーフィズ詩集』より(p. 276-278, 288-289に訳文あり)

脚韻の仕方はカスィーダと同じである。①の詩では〰〰ān barkhīzam、②の詩では〰〰ā rāが脚韻であり、それぞれ第1対句の前・後半句〰〰、第2対句以降の後半句が同じ脚韻を踏んでいる。

〔編者〕

بشنو از نی چون حکایت میکند　　از جداییها شکایت میکند
کز نیستان تا مرا ببریده‌اند　　در نفیرم مرد و زن نالیده‌اند
سینه خواهم شرحه شرحه از فراق　　تا بگویم شرح درد اشتیاق
هر کسی کو دور ماند از اصل خویش　　باز جوید روزگار وصل خویش
من بهر جمعیتی نالان شدم　　جفت بدحالان و خوشحالان شدم
هرکسی از ظن خود شد یار من　　از درون من نجست اسرار من
سر من از نالهٔ من دور نیست　　لیک چشم و گوش را آن نور نیست
تن ز جان و جان ز تن مستور نیست　　لیک کس را دید جان دستور نیست
آتشست این بانگ نای و نیست باد　　هر که این آتش ندارد نیست باد
آتش عشقست کاندر نی فتاد　　جوشش عشقست کاندر می فتاد
نی حریف هرکه از یاری برید　　پرده‌هااش پرده‌های ما درید
همچو نی زهری و تریاقی که دید　　همچو نی دمساز و مشتاقی که دید
نی حدیث راه پر خون می‌کند　　قصه‌های عشق مجنون می‌کند
محرم این هوش جز بیهوش نیست　　مر زبان را مشتری جز گوش نیست
در غم ما روزها بیگاه شد　　روزها با سوزها همراه شد
روزها گر رفت گو رو باک نیست　　تو بمان ای آنک چون تو پاک نیست
هر که جز ماهی ز آبش سیر شد　　هرکه بی روزیست روزش دیر شد
در نیابد حال پخته هیچ خام　　پس سخن کوتاه باید والسلام
بند بگسل باش آزاد ای پسر　　چند باشی بند سیم و بند زر
گر بریزی بحر را در کوزهٔ　　چند گنجد قسمت یک روزهٔ
کوزهٔ چشم حریصان پر نشد　　تا صدف قانع نشد پر در نشد
هر کرا جامه ز عشقی چاک شد　　او ز حرص و جمله عیبی پاک شد
شاد باش ای عشق خوش سودای ما　　ای طبیب جمله علتهای ما
ای دوای نخوت و ناموس ما　　ای تو افلاطون و جالینوس ما
جسم خاک از عشق بر افلاک شد　　کوه در رقص آمد و چالاک شد
عشق جان طور آمد عاشقا　　طور مست و خر موسی صاعقا
با لب دمساز خود گر جفتمی　　همچو نی من گفتنی‌ها گفتمی
هرک او از هم زبانی شد جدا　　بی‌زبان شد گرچه دارد صد نیو
چونک گل رفت و گلستان درگذشت　　نشنوی زان پس ز بلبل سر گذشت
جمله معشوقست و عاشق پردهٔ　　زنده معشوقست و عاشق مرد
چون نباشد عشق را پروای او　　او چو مرغی ماند بی‌پروای او
من چگونه هوش دارم پیش و پس　　چون نباشد نور یارم پیش و پس
عشق خواهد کین سخن بیرون بود　　آینه غماز نبود چون بود
آینهٔت دانی چرا غماز نیست　　زآنک زنگار از رخش ممتاز نیست
بشنوید ای دوستان این داستان　　خود حقیقت نقد حال ماست آن

マスナヴィーの例
ルーミー『精神的マスナヴィー』より（p. 215-220に訳文あり）

マスナヴィーでは対句の前半句と後半句の脚韻が押韻し、対句ごとに脚韻を変える。この詩の例では、第1対句の前半句がḥikāyat mīkonad、後半句がshikāyat mīkonadの脚韻で押韻しており、第2対句は前半句の脚韻がbobrīde-andで後半句がnālīde-and、第3対句は前半句firāqと後半句ishtiyāqと、対句ごとに全く異なる韻を踏んでいることがわかる。〔編者〕

① یک قطره آب بود با دریا شد　　یک ذره خاک با زمین یکتا شد
آمد شدن تو اندرین عالم چیست　　آمد مگسی پدید و ناپیدا شد

② در دایرهٔ که آمد و رفتن ماست　　او را نه بدایت نه نهایت پیداست
کس می نزند دمی در این معنی راست　　کاین آمدن از کجا و رفتن بکجاست

③ چون ابر بنوروز رخ لاله بشست　　برخیز و بجام باده کن عزم درست
کاین سبزه که امروز تماشاگه تست　　فردا همه از خاک تو بر خواهد رست

④ از دی که گذشت هیچ ازو یاد مکن　　فردا که نیامده است فریاد مکن
برنامده و گذشته بنیاد مکن　　حالی خوش باش و عمر بر باد مکن

⑤ این قافلهٔ عمر عجب میگذرد　　دریاب دمی که با طرب میگذرد
ساقی غم فردای حریفان چه خوری　　پیش آر پیاله را که شب میگذرد

⑥ گویند کسان بهشت با حور خوش است　　من میگویم که آب انگور خوش است
این نقد بگیر و دست از آن نسیه بدار　　کآواز دهل شنیدن از دور خوش است

⑦ پیش از من و تو لیل و نهاري بوده است　　گردنده فلک نیز بکاري بوده است
هرجا که قدم نهی تو بر روی زمین　　آن مردمک چشم نگاري بوده است

ルバーイーの例
オマル・ハイヤーム『四行詩集』より（p. 152-154に訳文あり）

下線部分からわかるように、①、⑤、⑥、⑦は第1、第2、第4半句が押韻しているが、②、③、④は第3半句も押韻している。〔編者〕

ムンサリフ、サリーウ、カリーブ、ハフィーフ、ムタカーリブ、ムザーリウ等の韻律が用いられた。各詩形に固有の韻律はなく、同じ詩形でもさまざまな韻律で作詩された。例えば叙事詩《マスナヴィー》には詩人によってムタカーリブ、ラマル、ハザジ等が用いられた。個々の韻律の説明は煩雑になるので省略する。興味を抱かれる方はペルシア韻律学の専門書を参照されたい。ペルシア語や英語による優れた研究書がある。

ルーダキーの記述に戻ろう。彼が宮廷詩人として頌詩《カスィーダ》に最も秀でていたことは当然である。さきの逸話からも明らかなように、当時の詩人は竪琴を奏《かな》でながら自作の詩を吟じるのが習いであったが、この風習はやがてすたれた。彼の現存する頌詩の中で名高いのは、

酒の母を犠牲にし、その子を
奪い獄に投ぜねばならぬ

で始まる「酒の母」と題する詩で、酒の母（葡萄）が酒（葡萄酒）になる過程を詠んだ約百句から成る詩である。他は三十四句から成る「老いを嘆く詩」で、

わが歯はすべて朽ちて抜け落ちた

かつては燈《ともしび》の如く光り輝いた歯

で始まるこの詩においては、かつての華やかな宮廷生活を偲び、晩年の失意と老いの悲しみをしみじみと嘆いている。

抒情詩《ガザル》、叙事詩《マスナヴィー》の分野でも彼は偉大な先覚者で、後者の詩形で、イブヌル・ムカッファの散文寓話『カリーラとディムナ』を作詩したが現在では作品の断片が伝わるにすぎない。彼はさまざまな詩形によって人生の諸問題を悲観主義から快楽主義にわたって作詩したが、その底流をなしているのは無常観、宿命論である。

息子よ、われらは全てこの世の獲物
われらは鶸鳥《ひわ》、死神は石臼
どの花もやがて萎《しぼ》んで枯れる
死神は全てを石臼で碾《ひ》きつぶす

＊＊＊

うたかたの仮の世の客に

心をよせるはよろしくない
今、絹の褥《しとね》で眠っていても
やがて土の下で眠らねばならぬ
今、人々といても何の役にたとう
墓の中ではただ独り
土の下でそなたの友は蟻と蠅
目を開いて見よ、今に明らか

＊＊＊＊

黒き瞳の美女と楽しく生きよ
この世は幻、一陣の風
現在を思い悩むな
過ぎし日を想い起すな
わが傍にいるは、香り漂う巻髪の乙女
天女のような月の美女
施し食する者は幸運な人

食さず、施さぬ者は不運な人
ああこの世は過ぎ行く雲と風
酒を持ちきたれ、なるようになれ

彼の詩の特色は民衆的要素が多いことで、換言すれば、きわめて素朴、簡素、平明にして流麗で、誇張、華美な表現を用いず、用語の面でも難解で華かなアラビア語彙をあまり使わず、もっぱら素朴なペルシア語彙を多く用いている。これはサーマーン朝時代のペルシア詩の大きな特色でもあり、さらに宗教的色彩が殆ど現れていないのも特色の一つといえよう。彼によって基礎が置かれたスタイルは古典ペルシア詩の主流として発展し、「ホラサーン・スタイル」（サブケ・ホラーサーニー）として知られ、写実主義を特色とし、この伝統は中世の曲折を経て今日まで保持されている。十一世紀前半の詩人の句を引用してルーダキーの記述の結びとしよう。

ササーン朝、サーマーン朝が蓄えし
この世の数多《あまた》の財宝《たから》のなかで
今に残るはルーダキーの詩と
バールバド〔ササーン朝ホスロー・パルヴィーズの楽師の名〕の甘き調べのみ

十世紀にはルーダキーの他にも多くの詩人たちが競って作詩し、特に注目すべき詩人は次の通りである。彼につぐ大詩人ダキーキーは「民族叙事詩の完成」で述べることにして、著名な哲学者・詩人として知られたシャヒード・バルヒー（九三七没）から述べよう。彼はアラビア語とペルシア語のいずれでも優れた作詩をし、死に際してルーダキーが挽歌を詠んだほどであった。哲学的思想を詩で表現した詩人として名高い。彼とザカリヤー・ラーズィーとの哲学論争はアラビア語文献に残っている。

　バルフ出身のアブー・シャクール（九一五生）は叙事詩の分野でルーダキーの最初の後継者として知られ、数篇の叙事詩の中で特に名高いのは九四八年に作詩した『祝福の書《アーファリーン・ナーメ》』で、現存するその一部、約二百句から察するに、イスラーム期前からの伝統文学である教訓文学の強い影響を受け、その作にはパフラヴィー文学における内容が多く指摘されており、彼は後にペルシア文学の大きなジャンルの一つになった教訓詩の先駆者であった。

　メルヴ出身のキサーイー（九五三生）は初め頌詩詩人であったが、五十歳頃からシーア派宗教詩に転じ、十二イマーム〔預言者の血を引くシーア派の指導者〕を讃えた最初の詩人であった。ラービア・クズダーリーは最初のペルシア女性詩人として知られる。バルフ近郊の出身で、アラブ系の父は同地方の太守であったという。兄の奴隷ベクターシュとの恋に落ち、兄に殺されたと伝えられる悲恋物語は今日まで語り継がれている。現存する恋愛詩と自然を描写した詩は当時の一流詩人に伍するとも評されている。

以上の他に、サーマーン朝関係ではムスアビー、ラビンジャーン〔正しくはラバンジャーニー〕、マールーフィー、アーガージー、レイのブワイフ朝関係ではマンティキー、ホスラヴィー、チャガーニヤーンの地方君主に仕えたムンジーク等が十世紀の詩人として注目されている。

4　民族叙事詩の完成

宮廷詩人の頌詩《カスィーダ》と並んで民族叙事詩《マスナヴィー》または英雄叙事詩の興隆がペルシア文芸復興期の大きな特色であった。イスラーム期前から伝わるイラン固有の神話、伝説、歴史を編纂しようとする気運が高まったのはサーマーン朝の文化政策の結果であり、当時の時代精神、民族意識の大きな発露でもあった。この種の詩はアラビア文学の影響によるのではなく、ペルシア詩独自の展開であった。「英雄の文学」は古代ペルシア以来の伝統的文学の一つで、これに関しては伊藤義教著『古代ペルシア』を参照されたい。

ササーン朝皇帝ホスロー一世（在位五三一－七九）の治世に最初の公式な『ホダーイ・ナーマ』（王書）が中世ペルシア語で編纂され、同朝最後のヤズドギルド三世の治世にも編纂されたことが後世の記録に述べられている。これらの中世ペルシア語文献を八世紀前半にイブヌル・ムカッファがアラビア語に訳したことはよく知られ、彼の訳の他にも数種の『ペルシア諸王伝』と題する訳書があったが、原典、訳書のいずれも全て散逸した。

近世ペルシア語による叙事詩『王書《シャー・ナーメ》』の先駆者はメルヴ出身のマスウーディー・マルヴァズィーで、一説では九一二年頃の作詩といわれ、断片的な詩句が現存する。散文においては作品は散逸したが、アブル・ムアイヤド・バルヒーとアブー・アリー・バルヒーがそれぞれ作者として名を残し、前者はサーマーン朝ヌーフ二世（在位九七六－九七）時代の詩人としても知られた。散文『王書』で序文のみが現存する重要な作品は、トゥースの支配者アブー・マンスールの命令によって九五七年に編纂された『王書』で、序によると、彼は四人のゾロアスター教徒学者の協力でこの書を完成させた。彼らが中世ペルシア語資料に基づいてこの書を執筆したことは諸学者に指摘されている。

散文はさておき、民族叙事詩における偉大な先覚者は、十世紀においてルーダキーに次ぐ大詩人と目されるダキーキー（九七八頃没）であった。マスウーディー・マルヴァズィーに次いで第二の『王書』作詩者になった彼はトゥース（他説もある）の出身で、九三〇年と四〇年の間に生まれたと推定され、若くしてサーマーン朝に隷属したチャガーニヤーン地方君主に宮廷詩人として仕えた後、サーマーン朝に召されてマンスール一世やヌーフ二世に仕えた。彼がゾロアスター教徒であったという説には異議を唱える学者が多い。現存する約三百句の頌詩、抒情詩等から彼がいかに詩的想像力豊かで自然描写に優れた詩人であったかが分かるが、彼がペルシア文学史上に不朽の名声を留めたのは頌詩詩人としてではなく、フィルドウスィーの先駆者として民族叙事詩を作詩したことによる。ヌーフ二世の命により、恐らく既述のアブー・マンスール散文『王書』に拠って、ムタカーリブの韻律を用いて作詩を始めた彼はグシュタースプ王の即位、ゾロアスターの出現、同王の帰依、アルジャースプ王との闘いを中心に約一千句を作詩したばかりで、奴隷の手にかかって殺害され、作品は未完に終わったが、一千句はフィルドウスィーの『王書』に収められた。大詩人は『王書』の序において「詩人ダキーキー」について詠み、さらにグシュタースプ王の治世の始めにダキーキーの夢を見たとして作詩し、ダキーキーが大詩人の道案内であった*1ことを率直に認めている。

民族・英雄叙事詩の完成者としてペルシア文学が世界に誇る大詩人がフィルドウスィー（一〇二五没）である。彼の生涯をかけた大作『王書《シャー・ナーメ》』はイラン民族にとって最大の文化的遺産であり、単にイラン民族主義的な傑作と見るべきではなく、世界文芸史上においてギリシア、インドの大叙事詩に質量ともに匹敵する大作と見做す学者も少くない。彼はサーマーン朝と次のガズニー朝の両時代に生き、特に後者のスルタン・マフムードと関係が深かったが、彼の作品はあくまでもサーマーン朝の時代精神・思潮の産物であるからここで採り上げることにする。

偉大な存在にも拘らず、詩人の生涯については不明な点が多く、本名さえも分からず、異名《クンヤ》はアブル・カースィムで、フィルドウスィーと号した。生年も明らかでなく、九三二年から四一年の間であるが、イラン政府は一応公式に九三四年としている。出生地は明らかで、イラン東部の宗教都市メシェッドの北方約三十キロにあるトゥースである。彼の伝記について最古の文献『四つの講話』には次のように述べられている。「巨匠アブル・カースィム・フィルドウスィーはトゥースの地主《ディフカーン》で、タバラーン地区バージュ村の出身であった。その村は大きく千人の男を調達できるほどであった。彼は土地からの収入で裕福に暮らし、村人になんら頼っていなかった」。東部イランにおける地主階級がイラン固有の文化的伝統の保持者としてサーマーン朝時代に重要な役割を果したことについてはすでに指摘した通りで、この階級に属した彼が『王書』の作詩に着手したのは偶然ではなく、時代思潮の当然の帰結ともいえよう。彼が大作に着手したのは先駆者ダキーキーが殺害されて二、三年後すなわち九八〇年頃とされている。不惑を過ぎた彼がこの大作を決意したのは十世紀当初から始まった一連の散文・詩による『王書』を時代精神・民族的要求に応じて集大成・完成しようとしたものであるが、直接の動機はアブー・マンスールの散文『王書』やその他の資料の入手と、ブハーラー宮廷におけるダキーキーの作詩から大きな刺戟をうけたからであろう。職業的宮廷詩人に対して誇り高い地主出身の彼の対抗意識を感じとることができる。さらに彼の周辺の地方地主・貴族や友人たちの激励も大きな支えであった。ダキーキーが作詩開始後ほどなくして殺害され、作品が未完に終ったことは大詩人の決意を一層強固にしたものと思われる。

作詩に着手してから約三十年の長い歳月を費し、文字通り心血を注いだ彼は遂に一〇一〇年に完成した。これについて彼は大作の末尾でこう詠んでいる。

フィルドウスィー廟（トゥース）

ヘジラ暦八十年の五倍が過ぎしとき
われはこの諸王の書を詠み終えたり

ヘジラ暦四〇〇年は西暦一〇〇九－一〇年に当たる。ひたすら愛国の熱情に駆られ、他を一切省ることなく作詩に専念したため、経済的にもきわめて逼迫し、さらに寄る年波を作品のところどころで嘆いているが、中でも六十五歳の老齢に達した彼にとって最も大きな痛手は日夜彼の支えになってきた三十七歳の息子の死であった。彼は作品の中で自分の人生については殆ど触れていないが、息子の死に際しては断腸の思いをこめた詩を作品に詠みこんでいる。その一句をあげると、

われが逝くべき番なりしに、若き息子が去り
悲しむあまり今われは魂なき形骸と化せり

彼が一〇一〇年に完成したのは作品の決定稿で、イスラーム暦三八四年（西暦九九四年）に初稿を終えたことは現存写本や十三世紀前半、ブンダーリーによるアラビア語訳『王書』から明らかで、当時詩人は作品を捧げるべき王を決めていなかった。元来、彼は作詩開始の時においては当然サーマーン朝の王に捧げるつもりであったが、同朝はその後まもなく衰退・滅亡したため、捧げる王を初稿完

成の時には未だ決めかねていたようである。九九八年に詩人がイスファハーンに旅をし、その近郊ハーン・ランジャーンの地方君主に捧げたという説は今日完全に斥けられている。初稿から最終稿への間、一〇〇三年頃に彼は当時旭日の勢力を有したガズニー朝スルタン、マフムードの弟ナスルまたは宰相イスファラーイニーを通じてガズニー宮廷と関係を持つようになり、それから数年の間にスルタン称讃の詩を詠みこみ、完成後まもなく大作を持参して郷里トゥースから大きな希望と期待を抱いてガズニー宮廷に赴き、生涯の大作を捧げたが、期待に反して努力は報いられず、彼が得たのは失望のみであった。尚、M・ミーノヴィーのように、詩人は自らガズニーに赴いたのではなく、完成の翌年作品を宮廷に送り、郷里において恩賞が送られてくるのを待っていたと唱える学者もいる。古来有名なのは『四つの講話』における逸話である。要約すると、詩人は朗誦者を伴ってガズニー宮廷に赴き、宰相を通じてスルタンに作品を献じた。スルタンは気に入ったが、宰相の政敵たちは彼を妬み、詩人を異端者と貶《けな》したので、熱心な正統派信者であったスルタンは恩賞として銀貨二万枚を授けただけであった。金貨数万枚を期待していた詩人は失望落胆し、その金を他人に与え、スルタンの怒りを恐れてガズニーから逃げ、ヘラート、トゥースを経てカスピ海南岸タバリスターン地方の一君主のもとに保護を求め、スルタンへの諷刺詩を作ったが、君主の勧めでその殆どを消した。後にスルタンは詩人を失望させたことを後悔し、改めて金貨六万枚に当る藍を詩人の許に運んで許しを求めるように宰相に命じた。この荷物を運ぶ駱駝がトゥースのルードバード門に入った時、

フィルドウスィー胸像

ラザーン門からは詩人の棺が運び出された。詩人の娘はその恩賞を受取らなかったので、その金は街道の休息所修理に費されたという。
一一一六年に詩人の墓を詣でた『四つの講話』の著者ニザーミーは当時トゥースで語り伝えられていた話をそのまま述べたのであろうが、作り話にすぎないと主張する学者も多い。スルタンがこの偉大な作品を斥けた理由についていろいろと推測されているが、ガズニー宮廷の政策変更の結果と見るのが妥当に思われる。詩人を保護し、ペルシア語の振興に努めたスルタンの宰相イスファラーイニーが一〇一一年に罷免され、マイマンディーが宰相に任命された結果、アラビア語重視の後者はそれまで宮廷公用語であったペルシア語を代えてアラビア語とし、バグダードとの緊密な関係の保持に努めたので、ペルシア語によるこの大作はもはや宮廷の関心の的ではなくなり、要するに作品は宮廷の新政策の犠牲になったというのが碩学リプカの見解であり、これとともにソビエトの学者スタリコフの説も注目に値する。彼によると、トルコ系カラハン朝に対するガズニー朝外交政策変更の結果であったという。内外政策の変更によって作品は斥けられたのであろう。

それはともあれ、詩人は失意のうちに晩年を郷里で過ごし、その地で没した。没年には一〇二〇年説と一〇二五年説があるが、イラン側では後者を採っている。多年にわたる労苦の結晶が物質的には報いられなかったとはいえ、詩人はこの作品によって不朽の名声を得ることを確信していたことは、大作を結んでいる次の詩句で明らかである。

今から後、われは死すことなく生き続けん
言葉の種子を蒔きしゆえ
知性、良識、信仰を有する者はみな
わが死後、われを永遠《とわ》に讃え続けん

以上で詩人の生涯を終え、作品に移ろう。彼が作詩に際して拠った主たる資料はすでに述べたアブー・マンスールの散文『王書』であったが、これ以外にも多くの資料を利用したことは明らかである。このことは、碩学ネルデケが『イラン民族叙事詩』において、散文『王書』に拠ってアラビア語で執筆したサアーリビーの『ペルシア諸王史』等と詩人の『王書』を比較・検討した結果達した結論で、学界の通説になっている。例えば詩人の作品の中で特に名高いビージャンとマニージェ物語やロスタムとソホラーブ物語等は他の文献には現れず、明らかに詩人が他の資料に基づいて作詩したものと思われる。彼は当時入手可能な膨大な資料、口誦伝説を集めて丹念に検討し、イラン人の好みに合い、イラン民族主義に適したものを取捨選択したのであろう。それ故、彼が採り上げなかった話を後の詩人たちが作詩したこともあった。このことはZ・サファー著『イラン英雄叙事詩《ハマーセ・サラーイー》』で研究されている。詩人は資料をそのまま作詩した場合もあるが、詩的想像力を駆使し、資料を拡大・解釈したり、それによって創作したこともしばしばあった。中でも名高いのは「スィースターン伝説」の扱いで、この中で一戦士にすぎなかったロスタムとその一門は詩人によって『王書』における最大の中心的英雄の地位を占め、その一門も重要な役割を果すことになった。

『王書』は現存する配列で時代的に一貫して作詩されたのではなく、これは彼が時として物語の中で自分の年齢を述べていることからも明らかである。例えばスィヤーウシュ物語の始めで五十八歳と述べた彼がわずか千七百十二句後には六十三歳と詠んでいる。どの物語がいつ頃作詩されたか殆ど分からないが、一般に最初に作詩したのは全体の約三分の二のところにある「ビージャンとマニージェ物語」であろうと推測されている。その根拠としてこの中には詩脚の字余りが他の部分に較べて多く見られ、詩人が未だ成熟の域に達していなかったことを示しているとされているが確証はない。作品の結びの部分に、

この書はわが記念として残り
その詩句は数えて六万句に達す

と詠まれているが、現存の写本、刊本によってその句数に大きな開きがあり、大半が四万八千句と五万二千句の間で、時には五万五千句以上のものもあり、一般に時代を経るにつれて写本に追加挿入句が多くなっている。

この膨大な作品の内容は全体として、「饗宴と戦闘の一大絵巻」とも「年代的に排列された物語・逸話の長い鎖」とも「古代ペルシアからのあらゆる種類の遺産の集大成」とも表現され、イスラーム期前のイランの歴史が主たるテーマではあるが、わが国の記紀と同じように、今日の科学的な歴史ではなく、神話・伝説が主で、当時では今日のようにメディア王国やアケメネス朝の存在は知られていなかった。『王書』はピーシュダーディー朝、カヤーニー朝、アシュカーニー朝、ササーン朝の

四王朝、歴代五十人の王の治世から構成され、最初の二王朝は完全な神話・伝説王朝、第三の王朝はパルティア帝国であるが全体で二十句にすぎず、皆無に等しい。それ故、ササーン朝を除いて、『王書』は史書ではなく、あくまでもアーリア系イラン民族に古代から伝えられた伝承の記録であり、偉大な文学作品と見做すべきであろう。内容的に時代区分すると、ピーシュダーディー朝は神話時代、カヤーニー朝は英雄時代、他は歴史時代で、これらの中で最も興味深い部分は神話・英雄時代であり、さらに英雄時代ではトゥラーンとイランとの長年にわたる対立・闘争を背景に救国の英雄ロスタムとその一門の活躍を中心にいくたの舞台が展開され、『王書』の精髄といえよう。それ故、筆者は『王書――ペルシア英雄叙事詩』（平凡社・東洋文庫）の訳に際しロスタムを中心に抄訳した。ここでは作品の引用を避けるので同書を参照下されば幸いである。

歴史時代ササーン朝に関する部分は約一万八千句から成り、全体の三分の一を占め、イスラーム期に理想的君主と仰がれたホスロー一世の治世については約四千五百句にも及んでいるが、この時代の描写は前の時代に比して冗長、散漫で筆力が弱いと指摘する学者が多い。詩人の老齢期の作ゆえであるという学者もいるが明らかではない。幻想と迫力に欠け、史料としてはあまりにも文学的すぎるこの時代はそれ故必ずしも東洋学者の間で好評とはいえないが、イラン人にとっては他の時代と同じように重要な部分である。数年前、『王書』の記録によって発掘した結果、ホスロー一世の墓が発見されたとイランの新聞が報じたことがあったが、真偽はともかく、イラン人の心には『王書』は単なる叙事詩集ではなく、民族最大の文化遺産、聖なる作品として今日まで脈々と受け継がれ、かつ活き続けてきているのである。この作品は決して無味乾燥な諸王列伝ではなく、王の治世は一種の枠物語の枠に類する時代的背景にすぎず、そこで繰りひろげられるさまざまな人間模様が中心である。例えばカヤーニー朝においてクバード、カーウース、ホスローの諸王の治世における中心人物は王ではなくてロスタムである。彼は単なる英雄豪傑ではなく、信仰厚く、人格高邁で人情味に富み、王に絶対の忠誠を尽す救国の勇者、すなわちイラン人にとって人間の理想像として描かれている。それ故『王書』は今日までイラン民族主義、愛国心、祖国愛の高揚に大きく寄与しており、これが大詩人の究極の目的であったといえよう。

『王書』を民族・英雄叙事詩としてばかりでなく、一大戯曲集、物語集とも見做すことができるが、詩人は特に悲劇とロマンスの描写に優れ、喜劇的要素は殆ど見出せない。五大悲劇として名高いのは、イーラジ物語、ロスタムとソホラーブ物語、スィヤーウシュ物語、フィロード〔フォルードとも〕物語、ロスタムとイスファンディヤール物語で、第二、第三の物語は筆者の訳書に収められている。ロマンスとしてはロスタムの父ザールとルーダーベ、ビージャンとマニージェは特に名高く訳書にある。この他に『王書』は教訓文学的な性格をも有し、箴言《しんげん》、金言、英知の宝庫とも評され、詩人が作品の序で詠んだ一句、

賢き者はだれにても強く
知によりて老いし心は若返る

すなわち「知は力なり」を表すこの詩は今日〔イスラーム革命以前〕イラン文部省関係の全ての書物に記されている。さらに『王書』は言語的見地からペルシア語の宝庫としても名高い。詩人は書の性格上、アラビア語彙の使用を極力避けて、できるだけ純粋なペルシア語彙による表現に努めたからである。スタイルにおいても華麗・誇張した表現を用いず、素朴・平易・明快・流麗を基調とした表現力を駆使したといえよう。『王書』のイラン人精神形成に対する貢献は大きく、一九三四年イラン政府はこの偉大な民族詩人を讃えるために盛大な生誕一千年祭を挙行したが、時の首相で学者としても名高いM・フルーギーは自ら編纂した『王書要約』の序文において「私の考えでは、各イラン人の義務としてまず自ら『王書』に親しみ、次いで同胞にこの作品に親しむように勧め、その手段を講ずべきである」と述べていることからも明らかであろう。『王書』はさらに後世のペルシア文学・美術にも甚大な影響を及ぼし、ペルシア・ミニアチュールの題材もこの作品からとったものがきわめて多い。

フィルドウスィーの作品として『王書』の他に、かつてはコーランに基づくロマンス叙事詩『ユースフとズライハー』が彼の作とされてきたが、近年イラン人学者の研究の結果これは否定され、この作品は十一世紀後半の詩人アマーニーの作であることが判明した。

最後に『王書』の原典に興味を抱かれる人のために一言ふれよう。従来出版された刊本や写本について訳書の解説で述べたのでここでは割愛し、最近のイランにおける原典出版についてのみ述べるなら、一九七一年イラン建国二千五百年祭を記念して、イラン文化・芸術省はＭ・ミーノヴィーを会長とする「フィルドウスィー王書協会」を原典出版を目的として設立した。これはイラン政府による最初の王書刊行計画であり、この計画に基づいて同協会は世界各地にある主要な写本のマイクロ・フィルムを全て集め、学者たちの討論・検討・校訂により最初の刊行物として一九七三年に『ロスタムとソホラーブ物語』、二年後に『フィロード物語』を刊行した。今後完成までにはかなりの年月がかかるであろう。尚、研究書の出版も盛んで、ここ数年で主として「イラン文化財保存協会」の出版物として約十冊もの研究書が刊行され、例えばＭ・エスラーミー著『シャー・ナーメにおける諸勇者の生と死』は優れた作品として定評があり、Ｍ・ミーノヴィー著『フィルドウスィーとその詩』も注目すべき作品である。

5　散文の芽生え

ペルシア文芸作品においては詩が主体で、十世紀に華々しく興隆したことは述べてきたが、散文の基礎が置かれたのもこの世紀であった。中世における散文とは現在いう散文学よりもはるかに広い意味を有し、およそ散文で書かれたものであれば、その内容が歴史、地理、神学、科学であれ、すべてが散文学に含まれるのである。ペルシア文学であれ、アラビア文学であれ、中世散文学においてはこれが伝統的な記述方法である。それ故、本書においても中世においては純文学に限定せず伝統的な方法で記述し、十九世紀以降はほぼ純文学に限ることにしよう。十世紀に詩の分野においてイラン人はアラビア文学と完全な一線を画してその主体性を確立したが、散文の領域においては十、十一世紀からその後においてもアラビア語の力はイランにおいてきわめて強く、イスラーム文化史上に特筆されるイラン系大学者たち、例えばイブン・スィーナー、ビールーニー、ガッザーリー〔今日ではガザーリーという読み方が主流〕等はいずれも科学、哲学、神学等の分野における主著をアラビア語で執筆した。これはこれら諸分野におけるペルシア語の術語が未熟であったことにもよるが、大きな理由は、ペルシア語による著作はペルシア語圏（イラン、中央アジア等）にだけしか流通しないが、アラビア語の著作は広汎なイスラーム圏全域において評価されたからである。当時アラビア語はイスラーム圏の国際語・学術語・文化語として中世ヨーロッパにおけるラテン語が果した役割、いやそれ以上の役割を果していたといえよう。

　十世紀におけるペルシア語散文は詩とは較べものにならないとはいえ、それなりに力強く芽生え始めた。この時代の散文を大きく分類すると、既述の散文『王書』をはじめとして、アラビア語著作のペルシア語訳、さらに科学入門実用書、その他である。散文『王書』についてはすでに述べたので割愛し、現存する最古の散文作品から述べよう。それはイラン系大学者タバリー（九二三没）のアラビア語による歴史書と神学書のペルシア語訳であり、いずれもサーマーン朝マンスール王（在位九六一―七六）の勅命によって翻訳が行われた。『タバリーの歴史』または『バルアミーの歴史』として知られるペルシア語訳書はマンスール王の宰相アブー・アリー・バルアミーがタバリーの『諸預言者と諸王の年代記』を九六三年から翻訳し始めたもので、完全な逐語訳ではなく、原典には多くの歴史的伝承が集大成されているが、訳者はその中で適当と思われるものを取捨選択して訳し、さらに原典にないものは他の史料から採って追加している。例えばバフラーム・チュービーンの記述がそれである。原典に較べてはるかに要約された訳になってはいるが、一応原典の主要な史実を含んでいる。原典が自由に利用できる今日、この訳書の史料的価値は殆ど失われたが、完全な形で現存する最古の散文作品としてペルシア文学史上に占める位置は高く、ペルシア語研究のためにも貴重な資料といえよう。写本は多く、旧写本と新写本に分かれ、後者は前者に比してアラビア語彙が多く含まれている。近年イランで出版されたサーン朝までを扱った二巻物は旧写本に基づき、簡素な文体で一貫しており、同世紀の散文の特色をよく示している。王がこの作品を訳させた意図は訳書の序文に述べられていないので明らかではないが、ドイツのシュプラーはイラン人の運命が正統派イスラームと密接な関係にあることを国民に示すためであったとの見解を採っている。

マンスール王は史書の訳とほぼ時を同じくしてタバリー著『コーラン注釈』の訳を命じた。その序によると、四十巻から成る原典がバグダードから王宮に運ばれた時、王はそれを読むのに苦労したので、宗教学者《ウラマー》たちに同書をペルシア語に訳す是非を問い、是との答えを得た王はブハーラー、バルフをはじめ各都市からウラマーを集め、彼らから学識高い者たちを選んで翻訳に当らせたという。この訳書は今日まで伝えられ、ペルシア語の最古のコーラン注釈として名高い。この他に年代は不明であるが、十世紀後半と推定されるペルシア語『コーラン注釈』に、ケムブリッジとラホールの二写本があり、いずれも部分的な注釈である。

歴史、神学に関する散文とともに、科学（医学、薬学、天文学）の実用入門書もこの世紀の散文の特色の一つであった。中世の著名なイラン系医師ザカリヤー・ラーズィー（九二五没）はその大著『医学集成』をアラビア語で執筆したが、その弟子であったブハーラー出身のアブー・バクル・アハヴァイニーは九八〇年頃ペルシア語で『医学生指導の書《ヒダーヤトル・ムタアッリミーン・フィッ・ティッブ》』を著わした。一九六五年メシェッド大学から出版された同書は約八百頁から成る大きな書で、百七十五章から構成され、臨床に基づく各種の病気の症状と治療が詳述されている。医学に次いで薬学に関する書としてはアブー・マンスール・ムヴァッファクによる『薬学に関する基礎の書《キタープル・アブニヤ・アン・ハカーイクル・アドウィヤ》』がある。執筆年代についてはマンスール王の治世という説と十一世紀半ば説があり、イランでは後者の説が有力である。この書の写本は一〇五六年著名な詩人アサディー・トゥースィーによって作られ、これは現存する最古のペルシア語写本として名高く、ウィーンの公立図書館に所蔵され、その一部が近年イラン文化財団から写真版として出版された。天文学の分野においては天文観測儀に関する『六章《シシュ・ファスル》』が九六五年頃アブー・ジャファル・ハースイブ・タバリーによって執筆され、九七五年には『占星術入門書』（キターブル・マドハル・イラー・イルム・アフカームン・ヌジューム）がアブー・ナスル・クムミーによって書かれた。

地理の分野においては九八二年に執筆された『世界の境界《フドゥードル・アーラム》』は有名で、碩学ミノルスキーの英訳・注釈で学界に広く知られている。著者不詳の本書はペルシア語最古の地理書として資料的価値も高いが、同時代のアラビア語地理書、例えばイスタフリーやムカッダスィー等の作品に較べると記述は比較的簡略である。当時知られていた地理的知識を網羅する意図で書かれたこの書は正式の名称『東から西に至る世界の境界』が示すように、東は中国、チベットから西はスペインに至る地理書で、テキストはM・ソトゥーデの校訂によりテヘラン大学から出版された。

以上で明らかなように十世紀におけるペルシア語散文は詩に比して作品数はわずかであったとはいえ、歴史、地理、宗教、科学にわたる諸分野において執筆され、ペルシア語が詩だけでなく散文表現においても十分な能力を有するに至った。これは当時の学者たちの大きな努力の結果であった。彼らはアラビア語に精通してはいたが、母語であるペルシア語で執筆するに際しては大きな困難に直面したであろう。なぜなら当時ペルシア語は文学語としてはかなり確立されていたが、学術語としては殆ど用いられなかったため、術語や抽象概念の表現に欠けていたからである。これらを克服するために彼らはアラビア語彙を採り入れるとともに新しいペルシア語の単語を造らねばならなかった。かくして十世紀には詩・散文の両分野においてペルシア語はダリー語の域を脱却し、その領域と表現能力を著しく拡大するに至った。

二　トルコ族支配時代の文芸

1　スルタンへの頌詩

トルコ族支配時代とは十一世紀から十三世紀半ばに至る時代で、王朝ではガズニー朝、セルジューク朝、ホラズム・シャー朝およびその他の同時代の群小諸王朝の支配時代をいう。この時代に、十世紀ペルシア文芸復興期に興隆したペルシア文学は異民族王朝支配下にありながらも隆盛の一途をたどり、特にセルジューク朝時代に同文学は最も輝かしい時代を迎えた。本論に先立ち歴史の大きな流れを述べよう。サーマーン朝に仕えたトルコ系奴隷出身の将軍アルプティギンによってアフガニスタンのガズニーの地に九六二年基礎を置かれたガズニー朝は真の創設者と見做されるセブクティギン（在位九七七―九七）の拡大政策によって次第に勢力を増したが、その子マフムード（在位九九八―一〇三〇）の出現によって最盛期に達した。彼は卓越した武人で、各地に遠征してかつての主家をはるかにしのぐ広大な地域を征服・領有し、北はオキサス河を境としてカラハン朝と対し、同河以南のホラサーン地方全域を支配下に収め、西においてはイラン中部に至るまで勢力を拡げ、ブワイフ朝と対立した。彼が史上に勇名を馳せたのは十一世紀当初から一〇二六年までに前後十数回にわたる北インドへの遠征であった。この大規模な遠征の結果、パンジャーブ地方を領有した他、膨大な戦利品・掠奪品によってガズニーの彼の宮廷はこよなく栄えた。富と権力を一身に集めた彼はイスラーム正統派の熱烈な信者でもあり、アッバース朝カリフからスルタンの称号を最初に授けられた王者ともいわれる。彼はイラン人に異民族支配を意識させないために、さらに自らがペルシア文化に同化されていたため、サーマーン朝の文化政策を完全に踏襲してペルシア詩人や学者を厚遇し、同文化の保護者として知られるが、これに異議を唱える学者も少くない。彼らの見解ではサーマーン朝の諸王は心から真に民族固有の文化を愛し、その保護・育成に努めたのに対し、スルタンは文化の真の理解者としてではなく、自己の宮廷の飾りものとして、さらに自分の武勇・名声を内外に誇示する宣伝手段、すなわち実用目的のために詩人・学者を集めたにすぎないという。後世の詩人伝によると、スルタンの宮廷にはいつも四百名にものぼる宮廷詩人が仕えていたというが、これは誇張であるにせよ、かなり多数の詩人がいたことは事実であろう。確かに彼は形式上ではペルシア詩人の保護者であったが、実質的には彼らを巧みに操作した利用者であったといえよう。なぜなら彼は詩人たちに自分の武勇、財力、寛大さ、気前のよさを讃《たた》える詩を詠《よ》ませて民衆の心を強く惹《ひ》きつけ、特にインド遠征に必要な多数の義勇兵を調達するためには詩人たちをその出身地に派して住民を遠征に駆りたてたと思われるからである。一〇三〇年彼の没後、同朝は次第に衰退に向い、一〇四〇年ダンダーンカーンの決戦でセルジューク朝に敗北した結果、ホラサーン地方の支配権を奪われ、一一八六年まで余命を保ったとはいえ、十二世紀半ばにはグール朝に都を追われ、パンジャーブ地方を領有したのみで歴史の主流からは消えたが、同朝とペルシア詩人との関係は後述するように末期まで続いた。

ガズニー朝に代って東方イスラーム世界の雄として登場したのが、カスピ海東北方のステップ地帯を故地とするオグズ・トルコ族の流れをくむセルジューク・トルコ族で、十世紀末葉にイスラームに帰依した彼らは次第に南下し、スルタン・マフムードの没後急速に勢力を拡大し、一〇三七年同族の首長トグリル・ベグはニシャープールの地でセルジューク朝（一〇三七―一一五七）を創設し、ダンダーンカーンの決戦でガズニー朝軍を撃破して以降ホラサーン地方の支配権を確立し、次第に西征してイラン全土を手中に収め、一〇五五年バグダードに入城して当時事実上カリフの都を支配していたシーア派を奉ずるイラン系ブワイフ朝を倒し、名目上はカリフの代理として東方イスラーム世界を支配することになった。創設者の没後、第二代アルプ・アルスラーン（在位一〇六三―七二）、第三代マリク・シャー（在位一〇七二―九二）の治世に同朝は最盛期を迎え、その領土はオキサス河を境としてカラハン朝と対し、今日のアフガニスタン、イラン、イラク、シリア、レバノン、ヨルダンの全域、およびアラビア半島のヒジャーズ地方にわたり、エジプトにおいてイスマーイール派を奉ずる

トグリル・ベグの墓（レイ）

ファーティマ朝と対立した。特に第二代スルタンが一〇七一年マラーズギルドの地でビザンツ軍を破り、小アジアへのトルコ族進出の道を開いた歴史的意義は大きい。同朝支配者は元来遊牧民出身のため殆ど固有の文化を有せず、統治においては優れた行政能力を有するイラン人官僚に依存し、特に最盛期においてイラン人大宰相ニザームル・ムルク（一〇九二没）の業績は史上高く評価されている。かつての地主階級《ディフカーン》に代ってイラン知識階級による官僚の擡頭はこの時代の大きな特色の一つで、セルジューク朝は文化面においてペルシア文化に全く同化され、同時代にペルシア文学のみならず、学問、芸術全般にわたって最盛期が出現した。第三代のスルタン没後、同朝は後継者問題をめぐって内紛が絶えず次第に衰退し、大セルジューク朝最後のスルタン・サンジャル（在位一一一七－五七）の長い治世は政治史上では衰微時代であったが、文化史上ではペルシア宮廷詩人との関係で輝かしい時代であった。

ペルシア文学の見地からガズニー朝とセルジューク朝を見ると、両者の間にかなりの相違がある。前者の時代における同文学はサーマーン朝時代の流れを受け継いだものとして、ホラサーン・スタイルが主流で、宮廷詩人によるスルタンへの頌詩《カスィーダ》が大半を占め、詩人の活動地域もほぼホラサーン地方に限られていた。しかしサーマーン朝時代の文芸と比較すると、かつてはペルシア詩の用語に素朴なペルシア語彙《ごい》、簡素な表現が多かったのに対して、ガズニー朝時代には多くのアラビア語彙が採り入れられ、華麗な表現による作詩が顕著になり、この時代にホラサーン・スタイルは完成されたといわれる。この傾向はますます強くなって次の時代に受け継がれた。

セルジューク朝初期の詩人たちはガズニー朝期の詩人に倣《なら》ってホラサーン・スタイルで作詩していたが、セルジューク朝の勢力がイラン東部から、中部、西部、西北部へと拡大するにつれてペルシア詩人の活躍地域は西方へと拡がり、アゼルバイジャーン地方がホラサーン地方と覇を競うようになり、それとともに古典ホラサーン・スタイルを脱して、新たな風土、時代に即したスタイルによる作詩の努力がなされ、この結果生まれたのがイラーク・スタイル（サブケ・イラーキー）で、ペルシア文学史上、ホラサーン・スタイルに次ぐ重要なスタイルの位置を占めた。写実主義のホラサーン・スタイルに対して、このスタイルは自然主義を特色とし、一般に時代的には十、十一世紀をホラサーン・スタイル、十二世紀から十三世紀中葉（学者により十五世紀末）までをイラーク・スタイル時代とされているが、後者の時代においても前者のスタイルで作詩した詩人も少なく、両者は必ずしも明確に区別できないが、全般的に後者においてはイラーク・スタイルが主流であったといえよう。ペルシア詩人の活躍地域の拡大、イラーク・スタイルとともにセルジューク朝時代のペルシア詩の大きな特色はその内容の多様化である。詩人と宮廷との関係上、前時代と同じように頌詩が大きな位置を占めたが、それとともにこの時代には神秘主義《スーフィズム》がペルシア詩に大きな影響を及ぼし始め、やがて神秘主義詩はペルシア詩の主流を占めるようになった。一方、かつてイラン民族の支えであった尚武の気象は次第に衰え、その結果、民族英雄叙事詩に代ってロマンス叙事詩が擡頭し、また頌詩から抒情詩《ガザル》への大きな転換が見られたのもセルジューク朝時代の大きな特色であったといえよう。

再び政治史の流れに戻ろう。一一五七年スルタン・サンジャルの死とともに大セルジューク朝は滅び、その主領土であったホラサーン地方は同朝のかつての家臣が樹立したホラズム・シャー朝（一〇七七―一二三一）に領有され、同朝はその後勢力を拡大し、十三世紀前半モンゴル族西征時において中央アジア、イランにおける最大の勢力であり、同朝に仕えたペルシア詩人は約八十人にも達し、ペルシア文学と関係の深い王朝であった。これよりさき、セルジューク朝マリク・シャーの没後、同朝の広大な領土はアター・ベグ（父侯）と呼ばれた将僚たちに分割・統治され、多くのアター・ベグは後にそれぞれの領土で独立したが、ペルシア文学と関係がある主要なアター・ベグ朝はファールス地方のサルガル朝（一一四八―一二七〇）、アゼルバイジャーン地方のイルデギズ朝（一一三七―一二二五）などであった。以上がトルコ族支配時代の政治・文化の大きな流れであり、これ以外にも政治史からは殆ど重要性がないとはいえ、ペルシア文学、詩人と深い関係を有したこの時代の群小地方諸王朝としてカスピ海南岸タバリスターン地方のズィヤール朝（九二七―一〇九〇）、アゼルバイジャーン地方のシャッダード朝（約九五一―一一七四）や十二世紀にカスピ海西南岸地方を支配したシルヴァン・シャー朝がある。

次にガズニー朝、セルジューク朝、ホラズム・シャー朝の宮廷に仕えスルタンに頌詩を捧げた宮廷詩人、次いでアゼルバイジャーン地方の諸王の保護を受けた詩人の順に、頌詩詩人を主たる対象に述べよう。これらの詩人はきわめて数が多いので、文学史上特に注目に値する詩人のみを採り上げ、さらに他の領域の詩人（神秘主義詩人、ロマンス詩人等）は改めて別の節で述べることにしよう。

ガズニー朝最盛期、スルタン・マフムードとマスウードの宮廷に仕えた数多の詩人の中で特に卓越した存在はウンスリー（一〇三九没）、ファッルヒー（一〇三七没）、マヌーチフリー（一〇四〇没）の三人であった。いずれも十一世紀前半を代表する詩人で、ホラサーン・スタイルの完成者として名高い。なかでもウンスリーはルーダキー亡き後初めて現れた傑出した頌詩詩人と評せられ、さらにスルタン・マフムードから最初に桂冠詩人、すなわち「詩人の王《マリクッ・シュアラー》」の称号を授けられた詩人として宮廷においても高い地位を占め、後世の詩人に

マフムードが建てしあまたの宮廷は
かつて高さを月と競いしが
今や一かけらの煉瓦さえ見えず
残るはただウンスリーの頌詩のみ

と詠まれた。彼はバルフ出身といわれ、ある詩人伝によると、若くして両親を失い、商売を志して旅に出たが、途中で盗賊に資金を奪われたので商売を断念し学問に励むようになったと述べられているが真偽は分からない。後に彼はスルタンの弟でバルフの太守ナスルに仕え、その推挙でマフムードに仕え、スルタンの勢力拡大とともに彼の名声も高まり、桂冠詩人として多数の宮廷詩人を統べ、彼らの生殺与奪の権を握るほどであった。スルタンは彼を桂冠詩人に任命するに際して、いかなる詩人もまずその作品をウンスリーに見せ、そのめがねにかなった作品のみを御前に差し出すように命じたという*2。彼は常に側近としてスルタンに仕え、遠征に同行し、当意即妙な即興詩に優れて

いた。マフムード亡き後はマスウードに仕え、「銀で三脚台を作り、金で食器を作った」と後の詩人が羨んだほど恵まれた宮廷詩人であった。彼は三万句を作詩したと伝えられるが、現存するのは約二千七百句で、約六十の頌詩の中で四十がスルタン・マフムードに捧げたものである。宮廷詩人とはいえ彼は過度の追従《ついしょう》を避け、節度ある中庸を守ったと評され、特に頌詩の導入部《ナスィーブ》に秀れ、マフムードに捧げた頌詩の中で「新春の風《ノウルーズ》」を詠んだ導入部はよく知られる。

新春の風は花園にて彫り師となり
その技にて木々はさまざまな人形と化す
花園は呉服屋の如く錦襴に満ち
春風は香水のびんの如く竜涎香《りゅうぜんこう》に満つ
百合《ゆり》はたえず花園に白銀を捧げ
大地は美女の頰の如く鮮やか
地面はすべて中国の織物の如く
小枝の耳飾りはみな一連の白珠
見よ、太陽は面紗《ベール》まとう美女の如く媚び
時には雲から現れ、時には雲間に隠れる

高い山は頂から白銀の王冠をはずし
目は蒼く、顔麗しく、頭は麝香《じゃこう》の香り
昼は王の勢威の如く日増しに長く
花園は王の御運の如く日毎に若い

彼は頌詩の他に、ロマンス叙事詩の先駆者としても知られるが、後で述べよう。ウンスリーと同時代に活躍し、今日では当代随一の宮廷詩人と評されているのが、スィースターン出身のファッルヒーである。彼の詩が当時から非常に好評だったことは、ウンスリーやその他の詩人の現存詩句よりもはるかに多い約九千句から成る彼の詩集が今日まで伝えられていることからも明らかである。『四つの講話』によると、彼ははじめ郷里で地主に仕えていたが、チャガーニヤーンの王が詩人を厚遇すると知って、

布の隊商とスィースターンを出立す
心で紡《つむ》ぎ、魂で織った布をたずさえて

彼がかの地で牧場において仔馬に焼印を押す光景を詠んだ詩は名高い。

牧地が青い綾絹で面を隠すとき
山々は七色の絹にて頭を被う
大地は麝香鹿の如く無限の香り漂わせ
柳に生えるは鸚鵡《おうむ》の羽根の如き無数の葉
昨夜半、微風《そよかぜ》は春の香りをもたらす
歓迎すべき北の風、楽しきかな春の香
風は粉にした麝香を袖に持てるが如く
園は輝く人形を抱けるが如し
水仙は首飾りに白い真珠をつけ
はなすおうの耳飾りはバダフシャーンの紅玉《ルビー》
薔薇《ばら》に真紅の酒杯が咲いてこのかた
篠懸《すずかけ》の木から垂れるは五本指の手
園も枝も七面鳥の粧いを凝らす
水は真珠の色、雲は降らす白珠の雨
王の焼印場の彩《あや》どられた園は
まさしく色とりどりの賜衣の如し

王の焼印場はいま歓喜《よろこび》に満ちあふれ
世はその歓喜に驚嘆せんばかり
緑なす緑地は大空における蒼空の如く
天幕なる天幕は城砦における砦《とりで》の如し
いずれの天幕にても恋人は好き人と眠り
どの緑地にても友は廻り合いを喜ぶ
緑地に巧みな楽師の竪琴の調べ
天幕に酒注ぐ酌人《サーキー》の酒杯の音
恋人たちの接吻《くちづけ》、抱擁、美女の嬌態《しな》
楽師に竪琴と歌、酔客に眠りと頭痛
勝運恵まる王の幄舎《あくしゃ》の帳《とばり》の前で
焼印の火は陽の如く燃えさかる
火は黄色い錦の御旗の如くきらめき
若者が気性の如く熱く、黄金《こがね》の如く黄色
焼き鏝《ごて》は珊瑚の如く紅玉《ルビー》の色
火中にありてはいずれも柘榴《ざくろ》の粒

小姓は列をなして眠りを知らず
仔馬は列をつくりて焼印を待つ
……

チャガーニヤーンで宮廷詩人としての人生を出発した彼は後にガズニーでマフムードに仕え、ウンスリーを師と仰ぎ、銀の腰帯をつけた二十人の奴隷を伴とするほどに出世したという。マフムード亡き後、師と同じくマスウードに仕え、その在位中に没した。彼はスルタンのインド遠征にも同行し、特に一〇二五年ソームナート遠征を詠んだ長篇詩は名高く、さらに一〇三〇年スルタンの死を悼んだ挽歌は傑作の一つとされている。

都ガズニーは去年わが見たままにあらず
今年かかる変りとは何が起りしや

で始まる長い挽歌で、スルタンの死を悲しむ都の光景を述べ、亡きスルタンを想う切々たる気持が詠まれている。彼の詩の特色は平易・流麗・優雅な詩の駆使と、季節や貴族の祝宴の優れた描写とされている。

ダームガーン出身のマヌーチフリーは「自然の詩人」の異名で知られるほど自然描写に巧みな詩人で、その雅号を最初の保護者ズィヤール朝のマヌーチフル王からとったという。彼の詩に自然の描写が多いのは若い頃過ごしたカスピ海岸の美しい自然に接した結果であろう。彼はその後レイに赴いて太守ターヒル・ダビールに仕え、さらにそこからガズニーに行ってスルタン・マスウードの宮廷詩人になった。彼はジャーヒリーヤ時代の古典アラビア詩に造詣が深く、作詩にその影響を強く受けていると指摘されている。代表作の一つで巨匠ウンスリーに捧げた「蠟燭の詩」にはそれがよく現れている。彼は酒を主題とした詩をよく詠んだことでも知られ、ムサムマト詩形を最初に用いた詩人としても名高い。この詩形を図示すると、次〔七一頁〕のようであり、六行〔ここでは半句を「行」と数える〕ずつから成り、最初の五行は脚韻がみな押韻し、六行目の脚韻は六行目ごとに押韻する詩形である。

約二千七百句から成る彼の現存する詩集には五十七の頌詩、十一のムサムマトその他が収められている。この詩人はガズニー朝詩人の中で最も早く西欧東洋学者に採り上げられ、十九世紀後半にカズィミルスキーが詩集を校訂・翻訳した。近年でもフランスのフシェクール著『十一世紀ペルシア頌詩における自然描写』（一九六九）やアメリカのクリントン著『マヌーチフリー・ダームガーニー詩集＝批評的研究』（一九七二）はいずれも注目に値する。

彼は頌詩の導入部《ナスィーブ》においていつも野原、山、森、花園、牧地、空、雲、雨、その他さまざまな自然現象や小鳥等を巧みな比喩を用いて詠んだ。頌詩はどれも長いので導入部のみを一例として挙げよう。

これはスルタン・マスウードへの頌詩の導入部で、イランの正月、新春《ノウルーズ》（春分の日）の訪れと園の光景を描いた詩である。

真紅の薔薇《ばら》とともに新春の月が訪れたり
紅い酒を酌み、真紅の薔薇に向かえ
菫《すみれ》の巻毛の香りを嗅《か》ぎ、せんじゅ菊の唇に口づけよ

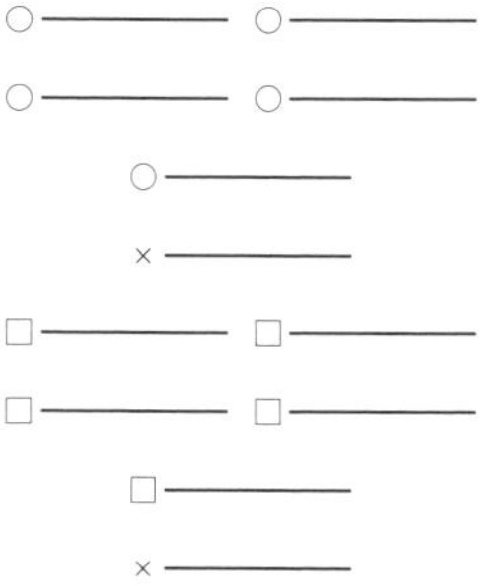

ムサムマト

ムサムマト詩形では、6つの半句（=3対句）を一つのバンド（連）と見なし、各バンドの中で第1半句から第5半句までが同じ韻脚で押韻し、第6半句は他の連の第6半句と脚韻を踏む。　〔編者〕

楽器《チャガーネ》を手に取り、酒杯の前にて頭を下げよ
双六遊ぶ少年から重い詰手を奪い
髭《ひげ》生《は》えぬ若者の両手から大杯を一気に乾せ
おお麗しき乙女よ、起きて園に来たれ
園は色と香りでまさに美女のごとし
枝は真珠の芽をふき、大地は錦を敷き
風は麝香《じゃこう》を撒きちらし、雲は露をおろす
雷は鞭《むち》にて民衆を払い、稲妻が鞭
風は王の御標《みしるし》を運び、そは驟雨《しゅうう》
鳩は恍惚となり、鸚鵡《おうむ》は語り出し
夜鶯《ブルブル》は歌い、じゅずかけ鳩は嘆き悲しむ
薔薇の頂にて礼拝をはじめる夜鶯
ふるえはじめるめぼうきの小枝
風は旗手となり、黒雲が旗
稲妻は金糸の如く旗を彩どる
園と牧地は旗に旗を重ねた如く

牧地と園は天国の園《エラム》のなかの園
孔雀の尾には月、戴冠鳥《やつがしら》の頭には王冠
こもんしゃこの頬に薔薇、鸚鵡の唇に紅い染料
鳩の首には麝香の弧をなす鉱山《やま》
鷓鴣《しゃこ》の目に宿るは血のかたまり
チューリップの頬の色は竜涎香《りゅうぜんこう》、黒子《ほくろ》は沈香
黄色い薔薇の燭《ともしび》に酒と麝香の香り
池の魚は鎖帷子《かたびら》を身にまとい
牧地の鹿は銀の腹帯をしめる
風は鎖帷子《かたびら》作り、水に鎖帷子《かたびら》を着せ
雲は天幕作りで、緑地に天幕を張りつめる
じゅずかけ鳩はラビードとズハイルの詩を吟じ
小鳥《ナールー》が作るはジャリールとハサムへの讃歌
孔雀の尾には百と三十の月
鷓鴣の羽根にはあまたの絵模様
小鳥らは花にとまりこぞって楽しく祈る

ペルシアの王たるわが君の身と心のために

　ガズニー朝最盛期の詩人としては以上の三大詩人の他に、アスジャディー（一〇四〇没）とガザーイリー（一〇三四没）が注目に値する。前者はメルヴ出身で、ダウラトシャーの『詩人伝』によると、フィルドウスィーが『王書』をたずさえガズニー宮廷に伺候した時、ウンスリー、ファッルヒーとともにアスジャディーが大詩人の詩才を試したという。彼の詩集は現存しないが、他の文献から約三百句が集められ編集されている。スルタン・マフムードに同行したソームナート遠征の頌詩や重複技法〔反復法ともいう。同じ語彙を繰り返すこと〕を用いて雨を描写した頌詩が代表作とされている。ガザーイリーはレイの出身で、同地のブワイフ朝君主に仕え、スルタン・マフムードにも頌詩を贈った。ホラサーン地方外の初期ペルシア詩人として知られ、ウンスリーとの詩の論争も有名である。

　ガズニー朝末期、ラホールにおける同朝の宮廷にも著名な詩人が仕えていた。かつての勢力を挽回できず衰退の一途をたどり、その支配地域もパンジャーブに限られてしまったとはいえ、宮廷詩人の制度は維持され、十一世紀後半から十二世紀前半にかけて三人の優れた詩人が活躍した。同朝最盛期における三大詩人とは比すべくもないが、アブル・ファラジ・ルーニー（一〇九八以降没）、マスウーデ・サアデ・サルマーン（一一二一没）、オスマーン・ムフターリー（約一一五九没）〔一一四九ほか諸説あり〕の三詩人はインド・ペルシア文学の基礎を築いた者としても評価されている。ルーニーはニシャープール出身で、スルタン・イブラーヒームに宮廷詩人として仕え、頌詩に新たな手法を生み出し、豊富なアラビア語彙、精巧・絶妙な比喩的表現の作品で知られ、後述する頌詩最高詩人アンヴァリーに大きな影響を与えたといわれている。

ルーニーに師事したサルマーンは一〇四七年ラホールに生まれ、主としてスルタン・マスウード・ビン・イブラーヒームに仕えた詩人で、頌詩詩人として一流の列に数えられている。彼は人生の前半を幸福に過ごしたが、四十歳頃から政治的陰謀にまきこまれて二回にわたり投獄され、長い年月を獄中で過ごさねばならなかった。十数年にわたる獄中生活で作った多くの『獄中詩《ハブスィヤート》』が彼の代表作で、獄中における悲痛な想いを切々と訴えている。

昼も夜も悲しみで心を痛め
夜中《よじゅう》、明け方まで眠れない
心はいつも苦しみ悶え
心に降らしつづける血の涙
昼も夜も一瞬《とき》として安らぎはなく
火と茨《いばら》の上にいるようなわれ
両目から流れる二すじの小川

両頬にいつも植えるサフランの花
隣の囚人たちがいつも聞くのは
わが激しい嘆きと悲しい叫び
術策を弄する大空に捕われのこの身
裏切りのこの世に疲れ果てたわれ
……

郷里ラホールから遠く離れた獄中にあって郷里を想った詩として、

おお清きラホールよ、われなき汝は如何《いかん》
輝く太陽なくして汝の輝きは如何
わが才能の園にて飾りし都よ
チューリップ、菫、百合なくして汝は如何
汝は草原、われは草原を駆ける獅子
われといた汝は如何、われなき汝は如何
愛すべき子が突然汝から離れた

その苦しみで汝の嘆きや如何

……

約七百頁に及ぶ彼の詩集は獄中詩と頌詩が主体を成し、インドの自然を詠んだ詩も含まれているが、獄中詩にかけて彼はペルシア文学史上特筆さるべき詩人で、その悲嘆にくれた心中の吐露を想えば、その高い評価は当然であろう。

ムフターリーはスルタン・アルスラーン・シャーの桂冠詩人を務めた多作な詩人で、ガズニー朝末期の代表的な詩人の一人であり、多くの頌詩を作った。彼の作として名高いのは、フィルドウスィーに倣った叙事詩『王者の書《シャハリヤール・ナーメ》』であるが一流作品とはいいがたい。約八千句から成る『オスマーン・ムフターリー詩集』に収められている。

次にセルジューク朝の宮廷詩人について述べよう。この時代に宮廷詩人は以前にもまして華やかに栄え、この制度はイラン西方の地方小王朝にもひろがり、宮廷詩人の生命ともいうべき頌詩は完成の域に達したが、セルジューク朝前期すなわち十一世紀後半はさほどにふるわず、後期の十二世紀において宮廷詩人の黄金時代が出現した。同朝の最盛期アルプ・アルスラーンとマリク・シャーの治世にはニザーミヤ学院の設立をはじめとしてイスラーム諸学、文化はきわめて栄えたが、宮廷詩人の存在はさほど顕著ではなかった。この理由として『四つの講話』の著者はセルジューク朝君主が元来遊牧民で、ペルシアの王者の伝統と慣習を識らなかったこと、さらに国政の実力者であった大宰相ニザームル・ムルクが詩に理解を示さず、宗教学者《ウラマー》と神秘主義者《スーフィー》以外の者には関心を抱かなかったためであると述べている。同書の記述によると、マリク・シャーの宮廷詩人であったムイッズィーが「王にお仕えして一年過ぎたが、この間遠くから一度お目にかかっただけで、一マン、一ディナールの手当、給与も与えられなかった」ことから、当時の宮廷詩人は名目的存在で、前時代に比していかに冷遇・無視されていたかが明らかである。しかし十二世紀になり、同朝のペルシア文化への同化が一層進むにつれて宮廷詩人は華かさを取戻し、特に同朝最後のスルタン・サンジャルの四十年にわたる長い治世にはホラサーン地方を中心としてその極に達し、政治的不振にも拘らず、宮廷詩人は厚遇され、ムイッズィーもスルタンの桂冠詩人としてかつてのルーダキーやウンスリーにも匹敵するほどの栄誉に浴し、栄華を極めた宮廷詩人として前二者と並び称せられる存在になったと後世の詩人伝に述べられている。

　ムイッズィーは一〇四八年頃セルジューク朝宮廷詩人であったブルハーニーの子としてニシャープールに生まれ、その雅号はマリク・シャー（ムイッズ・ウッディーン）にちなんでつけられた。父と同じように同宮廷の「詩人の長《アミールッ・シュアラー》」になったが、マリク・シャー没後同朝の内紛のために他の保護者を求めて遍歴し、サンジャルがホラサーン太守になると彼に仕え、一一一七年スルタン登極後は桂冠詩人として確固たる地位を築いたが、スルタンが誤って放った矢に当り、それがもとで長く苦しんだ後に没したと伝えられ、没年は一一二五年と二七年の間とされている。彼はホラサーン派最後の代表的な頌詩詩人と評せられ、現存する詩集には約一万九千句が収められ、その大半はマリク・シャー、サンジャルおよび時の高官への頌詩である。彼の詩は簡素・平明を特色とし、ホラサーン派の主流を歩んだ真の詩人で、素朴な用語、無技巧な表現を用いながら描写に秀れ、多くの比喩を生み出したことでも知られている。財務長官シャラフ・ウッディーン・アブー・ターヒル・サアドに捧げた詩は代表作の一つとしてよく引用され、その一部を訳そう。

おお駱駝追いよ、わが恋人の国にのみ停めよ
しばし廃屋と屋敷跡と廃墟を嘆かんがため
廃屋をわが心の血で満たし、廃墟を朱に染め
わが涙にて屋敷の跡にオキサス河を流すため
館にかつての幄舎《あくしゃ》のわが恋人の顔は見えず
園のいずこにもかの糸杉の優美な姿は見えぬ
酒壺や酒杯が置かれし場所に野生驢馬が足跡を残し
竪琴、笛、フルートに代り聞くのは鳶と烏《からす》の声
サアダーが天幕、サルマーが部屋

ライラーが幄舎を去りしより、わが魂は軀《からだ》を去りぬ
頑《かたくな》な心、甘い唇、白銀の顎《あご》をせる美女を想い
困難なくしては宿場を通り過ぎられぬ
かの美女がかつて友といた園はいま
狼と狐の巣、野生驢馬と禿鷹の塒《ねぐら》
月に代りてあるは雲、砂糖に代りてあるは毒
宝石は石に代り、ジャスミンは茨《いばら》に代りぬ
ああ運命の訪れにて、幸福は不幸に
樹木は雑草、歓喜は悲哀と化す
かつて見し天国の如き御殿、かの美女の顔にて輝きしが
いま見るは異端者の背の如く傾きし土塀のみ
……

セルジューク朝初期にアルプ・アルスラーンの子でホラサーン太守であったトゥガーン・シャーに仕えた著名な頌詩詩人がヘラート出身のアズラキー（一〇七二前没）であり、『四つの講話』には彼に関する逸話が述べられている。約二千七百句から成る彼の詩集にはケルマーン・セルジューク朝君

主への頌詩もある。自然描写に優れ、奇妙な比喩を用いたので、E・G・ブラウンは『ペルシア文学史』において「訳すのが非常にむずかしく、一般に訳しても読むにたえない」と評している。『スインド・バードの書《ナーメ》』の作詩者としても知られるが、作品は現存しない。

かつてイランの碩学ムハンマド・カズヴィーニーはペルシア詩の各ジャンルにおける最高詩人としてフィルドウスィー、オマル・ハイヤーム、アンヴァリー、ルーミー、サアディー、ハーフィズの六詩人を挙げ、これにナースィレ・ホスローを加えることもできようと述べた。この六大詩人の一人に数えられたアンヴァリー（一一八九頃没）＊3は数多い頌詩詩人の中でも最高の詩人と評され、後述する西のハーカーニーと並んで十二世紀における、いやペルシア文学史上における頌詩の双璧《そうへき》であった。本名をアウハド・ウッディーン・アリーといった彼は一一一六年頃ホラサーン地方のアビーヴァルド地区に生まれ、アンヴァリーと号した。生涯は明らかでないが、トゥースで諸学を修めた彼は後にメルヴにおいてスルタン・サンジャルに仕えて宮廷詩人になり厚遇されたが、一一五三年グズ・トルコ族がホラサーン地方に侵入し、サンジャルが捕虜になった後しばらくして同地を去り、各地を遍歴し晩年を失意のうちにバルフで過ごし、同地で没した。彼は卓越した詩才に恵まれていたばかりでなく、天文学、数学、哲学、音楽等にも精通した学者で、その該博な知識は作品によく現れている。彼がサーマーン朝以来現れた多くの優れた頌詩詩人の中で最高の詩人と評せられる理由は、先人たち、特にアブル・ファラジ・ルーニーの影響を受けながらもそれに追随することなく、用語と表現の両面において独創性を発揮し、頌詩を完成の域に達せしめたからである。さらに彼は頌詩の形式においても打破を試み、従来の形式が導入部、称讃部、祝福の順で構成されていたのに対して、導入部を省いて称讃から始め、導入部の抒情的要素を好むところにどこへでも入れるという頌詩の新しい形式を創めた。彼の詩の大きな特色はその技巧にあり、精緻・微妙な意味や思想を技巧を凝らして華麗に表現することにかけて彼は無比の存在であった。華麗・誇張的表現、豊富な用語、学識を示す多くの学術専門語、絶妙な比喩、隠喩、言葉の文《あや》で構成された詩的修辞学の極ともいうべき彼の作品は難解さにかけても中世以来定評が高くいく種もの注釈書が書かれた。これらの点において彼は従来のホラサーン派詩人たちの伝統を脱却し、独創的な詩境に達したといえよう。すなわち、彼はイラーク・スタイルの偉大な先駆者であった。彼の作品が既述六大詩人の中で西欧にあまり知られていないのは頌詩の性格にもよるが、その難解さに起因するところが大きい。しかし中世貴族社会において難解な頌詩は必ずしも欠点ではなかった。それどころか、頌詩の対象である保護者にとってはその難解な詩を理解するだけの学識と能力があると考えられることが大きな喜びであったと解釈する学者がいる。

約一万三千句から成る現存の『アンヴァリー詩集』において約八千句はスルタン・サンジャルをはじめ時の宰相、貴族、高官たちに捧げた頌詩で、他は抒情詩、断片詩、四行詩等である。彼は頌詩ばかりでなく抒情詩にも優れ、サアディーに至るまでの最高の抒情詩人とも学者によっては評されている。数多い頌詩の中で最も有名な作品は一一五三年グズ・トルコ族がホラサーン地方に侵入し、掠奪・殺戮《さつりく》の限りをつくし、スルタンを捕虜にした結果、荒廃した同地方の惨状を嘆いて詠んだ詩で、これはホラサーンの民の窮状をサマルカンドの太守ルクヌッディーン・マフムードに宛てた文《ふみ》の形式で作られている。十八世紀後半W・カークパトリックが「ホラサーンの涙」と題して英訳を発表して以来西欧でも知られるようになった。七十三句から成るこの詩の一部を訳そう。

暁の微風《そよかぜ》よ、サマルカンドを過ぎなば
ホラサーンの民の文《ふみ》を太守《ハーカーン》に伝えよ
身の苦しみと魂の災いにて始まり
心の痛みと断腸の想いにて終る文《ふみ》
哀れな者たちの溜め息が行間に溢れ
殉教者たちの血がその折目に滲む文《ふみ》
文字は虐《しいた》げられし人々の胸にて乾き
宛名の行は悲嘆にくれし人々の涙にて濡れる
その言葉を聞けば、耳は深手を負い
その様子《さま》を見れば、瞳《ひとみ》に血がにじむ

ホラサーンとその民の窮状が今まで
世界の主たる太守《ハーカーン》に隠されしや
否、さにあらず、九天と七星の
善悪すべては太守に明らか
事態は紛《まぎ》れなく由々しき時
今こそ兵をイランに進め給う時
……

さらにホラサーンの窮状については、

邪悪なグズ族に蹂躪《じゅうりん》されしホラサーンにて
滅びぬ者一人としてなきを知り給うや
イランにありしよきものすべてが
今やその形跡《あと》を留めていぬのを知り給うや
下衆《げす》どもが高貴な方々の長《おさ》になり
貪欲《どんよく》の輩《やから》が世の寛大な人々を従えり

卑賤なる者の戸口にて気高き方が嘆き悲しみ
卑劣なる者の手中に正しき者が捕われの身
人々が喜ぶのは死して苦難を逃れる時のみ
母の胎内にある者の他、清らな乙女は見当らず
どの都市の回教寺院《モスク》も奴らの軍馬の
ねぐらと化し、屋根も戸口も今やなし
説教でグズ族の名が唱えられぬのは
ホラサーンに今説教師も説教壇もないがため
愛するわが子が突如殺されるを見ても
母は恐怖で叫び声すらあげられぬ

とホラサーンの惨状を切々と訴え、さらに太守に救援を求めて、

おお王の血筋よ、民をこの悲哀から救い給え
おお清き方よ、国土をこの暴虐から解き放ち給え
汝の名にて金貨を飾りし神

汝の頭上に王冠を輝かし神にかけて
卑しく無頼な掠奪者グズ族から
神の下僕《しもべ》たちの心を安らげ給え
汝の槍にて彼らが報いを受ける時は今
汝の剣にて彼らが仕返しを受ける時は今
天国も羨みしイランが最後の審判の日まで
……

「ホラサーンの涙」は次の句で結ばれている。

詩の巨匠アムアクが詠みし如くに
「微風《そよかぜ》よ、血塗れの土をイスファハーンに運べ」
たしかに太守は哀れな民を理解し
彼らの心の苦しみを知り給わん
運る日輪がこの世を照らすかぎり
正義の王よ、支配を享受あれ

スルタン・サンジャルの宮廷にはアディーブ・サービル（一一四七頃没）も仕えていた。彼はティルミズの出身で、簡素・流麗な頌詩や抒情詩に秀で、詩集を残しているが、スルタンとホラズム・シャー朝のアトスィズ（在位一一二七―五六）との抗争の犠牲になった。これについてジュワイニーは『世界征服者の歴史』で次のように述べている。「スルタン・サンジャルはアディーブ・サービルを使者としてアトスィズの許に送った。彼がしばらくホラズムに滞在していると、アトスィズはホラズムの無頼者の中で邪宗者二人を欺き、その魂を買い、報酬を与えてスルタン暗殺に派遣した。これを知った詩人は二人の特徴を書き、それを老婆の靴の踵《かかと》に入れてメルヴに送った。手紙がスルタンの許に届くと、スルタンは探索を命じ、二人は酒場で見付けられ地獄に送られた。このことを知ったアトスィズは激怒して詩人をオキサス河に投げこんだ」という。このように当時詩人は密偵の役目を果すこともあった。

　次にカラハン朝、ホラズム・シャー朝の宮廷詩人に移ろう。まずアンヴァリーの詩に現れ、「詩の巨匠」と呼ばれたブハーラー出身のアムアク（一一四八没）はカラハン朝に仕え、「詩人の長《アミール》」として非常に厚遇され、技巧を凝らした頌詩で知られている。現存する詩集には約八百句が収められているにすぎず、叙事詩は散逸した。ラシーディーも「詩人のサイイッド」〔同じく詩人の長を意味する称号〕としてアムアクと同じ頃カラハン朝に仕えた詩人であったが、詩集は現存せず、断片的な作品が残っているにすぎない。アブドル・ヴァースィ・ジャバリー（一一六〇没）はガルチスターン出身の詩人で、同時代の宮廷に転々として仕え、技巧的な頌詩に優れ、詩のスタイル変更の先駆者として知られ、二巻から成る詩集が出版されている。

ホラズム・シャー朝のアトスィズに仕えたヴァトヴァート（一一八二没）は同朝屈指の宮廷詩人で、風采があがらない禿頭の小男だったため「ヴァトヴァート」（蝙蝠《こうもり》）の異名で知られた。バルフ出身で、ペルシア語、アラビア語の両語に精通し、書記としても名高く、『書簡集』が出版されている。頌詩を主体とする約八千五百句から成る詩集を残し、極めて描写力に優れていた。修辞学に関する散文書『魔法の園《ハダーイクッ・スィフル》』の著者としても有名で、彼はこの中で多くのペルシア、アラビア詩人の作品を引用しながら、修辞学と作詩法について述べ、この種のペルシア語作品としては最も古いものの一つである。

彼に関する名高い逸話を述べよう。『世界征服者の歴史』によると、一一四七年スルタン・サンジャルはホラズム攻略に出立し、ハザール・アスブ（千頭の馬の意）という小さな町を二か月にわたって包囲した。この遠征でスルタンに随行した詩人アンヴァリーは矢に次の四行詩を書いてハザール・アスブに射た。

王よ、天下はすべてあなたの意のまま
幸運により世界はあなたのもの

今日、一攻めでハザール・アスブを奪い給え
明日、ホラズムと万頭の馬はあなたのもの

当時ハザール・アスブにいたヴァトヴァートはこの詩の返歌として次の一句を書いて射返した。

王よ、敵がロスタムのごとき勇者でも
ハザール・アスブから驢馬一頭も奪えまい

自分の非力を諷刺されたスルタンは激怒してヴァトヴァートを八つ裂きにしてやると誓った。詩人は追跡を巧みに逃がれたが、遂に逃がれきれないと覚り、ひそかにスルタンの宰相に接近したが、だれもスルタンの怒りを知って取り成そうとしなかった。そこで詩人は『世界征服者の歴史』の著者ジュワイニーの曽祖父の伯父でスルタンに信任厚い側近ムンタジャブ・ウッディーンに保護を求めた。ある日、スルタンと話していてヴァトヴァートの話がでると、彼はすっと立上って言った。「お許し下さるなら陛下に一つお願いがございます」。スルタンが「申してみよ」と答えると、彼は「ヴァトヴァートなどはちっぽけな小鳥にすぎませんゆえ、とても八つ裂きにはできません。御命令とあれば、二つに裂かせましょう」。そこでスルタンは笑って詩人の生命を助けたという。アトスィズ没

後、彼はその後継者にも仕えたが、晩年は隠退して静かな余生を送り、八十歳を超す高齢で没した。

中央アジアの詩人でスーザニー（一一六六没）は特異な存在であった。なぜなら他の詩人たちが宮廷詩人として頌詩に励んだのに対して、彼は主として諷刺詩に専念したからである。サマルカンド近郊で生まれ、ブハーラーで教育を受け、相当な学識を備えた彼は主にサマルカンドで生涯を過ごし、生計のために頌詩も作ったとはいえ優れず、諷刺詩において彼の本領が発揮された。それ故、『スーザニー詩集』においても最初に諷刺詩が収められている。諷刺詩は頌詩と同じくカスィーダ詩形で作られるが、内容によって区別される。晩年の彼は自分の毒舌、諷刺を後悔する詩も作ったが、ペルシア文学史上、彼はこの分野における偉大な先駆者として今日までよく知られている。

十一世紀から十二世紀にかけてホラサーン派詩人たちと覇を競ったのがアゼルバイジャーン地方の詩人たちで、アゼルバイジャーン派詩人として知られ、彼らの中にはペルシア文学史上に特筆されるほど優れた詩人もいた。かくしてペルシア詩は一世紀有余、詩人たちの主要な活動地域であった東のホラサーンから千数百キロ以上も離れた西のアゼルバイジャーン、コーカサス地方へと拡大することになった。彼らはホラサーン派の巨匠たちの作品を学んだとはいえ、それを必ずしも踏襲することなく、自分の地方の気候、風土、慣習に即した詩を作り、ペルシア詩の内容を従前以上に豊かにしてペルシア文学の発展に多大の貢献をしたといえよう。

この派の先駆者として優れた詩人がカトラーン（一〇七二没）であった。タブリーズ出身の彼は郷里やガンジャにおいて地方君主に仕えた宮廷詩人で、作品に多くの史実を詠みこんでいるので、アゼルバイジャーン地方の群小諸王朝、例えばシャッダード朝、ラウワード朝、ジュスターン朝等の研究資料となっている。一〇四六年タブリーズを訪れたナースィレ・ホスローは『旅行記』で、「私はタブリーズにおいてカトラーンという詩人に会った。彼はよい詩を作ったが、ペルシア語をよく知らなかった」と述べているが、これは必ずしも事実とは思えない。なぜなら頌詩が大半を占め、約五百五十頁から成る現存の『カトラーン詩集』には当時のホラサーン派詩人に匹敵する優れた作品が多くあるからである。しかしトルコ系アーザリー語を母語とした彼が東方ホラサーンの言葉についてナースィレ・ホスローに尋ねたとしてもそれは当然であろう。彼の作品で最も名高いのは一〇四二年にタブリーズを襲った大地震を描写した詩である。その一部を訳そう。

平安、富、善、美にかけて世に
タブリーズにまさる都市はなく
貴族、奴隷、将軍、学者、賢者は
それぞれ己れの目的に励み
ある者は神に仕え、ある者は民に奉仕し
ある者は名を求め、ある者は富を求め

抒情詩《ガザル》を聞いて酒杯を傾ける者
猟犬を駆って羚羊《ガザール》を狩する者
昼は声妙なる楽師と席を同じくし
夜は麝香《じゃこう》漂う黒子《ほくろ》の美女と同衾《どうきん》した
だが一瞬にしてだれもが心から溜息をつき
一瞬にしてだれの口からも悲鳴があがった
神はタブリーズの民に死を投げつけ
天はタブリーズの富を破滅させた
高地は低地に、低地は高地に変り
砂は山に、山は砂と化した
大地は裂け、木々は曲がり
海は水を増し、山が動きはじめた
屋根が天にも届いたあまたの邸宅
枝が新月にも達したいくたの喬木
いま樹木に残るはただその跡形
いま邸宅に残るはただその廃墟

助かった者は嘆きで髪の毛ほどに細り
救われた者は悲しみで蹄鉄の如く曲がった
他人《ひと》に嘆くなと言う者はなく
他人に泣くなと言う者もなし
わが目で見たのはまさしくこの世の地獄
マフディーの旗、異端者の騒ぎ
神よ、世の美から完璧を除き給え
美が完璧に達すれば必ず欠ける

ペルシア文学史上にはイラン人学者と西欧の東洋学者との間で意見が分かれて未解決な問題がいくつかあるが、その中の一つがアサディーをめぐる父子説と一人説である。著名な東洋学者たち、例えばH・エテ、E・G・ブラウン、H・マッセ等はいずれもアサディーをアブル・ナスル・アフマド・アサディーとその子アリー・ビン・アフマド・アサディーとに区別しているが、フルーザンファル、サファー等イランの一流学者たちは後者のアサディー一人説を唱えている。尚、リプカはイラン側の説を支持し、「この説は今日一般に認められている」と述べている。筆者も一人説に従って述べよう。アサディー（約一〇七二没）はトゥースの出身であるが、後にアゼルバイジャーンに移住し、ナフジャヴァーンの地方君主に仕えた詩人で、三つの大きな業績を残している。まず彼は「対立詩《ムナーザラート》」の開拓者として知られ、夜と昼、魂と肉体、天と地、ゾロアスター教徒とイスラーム教徒等対立するものをテーマとして作詩した。さらに彼は一〇六六年に長篇叙事詩『ガルシャースプの書《ナーメ》』を完成して保護者アブー・ドラフに捧げた。約一万句から成るこの作品はフィルドウスィーの作品に次ぐ最古の長篇英雄叙事詩で、ガルシャースプ王の生涯と武勇をテーマにしたものである。第三の業績は最古の『ペルシア語辞典』（ルガテ・フルス）の編集である。今日の辞典と異なり、語尾の文字で配列・整理されたこの辞典の編集目的は、アゼルバイジャーン地方の者たちにホラサーン地方の文学語の語彙《ごい》を知らせることであった。彼はこの中で特異な語句や古語を選んで説明し、それを用いた詩人の句を引用している。引用された詩人は七十数人に達し、ペルシア語史、文学史研究の貴重な資料になっている。

アゼルバイジャーン派の代表的な詩人はハーカーニーとニザーミーの二人であった。後者は「ロマンス叙事詩の完成」のところで述べることにして、ここでは前者のみを採り上げよう。ハーカーニー（一一九九没）は本名をアフザル・ウッディーン・バディールといい、カスピ海西南岸シルヴァーンの地で、大工アリーを父とし、キリスト教徒の奴隷でイスラームに改宗した女を母として一一二一年に生れた。二十五歳まで医者・哲学者であった伯父の許で諸学を修めた彼は母の訓育や、イスラーム教徒とキリスト教徒とが住んでいた地域的環境の影響でキリスト教にも通じていた。彼が詩人として頭角を現したのは当時の著名な宮廷詩人アブル・アラー・ガンジャヴィー（一一五九没）に師事してからで、師の娘を娶り岳父の紹介でシルヴァーン・シャー朝のアブル・ムザッファル・ハーカーン・マヌーチフルに宮廷詩人として仕え、それまでの雅号ハカーイキーに代えて、王の名にちなんでハーカーニーと号した。彼が宮廷詩人として名声を得るにつれて岳父はそれを妬み、二人の間に対立が起った。一一五六年から五七年にかけて初めて聖地メッカへの巡礼を行い、この旅について作詩したのが有名な長篇叙事詩『二つのイラクの贈物《トフファトル・イラーカイン》』である。帰国後まもなく政治的陰謀にまきこまれて一一五九年に投獄され、この間の獄中詩はマスウーデ・サアデ・サルマーンの作と並んで名高い。

天の定めはキリスト教徒の文字よりも曲がり
われを僧侶の如く鎖につなぐ

で始まる獄中詩はビザンツ皇帝に自分の釈放の取り成しを求めた詩といわれる。約一年後に釈放された彼は新たな保護者を求めて各地を放浪したが、一一六八年ビザンツ皇帝マヌエル・コムネノスに宛てた頌詩から、彼がジョルジャを経てコンスタンチノープルに赴き、皇帝の許に参内したとも推測されている。晩年の彼は妻や息子を失い、保護者に恵まれず不遇・不満な生活を送り、一一八四年にタブリーズに赴き隠遁生活に入り、世を嘆きながら波瀾に満ちた生涯を終えた。

彼の作品には頌詩を主体とし、抒情詩、四行詩等から成る約二万句の『ハーカーニー詩集』、約三千句の叙事詩『二つのイラクの贈物』、さらに散文作品として『ハーカーニー書簡集』がある。彼の詩はアンヴァリーと同じように古来から難解の定評が高く、多くの注釈書がでている。これは彼が博学で、天文学、哲学、医学等に精通し、諸学を駆使して作詩したことにもよるが、さらに彼の卓越した想像力、独創性に富んだ表現に起因するところが大である。アンヴァリーと並び称せられる偉大な頌詩詩人である彼の絶妙な比喩と描写は後世の詩人たちの範になった。彼の代表作としては獄中詩、挽歌の他にササーン朝の都マダーイン（クテスィフォン）の廃墟について詠んだ詩をあげることができる。その一部は次の通りである。

おお、教訓《おしえ》を求める心よ、マダーインのアーチを
目にて凝視し、教訓の鏡と知れ
チグリス河岸から一度しばしマダーインに向い
その地に汝の目から第二のチグリス河（涙）を流せ
チグリス河も自ら血涙の百の河を流し
熱い血涙にて睫毛《まつげ》から火花の散るが如し
汝は見よう、チグリス河岸がいかに泡立つか
恰《あたか》も熱い溜息にて唇が泡を立てるが如し

悲哀の火にてチグリス河の心が燃えるのを見よ
火を燃やす水について汝は聞きしことありや
チグリス河を嘆き、目から貢物（涙）を捧げよ
たとえ河が海に注がねばならぬとも
もしチグリス河が溜息と心の嘆きを混ぜるなら
半分は氷と化し、半分は火焔にならん
……

『二つのイラクの贈物』はメッカ巡礼から帰って後に作詩した作品で、二つのイラクとはペルシア・イラクとアラブ・イラクを指す。旅行を題材とした叙事詩はペルシア文学において他に例をみない。しかしこの作品は必ずしも一貫した旅行についての詩ではなく、いく度もわき道にそれ、多くの場所、知名人、習俗、自然の描写の他に、自分の生活、家族等についても述べられている。

アゼルバイジャーン派詩人としては既述の詩人たちの他に、ムジール（一一九七頃没）とファラキー（一一五五頃没）がやや注目に値する。前者はハーカーニーの弟子で宮廷詩人でもあったが、師ほどに難解な詩は作らず、約五千句の詩集を残している。後者はシルヴァーン・シャー朝マヌーチフル二世に仕えた宮廷詩人でハーカーニーとはライバルであり、占星術に精通していたのでファラキーと号

したという。彼はハーディー・ハサンのモノグラフ（一九二九）で知られるようになった。

アゼルバイジャーンの地方君主宮廷は十二世紀後半、ホラサーン地方が戦乱で荒廃するにつれて東方の詩人たちにとって大きな魅力になり、多くの詩人が西方に移ったが、その中の一人がザヒーレ・ファールヤービー（一二〇一没）であった。彼はバルフの近郊ファールヤーブ出身で、若い頃からニシャープール、イスファハーン、マーザンダラーンと保護者を求めてさまよい、遂にアゼルバイジャーンに達してアターベグ朝に宮廷詩人として仕えた。彼はアンヴァリー、ハーカーニーの亜流で、頌詩詩人として活躍したが、到底二人の域には及ばなかった。彼の頌詩は過度の誇張的表現で知られ、約五千八百句の詩集が残されている。

十三世紀前半モンゴル族のイラン侵入前にホラサーン、アゼルバイジャーンに次ぐペルシア詩の中心はイスファハーンで、これは同地出身の二人の詩人の活躍による。一人はジャマール・ウッディーン・イスファハーニー（一一九二没）で、他はその息子で、父よりはるかに有名な詩人カマール・ウッディーン・イスマーイール（一二三七没）であった。特に後者はモンゴル族侵入前におけるペルシア詩最後の偉大な頌詩詩人と評されている。職人の家に生まれた父は若い頃から作詩を始め、特定の宮廷に仕えることなく、各地の地方君主に頌詩を捧げ、同時代の偉大な頌詩詩人、例えばハーカーニー、アンヴァリー、ヴァトヴァート、ザヒール等の影響をうけ、彼らとも文通していた。しかし彼は一流の頌詩詩人とは言い難く、その作品は力に欠けているが、抒情詩においては優れていた。

頌詩詩人として父をはるかに凌駕し、イスファハーンが今日まで郷里出身の最大の詩人として誇るのがカマール・ウッディーンであった。彼は二十歳の時父の死に際して有名な挽歌を作詩したほど若くして非凡な詩才を発揮し、郷里のサーイド朝宮廷に仕えた他に、ホラズム・シャー朝やファールス地方のアターベグ朝等の君主にも頌詩を捧げ、神秘主義教団とも関係を有したが、神秘主義詩人ではなく現世に強く惹かれていた。一二三七年モンゴル族のイスファハーン攻略の時、彼らの手にかかって殺害された。「意味の創造者《ハッラークル・マアーニー》」の異名で知られたように、微妙で独創的な意味の表現に長け、イラーク・スタイルの頌詩の手本を創ったとも評されている。約一万五千句から成る彼の詩集には主として頌詩の他に、抒情詩、断片詩、四行詩等が収められている。彼の頌詩は通常導入部なしで始まり、郷里イスファハーンを称え、さらにモンゴル族による破壊・荒廃を詠んだ詩がよく知られている。

2　神との合一を願う詩人たち

神との合一を願う詩人たちとは神秘主義詩人《スーフィー》たちを意味する。神秘主義思想のペルシア詩への滲透はトルコ族支配時代におけるペルシア文学の大きな特色であり、この思想は単にこの時代に限ることなく、これ以降十五世紀末に至るまで古典ペルシア文学時代を通じてペルシア詩人たちに最も大きな影響を及ぼした宗教思想であり、ペルシア文学理解の大きな鍵と言うことができよう。ここで採り上げるのは神秘主義思想を主として叙事詩形《マスナヴィー》で作詩した二人の偉大な神秘主義詩人、サナーイーとアッタールである。本論に先立って神秘主義について述べるが、本書の性質上これを詳述する余裕がないので略述するに留める。詳しくは井筒俊彦氏の名著『イスラーム思想史』第二部「イスラーム神秘主義（スーフィズム）」を参照されたい。

神秘主義の起源については諸説があるが、その土壌がイスラーム初期におこった禁欲主義、反世俗的精神主義であったことはだれもが認めている。初期の大征服と膨大な戦利品獲得の結果、ウマイヤ朝カリフをはじめ世をあげて物質主義、現世主義、享楽主義が支配的になり、信仰の熱は冷めて外面的な宗教儀式にとどまった。かかる風潮への抗議・反動として一部の敬虔な信徒たちは非常な憤りを感じるとともに、自らは地上の一切の快楽を拒否して清貧な生活に憧れ、ひたすら神を畏れ、己れの罪深さを強く意識し、さらにやがて迫り来る終末と最後の審判への恐怖に恐れおののき、俗世間を超越して神に絶対的信頼を捧げ、その意志に無条件に服従しながら敬虔な勤めに専念し、禁欲・隠遁の道を歩んだ。当時彼らは主として禁欲主義者《ザーヒド》、敬虔者《ナースィク》等の名で呼ばれ、その代表的な人物がバスラのハサン（七二八没）であった。この禁欲主義が精神的基盤・土壌となって芽生えたのが神秘主義であった。

イスラーム神秘主義の明確な定義はきわめて難しく、碩学R・A・ニコルソンは、「これについてアラビア語、ペルシア語の諸文献に現れる数多くの定義は歴史的には興味深いが、それらの主たる重要性は神秘主義が定義できないことを示していることにある」と述べており、十三世紀の大神秘主義詩人ルーミーは『精神的マスナヴィー』においてこれを次のような比喩詩で表現した。

暗い屋内に一頭の象がいた
インド人が見世物に連れてきた
多くの人はそれを見るために
それぞれその暗闇に入った
目で見ることができなかったので
暗闇の中を掌《て》でさわってみた
一人の掌が象の鼻にふれると
この動物は水管のようだと言った
他の一人の手がその耳にとどくと
彼には象が扇のように思われた
また一人の掌がその脚にさわると

象の姿は柱のようだと言った
一人はその背中に手を置いて
この象は王座のようだと言った
同じように人々は話を聞くたびに
その人の触った部分が分っただけ
触れた部分がまちまち、言葉はさまざま
それをダールと呼ぶ人、アリフ〔ダール、アリフはそれぞれ屈曲した形と真っすぐな形のアラビア文字〕と見なす人
もし人々の掌に蠟燭があったら
彼らの言葉に相違はなかったろう
知覚の目も手の平と同じこと
掌は象の全体にとどかない

とはいえ、神秘主義の基本的性格は「愛《マハッバ》」と「神秘的知識《マアリファ》」と「神人合一《ファナー》――陶酔の境地」とされている。「愛」はシリア神秘主義の大きな特色であり、「バスラ派」の聖女ラービア（八〇一没）はイスラーム神秘主義に「愛」の表現を最初に採り入れた者として名高い。この愛とは地上の愛ではなく、神に対する熱烈にして精神的な愛である。井筒氏は著書においてこう述べている。「このような傾向は

やがて文学に深刻な影響を与え、抒情詩人達は神と人との愛の関係をそのまま地上の男女の愛恋の関係に移し、神に対する霊魂の愛を、この世のものと思われぬ優婉な乙女に対する美しい青年の切ない恋に譬えて歌うという、神聖といえば神聖、地上的といえば極めて地上的な、一種独特な官能的詩境を展開するのであって、この官能性、と言うより肉感性の世界こそ、後世のイスラーム文学わけてもペルシア詩歌の一大特徴となるのである」。ペルシア文学において官能的・肉感的な愛の詩的表現がその極致に達するのは十四世紀における抒情詩の最高詩人ハーフィズによってであるが、彼に至るまでに多くの神秘主義詩人たちは地上の愛を、神への真実の愛に対する比喩的愛として、「絶対的な美」である神を「恋人」とか「愛される人」と呼びかけて、地上の恋人に対するように、いや、それよりもはるかに熱情をこめて自分の切ない想いをあくことなく訴え続けた。神秘主義詩においてはシンボリズムと比喩的表現が基調であり、シンボリズムは「愛」と「酒」と「美」という三つをめぐって主に展開する。酒は神秘主義的愛の比喩的表現として最も好んで用いられた[*4]。「神秘的知識《マアリファ》」とはヘレニズム的接神論グノーシスで、宗教学者《ウラマー》たちが書物から学ぶ思弁的・間接的な普通の知識《イルム》ではなく、神との瞬間的合一のときにのみ得られる、神からの直接的・感性的な知識を意味する。この要素をイスラーム神秘主義に導入・完成したのはエジプトの偉大な神秘主義者ズー・アンヌーン（八五九没）で、彼は神秘主義の修行道を三段階、即ち「宿処《マカーマ》」「状態《ハール》」「安定《タムキーン》」に分けたことでも名高い。

神秘主義道の究極の境地は「神人合一《ファナー》」であり、その「存続《バカー》」である。この境地の偉大な先駆者はペルシア人バーヤズィード・ビスターミー（八七四没）で、「陶酔の神秘主義者《スーフィー》」として知られる。神秘主義者にとって、イスラームの基本的信仰「神の唯一性《タウヒード》」とは「神と唯一になること」であり、「神との一体化を知覚すること」であった。これは神と人との間に存在する膨大な隔たりに橋をかけるものであった。神人合一、神との一体化の境地も地上における愛恋に譬《たと》えられ、ペルシア詩においては一般に恋人同志の結びつきで比喩的に表現される。それ故、神秘主義詩人が恋人との結合を渇仰し、肉感的に恋人に捧げる熱烈な恋愛詩は神との合一を憧憬する彼の心情の吐露に他ならない。

イスラーム神秘主義の古典理論の完成に大きく貢献したのは、バグダード派の神秘主義者たちで、特にムハースィビー（八五七没）、その弟子ジュナイド（九一〇没）、さらにその弟子ハッラージ（九二二没）は卓越した存在であった。ムハースィビーは「神秘主義的愛」の理論化と「自我の統御法」で知られ、ジュナイドは「醒めた神秘主義者」として古典理論の完成者といわれ、ハッラージは「陶酔的神秘主義者」の極に達し、「我は真理《ハック》（神）なり」の彼の言はあまりにも名高く、後世の神秘主義者に甚大な影響を及ぼした。

イランにおいてはバスラ派の影響をうけて早くからホラサーン地方に独自の神秘主義が発達した。ホラサーン派の祖と仰がれるバルフ出身の著名な隠者イブラーヒーム・ビン・アドハム（七七七没）をはじめとして、その弟子バルフのシャキーク（八一〇没）等によりバルフを中心に展開した神秘主義はやがてニシャープールをはじめ同地方全域に拡がり、さらにイラン全域へと拡大した。これはペルシア詩の拡大ともかなり共通した現象であった。ペルシア文学に神秘主義の影響が現れ始めたのは十一世紀以降であって、十世紀すなわちサーマーン朝下のペルシア詩には殆どその影響が及んでいないことには留意すべきであろう。これについてイラン人学者A・ザッリーンクーブは『神秘主義遺産の価値』において、バグダード派神秘主義者たちは、当時都において哲学者、神学者等全ての階級の者が詩と文学に関心を抱いていたので、致し方なく自己の思想表現において詩に頼らざるをえなくなり、ハッラージも祈禱や恍惚境《シャタハート》〔神秘家が恍惚の境地で発する、外面上瀆神的と思われる言葉。酔言・酔語とも〕の表現に詩を用いたが、ペルシア文学の中心であるホラサーンにおいては、神秘主義者や禁欲主義者たちは容易に詩に対して同意を示さず大部分の神秘主義者は詩を避けていた。後述するアブー・サイード・ビン・アビル・ハイルが詩に関心を抱いたのは例外的であったという。

　神秘主義はペルシア詩においては主として四行詩《ルバーイー》、叙事詩《マスナヴィー》、抒情詩《ガザル》の詩形によって表現され、頌詩形《カスィーダ》が用いられることは比較的少なかった。神秘主義のペルシア文学への影響について、インドの著名な文学者シブリー（一九一四没）は、ペルシア語にも訳され今日まで高く評価されているウルドゥー語による著作『ペルシアの詩』においてこう述べている。「神秘主義の要素が導入されるまでペルシア詩は生命なき形骸にすぎなかった。詩作とは元来感情の発露を示すもので、神秘主義以前には詩的熱情が存在しなかった。頌詩は称讃と追従にすぎず、叙事詩は出来事の描写にとどまり、抒情詩は言葉の羅列にすぎなかった。神秘主義の根本要素は真実の愛で、それは徹頭徹尾熱情である。真実の愛のおかけで比喩も尊重され、その焔はすべての詩人の心を燃やし、今や発せられる言葉に情熱が欠けることはなかった」。

神秘主義最高詩人ルーミーをして

アッタールは魂、サナーイーは両眼にして
われはサナーイーとアッタールの跡を追う

と言わしめたサナーイー（一一四一没）は本名をアブル・マジュド・マジュドゥードといい、一〇八〇年頃ガズニーで生まれた。彼ははじめ生地においてガズニー朝末期のスルタンに頌詩詩人として仕えたが、ほどなく職を辞し郷里を去ってバルフに向い、同地に滞在中、一一〇五年頃メッカ巡礼を行い、バルフに帰還後、次第に神秘主義の道を歩むようになり、ホラサーンの各地を長い年月にわたって放浪の旅を続け、サラフス、メルヴ、ヘラート、ニシャープール等を廻って多くの神秘主義者、詩人、学者等と接し、晩年一一二四年頃郷里に帰った。当時の支配者ガズニー朝バフラーム・シャーは彼に宮廷への出仕を勧めたが、彼は辞退して隠遁生活を送り、神秘主義の修行と作詩に専念し郷里で没した。

彼は非常に多作な詩人で、作品には『サナーイー詩集』、代表作として名高い神秘主義長篇叙事詩『真理の園《ハディーカトル・ハキーカ》』、および『サナーイー七部作』として知られる七篇の叙事詩がある。約一万三千句から成る彼の詩集には頌詩、抒情詩、四行詩が主として収められており、これらの詩により宮廷詩人か

サナーイーの墓（ガズニー）

ら神秘主義詩人への彼の推移が明らかになる。彼は頌詩を保護者への讃美にのみ用いたのではなく、後にはこの詩形を神秘主義思想の表現にも用いた。このようなことは彼以前の頌詩人にはなかった。一例を示そう。

肉体と魂を汝の住まいにするな、前者は卑しく後者は気高い
いずれからも足も踏み出し、ここそこに留まるな
汝が道から外れる限り、異端・信仰はみな同じ
汝が友（神）から遠ざかる限り、美・醜は同じ
旅人《スーフィー》の徴とは地獄からも冷たく離れる人
恋をする者《スーフィー》の徴とは海からも濡れずに出る人
汝が信仰から発する言葉は、ヘブライ語であれ、シリア語であれ同じ
汝が真理のために求める家は東洋であれ、西洋であれ、同じ
死肉を求める烏の如く何故汝は卑しき下界に留まるのか
籠をこわし、孔雀の如く大空を飛翔せよ
友よ、永遠《とわ》の生命を欲するなら、死の前に死ね
イドリースはかつてかかる死で天国に達した

永遠《とわ》の生命を得るために愛の剣にて殺されよ
死の天使の剣で蘇生する者はなし

サナーイーは抒情詩を神秘主義思想の表現に用いた先駆者の一人で、頌詩よりもこの分野において優れていた。しかし彼の時代には抒情詩の結句《マクタ》に詩人の雅号を詠みこむ慣例は未だ完全には確立されていなかった。それ故、彼の抒情詩には詠みこまれていないものが多い。この慣例は十二世紀後半から十三世紀前半にかけて徐々に確立された。これは詩人が、自分の作品に銘をつける職人の例に倣ったものであると唱える学者もいれば、神秘主義詩人が自らの戒めとして詠みこんだと唱える学者もおり、起源は明らかではない。神秘主義詩人の抒情詩作詩《ガザル》によって、従来の宮廷詩人による抒情詩との間に大きな相違を生じ、これ以降、抒情詩は二つの大きな流れに分かれた。一つは従来通りに地上の現実的な愛、酒、恋人を讃美する純然たる恋愛詩的性格の抒情詩であり、他はシンボリズム、比喩的表現による神秘主義抒情詩である。後者は神秘主義者の陶酔の結果生み出されたものと言えよう。サナーイーの抒情詩の一例を示そう。彼は神秘主義の愛をこう詠んでいる。

愛は遊びや物語ではなく
愛の路には苦情はない

恋人（神）の美には果てしがなく
恋をする者《スーフィー》の苦痛には終りがない
この世にて愛には心を奪うほか
領域がないと想うなかれ
愛の旗色を鮮明にせよ
愛には偽善は存しないゆえ
愛の世界は知識の世界ではない
真理の視ることは噂で知ることではない
愛する者と愛される者を区別する者は
その愛に無限の力がない
心が汝の持つもの全てを賭けるとも
愛はその心に満足しない

サナーイーは頌詩、抒情詩において神秘主義詩人の先駆者であったが、彼が真に高く評価されているのは神秘主義叙事詩の分野においてである。彼の代表作『真理の園』は約一万二千句から成る大作で、「神秘主義の百科全書」とも「サナーイーが蓄積した知識の集大成」とも評され、一一三〇年

に作詩を始め、死の直前に完成してガズニー朝バフラーム・シャーに捧げられた。彼はこの書を非常に自負して、

世でかかる作詩をした者はなし
もしあれば持ち来りて朗詠せよと伝えよ

と作品の中で詠んでいる。神、預言者、知性、学問、愛等について十章から構成されているこの作品について、西欧東洋学者とイラン人学者との間で評価に大きな相違がある。例えばブラウンは「ペルシア語において最も興味が乏しく、退屈な本の一つ」と酷評しているのに対し、イラン人学者はペルシア詩の傑作の一つと高く評価し、Z・サファーは「ペルシア文学に多くの影響を及ぼした作品の一つで、ハーカーニーの『二つのイラクの贈物』やニザーミーの『秘密の宝庫』の作詩に直接の影響を与えた」と述べている。学者によってはこの書を純粋の神秘主義作品としてではなく、人生哲学、道徳、倫理に関する作品と見做している。とはいえ、作品の校訂者M・レザヴィーが述べているように神秘主義思想が叙事詩形で作詩された最初の作品というのが通説であり、この点においてサナーイーはペルシア文学史上に特筆されているのである。

彼はこの長篇叙事詩の他に、七篇の叙事詩を作詩した。すなわち、『理性の書《アクル・ナーメ》』（二百四十二句）、

『愛の書』《イシュク・ナーメ》（五百七十九句）、『サナーイー・アーバード』（五百四十九句）、『筆の祈り』《タフリーマトル・カラム》（百三句）、『探求の道』《タリークッ・タフキーク》（八百七十三句）、『バルフの業行』《カール・ナーメ》（四百九十一句）および『来世への下僕の旅』《サイルル・イバード・イラル・マアード》（七百九十九句）である。これらの中で最もよく知られているのは最後の作品で、この作品によってニコルソンはサナーイーを「ダンテのペルシア的先駆者」と称讃した。『神曲』のペルシア版を想わせるこの作品は彼がホラサーンの都市サラフスに滞在中、三十三歳の時に作詩したもので、魂の天上および下界における旅についての叙事詩であるが、多くのシンボリズムによる表現があり、理解は必ずしも容易ではない。それ故テヘラン大学刊行『賢者《ハキーム》サナーイーの叙事詩集』にもこの作品の詳しい注釈がある。

サナーイーがガズニーで没したのとほぼ同じ頃に、ニシャープールで生まれたのがアッタールで、サナーイーに次いで現れた偉大な神秘主義詩人であった。本名をファリード・ウッディーン・ムハンマドといった彼は父ゆずりの医薬を業としたのでアッタール〔薬屋の意〕と号したという。彼はペルシア文学史上でもその生涯が最も分からない詩人の一人であり、生年は一一四二年頃とされ、没年は従来一二二九年とされてきたが、今日では一二二一年モンゴル族のニシャープール攻略で殺害されたという説が有力である。彼は医業においてかなりの成功を収め裕福な暮らしをしたらしく、「日夜医療に励んだ」とか「毎日五百人の患者の脈をとった」と詩に詠んでいる。彼が神秘主義の道に入った動機について後世いろいろと推測されてはいるが明らかではない。彼の晩年にまつわる逸話として名高いのは後の大神秘主義詩人ルーミーとの出合いである。一二二〇年頃少年ルーミーが父とともにバルフを去って西方への旅を続ける途中、ニシャープールにおいて老詩人アッタールに会い、老詩人は少年の将来の大成を予言して自作の詩集『神秘の書』を贈ったという。

　アッタールはサナーイーにまさる多作な詩人であった。「彼がもっと寡作であったら、他の多くの東洋詩人のようにさらによく知られたであろう」とはブラウンの言である。俗説として彼の作品数は『コーラン』の章《スーラ》の数（百十四章）に等しいと言われてきた。誇張とはいえ彼がいかに多作であったかを示している。彼の作品の真偽をめぐってさまざまな論議がなされてきたが、彼の真の作品として現存しているのは、『アッタール詩集』、『鳥の言葉《マンティクッ・タイル》』、『神秘の書《アスラール・ナーメ》』、『災難の書《ムスィーバト・ナーメ》』、『神の書《イラーヒー・ナーメ》』、『ホスローの書《ナーメ》』、『選択の書《ムフタール・ナーメ》』、『忠言の書《パンド・ナーメ》』の諸詩集と散文作品『神秘主義聖者列伝《タズキラトル・アウリヤー》』である〔『ホスローの書』と『忠言の書』のアッタールへの帰属については諸説ある〕。約一万一千句から成る『アッタール詩集』においては八百七十三の抒情詩がその大半をしめ、残りは頌詩その他である。彼は神秘主義抒情詩において偉大な先覚者で、サナーイーの作品よりも多くの神秘的シンボリズムが用いられ、一層の熱情がこめられている。

　彼の作品の中で最も名高いのは『鳥の言葉』*5である。この題名は『コーラン』第二十七章蟻の中で「人々よ、我らは鳥の言葉を教えられ、かつあらゆるものを授けられた。これこそまさしく明白なる恩寵である」という節からとったもので、彼はこの作詩に際してイブン・スィーナー（一〇三七没）とガッザーリー（一一一一没）がそれぞれアラビア語で執筆した同名の散文作品『鳥の書簡《リサーラトッ・タイル》』をモデルにしたことが指摘されている。約四千七百句から成る叙事詩形の作品の内容は、神秘主義者を鳥に譬え、彼らが神との合一を熱望して、神に譬えられた鳥の帝王である不死鳥《スィームルグ》の許に艱難辛苦の末にやっと到達する過程を描写した神秘主義比喩詩である。戴勝鳥《やつがしら》を先達・道案内として、はるかかなたのカーフ山に住む鳥の帝王、不死鳥を求めて出立した数千羽にのぼるさまざまな鳥は多年にわたって苦しい旅を続け、この間に危険な七つの谷をわたり、途中で海に溺れたり、獣の餌食になったり、灼熱の太陽で倒れたりして、旅路の果てである目的の地に辿りつけたのはわずかに三十羽にすぎなかった。これは神秘主義者の修行がいかに苦しく、厳しくて途中で脱落する者が続出し、究極の境地であるファナーに到達できる者がいかに少いかを述べている。

三十羽の鳥が不死鳥の御前に出て陶酔《ファナー》の境地に耽る様子が次のように描かれている。

鳥たちの魂は当惑と恥のために
全く消え去り、体は埃《ほこり》と化した
彼らはすべてが清められたので
神の光からすべてが生命を得た
彼らが再び新たな生命をもつ下僕になると
改めて彼らはふたたび驚愕した
彼らのかつての作為、不作為の罪は

清められ、胸からぬぐい消された
近接の太陽〔神〕が彼らに光り輝き
すべての魂がその光で輝いた
世の三十羽《スィー・ムルグ》の鳥の顔の反照で
その時彼らは不死鳥《スィームルグ》の顔を視た
彼らが視ると、それは三十羽《スィー・ムルグ》の鳥
まぎれなく三十羽《スィー・ムルグ》の鳥が不死鳥《スィームルグ》
彼らはすべて驚き、頭が乱れ
あれかこれか分からなかった
自分たちを視ればまさに三十羽《スィー・ムルグ》の鳥
不死鳥《スィームルグ》も三十羽《スィー・ムルグ》の鳥に他ならない
彼らが不死鳥《スィームルグ》の方を視れば
そこにいるのは三十羽《スィー・ムルグ》の鳥
自分たちの方はと視れば
彼らがまさしく不死鳥《スィームルグ》
彼らが双方を同時に視れば

いずれも一羽の不死鳥《スィームルグ》、多少はない
こちらがあちらで、あちらがこちら
世でだれもかかることを聞いた者はない
彼らはすべて驚愕に浸り
無想のうちに冥想にふけった
事態が分からなかったので
彼らは言葉なくして主に尋ね
この深遠なる秘密の解き明かしと
「われら」と「汝」との解決を求めた
主から言葉なくしてお答えがあり
「主は陽の如く輝く鏡にして
そこに己れを視る者はみな
そこに魂と体、体と魂を視る
汝らは三十羽としてここに来たゆえ
この鏡に三十として映ったのだ」

かくして鳥たちは影が陽で消えるように神なる不死鳥と合一した。ここでは神秘主義者と神との合一を、三十羽の鳥《スィー・ムルグ》と不死鳥《スィームルグ》との合一で音の同一を巧みに使って比喩的に表現している。

アッタールの他の作品は約二千の四行詩集である『選択の書』を除き、いずれも『鳥の言葉』と同じように叙事詩形によるもので、この分野において彼はサナーイーの偉大な後継者であり、かつルーミーの優れた先駆者でもあった。生来の物語の語り手と評されているように彼は主として枠物語風の形式によって非常に多くの物語、逸話、寓話を用いて神秘主義思想の表現と巧みに調和させた。このような手法はサナーイーの作品にはあまり見られない。約三千三百句、二十二講話から成る『神秘の書』はサナーイーの『真理の園』に倣って構成され、潜在霊魂と卑しい物質界との混合をテーマとした作品で、枠物語形式ではないが多くの物語が詠みこまれ、ルーミーもこの書に負うところがあったことを認めている。約七千句から成る『災難の書』は預言者マホメットの天界飛行《メラージ》に基づき、絶望に陥った神秘主義修行者が師の勧めによって魂の旅を始め、さまざまな宿処を経て遂に神の許に達する経過を描いている。約七千三百句から成る『神の書』においては、ある王が六人の王子にそれぞれの望みを尋ねると、王子たちはそれぞれ、妖精の王の娘、魔法の術、ジャムの酒杯〔一九九頁参照〕、生命の水、ソロモン王の指環、錬金術の液が欲しいと答えたので、王は現世の欲望の愚かさを説き、より高い目標に向って努力するように忠告するのが大筋である。約八千三百句から成る『ホスローの書』は『ホスローとグル』の名でも知られ、ルームの王子ホスローとフーズィスターンの王女グルと

アッタールの墓(ニシャープール)

の恋をテーマとした神秘主義的ロマンス叙事詩である。『忠言の書』は八百五十句から成り、他の作品に較べて大した価値はない。

散文作品『神秘主義聖者列伝』はアッタールの名声を詩の作品とともにさらに高めた作品で、この種の作品としてはペルシア文学史上最初のもので、神秘主義者研究の貴重の資料として高く評価されている。彼は執筆に際してアラビア語諸文献、例えばサッラージやスラミー、クシャイリーの作品を利用した。バスラのハサンからハッラージに至る七十五人の著名な神秘主義者の伝記が収められ、特に彼らの言葉に重点が置かれている。

アッタールに関しては、イラン人学者S・ナフィースィー著『アッタールの生涯と作品の研究』、B・フルーザンファル著『アッタールの生涯および作品分析』、ドイツのH・リッターの優れた研究があることを付記しておこう。尚、『鳥の言葉』には仏・英語の抄訳、『神の書』には仏訳があり、『神秘主義聖者列伝』には英語の抄訳が刊行されている。

3　ロマンス叙事詩の確立

ペルシア語における叙事詩形《マスナヴィー》はさまざまなテーマの作詩に用いられ、頌詩《カスィーダ》、抒情詩《ガザル》、四行詩《ルバーイー》とともにペルシア詩四大詩形の一つで、アラビア詩形からの借用ではなく、ペルシア詩独自の詩形であることはすでに触れた通りである。この詩形を内容から大別すると、ルーダキーの『カリーラとディムナ』のような教訓叙事詩、フィルドウスィーの『王書』に代表される民族・英雄叙事詩、ハーカーニーの『二つのイラクの贈物』のような旅行叙事詩、サナーイー、アッタール、ルーミーによる神秘主義叙事詩があり、これらとともに重要な位置を占めているのがロマンス叙事詩で、これを確立・完成したのが十二世紀アゼルバイジャーン派の偉大な詩人ニザーミーであった。しかし彼以前にもいくつかの注目すべきロマンス叙事詩が作られたので、これらの跡をたどった後にニザーミーについて述べよう。

　ロマンス叙事詩の先駆者はすでに述べたガズニー朝の桂冠詩人ウンスリーであった。彼はヘレニズム起源のロマンス『ヴァーミクとアズラー』、アフガニスタンのバーミヤーンに現存する（二〇〇一年三月ターリバーンによって破壊された）二つの巨大な仏像にまつわる伝説をテーマとした『白い像と赤い像《ヒングブト・ワ・スルフブト》』、恋物語『シャード・バハルとアイヌル・ハヤート』の作詩者として知られる。最初の作品はイスラーム期前からイランに伝わるロマンスで、ギリシアのサモス島の王ファラクラート（ポリクラテス）の王女アズラーが神殿において不幸な美青年ヴァーミクと会い恋に陥るのがロマンスの発端である。イブン・アン・ナディームの『文献解題』によると、サフル・ビン・ハールーン（八五九没）がこのロマンスを最初にアラビア語散文で執筆したという。ウンスリーがどんな資料に拠って作詩したかは明らかでない。彼と同時代の大学者ビールーニーもこの作品を訳したが散逸した。ウンスリーの作品も散逸していたが近年写本が発見され、三百七十二句の原文が解説とともに『ヴァーミクとアズラー』と題してパンジャーブ大学から出版された。ウンスリーの他の二作品は断片的な詩が現存するにすぎない。

彼と同じくスルタン・マフムードに仕えた詩人アイユーキーが『ヴァルケとグルシャー』というアラビア起源のロマンス叙事詩を作ったことが近年トルコにおける写本の発見で判明した。バヌー・シャイバ族の長の息子ヴァルケと伯父の娘グルシャーとのロマンスで、テヘラン大学から百二十二頁のテクストが刊行されている。

ニザーミー以前で最も注目すべき作品はグルガーニーによる『ヴィースとラーミーン』*6である。彼は本名をファフル・ウッディーン・アスアドといい、雅号が示す通りにグルガーンの出身で、セルジューク朝初期に活躍した詩人であるが生涯は不明である。ただ一〇四〇年と五四年の間に、セルジューク朝トグリル・ベグによりイスファハーンの太守に任ぜられたアミード・アブル・ファトフ・ムザッファルの勧めでこの作品を作詩し、太守に捧げたことだけは確かである。彼は作詩の動機を次のように詠んでいる。

ある日太守が私に仰せられるには
「ヴィースとラーミーンの話をいかに思うや

こよなく優れた話にして、国中で
だれもが愛しているという」
私は答え「こよなく美しい物語
六人の賢者がまとめたもの
あれに勝る物語を聞いたことはなく
まさしく花咲く園に譬うべき物語
だがその言葉はパフラヴィー語にして
だれが読んでも内容を理解せず
その言葉はだれにもよく読めず
読んでも意味が解りません」
太守は私からこの言葉を聞くと
私の頭上に栄誉の冠をかむせ
「この物語を春の花園の如く
美しく飾れ」と命ぜられた
私は力の限りをつくして作詩し
意味なき言葉は洗い流そう

以上で明らかなように、このロマンスの原典はパフラヴィー語による散文作品である。この物語はギリシアやアラビア起源ではなく、ミノルスキーの論文「ヴィースとラーミーン・パルティアのロマンス」が示すように、ササーン朝前、パルティア帝国の末期から伝わる純然たるイラン固有のロマンスである。グルガーニーがパフラヴィー語の原典からペルシア語に作詩したかどうかは学者の論議の的で必ずしも明らかでないが、原典が散逸した現在、大切なことは彼のこの作詩のおかげで、イスラーム期前から伝わるこのロマンスが新たな生命を得て今日まで伝えられたことである。

約八千九百句から成るこの長篇ロマンス叙事詩の要約は容易ではないが、その骨子はメルヴの王モウバドの弟ラーミーンとマーフ（メディア）の王妃シャハルーの娘ヴィースとの波瀾に満ちた恋物語で、このロマンスを『トリスタンとイゾルデ』に比較した東洋学者もいる。このロマンス詩の中で特に美しい部分はヴィースがラーミーンに宛てた十通の恋文とされている。ラーミーンとの別離を悲しみ、切々たる想いを筆に託すヴィースの第二の恋文の一部を訳してみよう。

愛《いと》しの君よ、あなたが私の許から去った時
私の心を人質として連れ去った
なぜ私の許から離れ、立去る時に
私から人質を奪わねばならぬのです

私が心を人質として捧げたのは
あなたなくして生きたくないと知らせるため
私の心はどこでもあなたと一緒
病人が健康を求めるようにあなたを求めます
あなたとともに進み、寄り添う心が
どうして愛情をほかによせましょう
あなたを魂とも意識とも慕うこの心から
どうしてあなたへの想いが消えましょう
別離であまたのにがい苦しみを味っても
心には甘い生命よりもあなたは愛《いと》しい
あなたがつれなくして愚かにも
私から別れを求めたとて何でしょう
今あなたへの想いはますばかり
あなたのつれなさなど思い出しません
御自分の不実と私の愛を知るように
私はあまたの愛と誠を捧げます

『ヴィースとラーミーン』は十三世紀初頭にグルジア語に訳され、これに基づき一九一四年に英訳が刊行されたが、ペルシア語の原典からはH・マッセによる仏訳（一九五九）とG・モリソンによる英訳（一九七二）が出版された。

この作品に次いで作詩されたロマンス叙事詩が『ユースフとズライハー』である。フィルドウスィーの記述のところでも触れたように、この作品は長い間大詩人の作とされてきたが、M・ミーノヴィー等イラン人学者の研究により、大詩人の作ではなくて、セルジューク朝時代のアマーニーという詩人が一〇八三年頃に作詩し、アルプ・アルスラーンの息子トゥガーン・シャーに捧げたものであることが明らかになった。コーラン第十二章ユースフ（ヨセフ）に基づき、ヤコブの子、美男ユースフとエジプト王ポティファルの妻ズライハーとのロマンスはイスラーム文学における好個のテーマとしてよく取扱われた。このテーマで最初に作詩したのは散文『王書』の著者で知られるアブル・ムアイヤド・バルヒーであり、次いでブワイフ朝時代の詩人バフティヤーリーも作詩したが、ともに作品は散逸した。そこで現存する最古の作品は約五千句から成るアマーニーの作品であり、このテーマで最も名高いのは後述する十五世紀の大詩人ジャーミーの作品である。

ロマンス叙事詩の完成者として後の詩人たちに大きな影響を及ぼしたニザーミー（一二〇九没）は本名をイルヤース・ビン・ユースフといい、ガンジャ出身なので一般にニザーミー・ガンジャヴィーの名で知られる。ガンジャは現在キロヴァバード〔一九八九年ガンジャに戻った〕と改名され、カスピ海の西方に位置し、ソビエト・アゼルバイジャン共和国〔現在のアゼルバイジャン共和国〕の主要都市であるが、ニザーミーの時代には、アター・ベグ朝の一つ、イルデギズ朝の支配下にあり、アゼルバイジャーン派詩人の拠点としてペルシア文化の大きな中心でもあった。この地において一一四一年裕福な家に生まれた彼は幼くして両親を失い、その後どのような生涯を過ごしたかは明らかでないが、頌詩詩人のように一定の王に仕えることなく、ひたすら作詩に専念し、作品を各地の地方君主に捧げて生計を立て、郷里を殆ど離れずに隠遁生活ともいうべき生活を送ったといわれ、敬虔にして高潔な人柄で知られた。彼も中世の他の偉大な詩人たちと同様にきわめて博学で、神学、哲学、数学、天文学等に造詣が深く、ペルシア語、アラビア語に精通した他、パフラヴィー語やユダヤ教徒、キリスト教徒の言語にもある程度通じていたという。彼の没年には異説が多く、従来一般に一二〇三年とされてきたが、古い墓石の発見の結果一二〇九年であることが判明した。しかしその碑文に間違いがあるので絶対に信頼できるわけではない。今日バクーのニザーミー広場には彼の立像が建立されている。

彼の作品は頌詩、抒情詩、四行詩から成る二万句に及ぶ詩集があったと言われるが、約二千句が現存するにすぎない。彼の不朽の名声はこの詩集によるのではなく、一般に「五部作《ハムセ》」*7とか「五宝《パンジ・ガンジ》」の名で知られる五つの長篇叙事詩によることは申す迄もない。晩年の作品、『栄誉の書』において彼は「五部作」の名を年代順に詠んでいる。

ニザーミー像(バクー)

私の舌はまだ言葉に倦《あ》きない
腕があるかぎり剣を恐れない
私は古いあまたの宝を整えて
それに新たな息を吹きこんだ
まず宝庫《マフザン》に向かう支度を整え
それに何の手抜かりもなかった
そこから油と甘味を取出して
ホスローとシーリーンに混ぜた
そこから幄舎を引出して
ライラーとマジュヌーンの愛の扉を敲いた
その物語を仕上げると
七人像《ハフト・バイカル》の方へと馬を駆った
いま、作詩の絨毯《じゅうたん》の上で
アレクサンダーの幸運の太鼓を叩《たた》こう

作詩の順に従って各作品について述べよう。第一の作品『秘密の宝庫《マフザヌル・アスラール》』は一一七五年頃完成した約二千二百六十句から成る神秘主義（倫理・哲学的）叙事詩で、彼の作品中唯一の神秘主義詩である。彼はこれをマングジェク朝第四代の王バフラーム・シャーに捧げると、王は褒賞として金貨五千枚を贈ったという。彼はこの作品をサナーイーの『真理の園』に倣って作詩し、これによって詩人としての名声を確立した。後にジャーミーが「ニザーミーの作品の大半は表面上物語になっているとはいえ、実際は真理の発見と神秘的知識の説明の口実にすぎない」と述べ、彼を神秘主義詩人の列に数える者もいたが、今日ではこの説は受け入れられない。この作品は一部の学者から高く評価されているが、その反面、韻律を変えただけでサナーイーの模倣に過ぎないと酷評する者もいる。しかし必ずしも模倣とばかりは言いきれず、ニザーミーの独創性が多く現れ、二十講話にわたる作品において比喩と逸話が巧みに駆使されている。

第二の作品『ホスローとシーリーン』以降、彼はロマンス叙事詩において独自の境地を創造・開拓した。彼が神秘主義詩を第一作だけにとどめて、ロマンス叙事詩に転向した動機について次のことが指摘されている。彼の詩人としての名声がダルバンドまで拡がると、同地の王は一一七四年頃キプチャックの美しい女奴隷アーファークを彼に贈り、彼は彼女を妻に迎えて熱愛し愛の結晶が生まれた。この結果、彼は精神的な愛から地上の現実的・官能的な愛を追い求めるようになり、この心理的変化が作品に大きく反映したためだという。イラク・セルジューク朝のトグリル二世の求めに応じて、彼は一一七七年から八一年の間に約六千五百句から成る大作『ホスローとシーリーン』を完成させたが、当時の彼は愛する妻との生活で幸福の絶頂にあり、妻をシーリーンになぞらえ熱情をこめて作詩したといえよう。しかし彼の幸福は永く続かず、作品が完成した時に愛する妻はこの世から去った。しかし一旦ロマンス叙事詩に自己の天分を見出した彼は以後他のジャンルに移ることなく生涯この道を邁進し続けた。

『ホスローとシリーン』*8 はササーン朝皇帝ホスローとアルメニアの美しい王女シーリーンとのロマンスを史実と想像を織り混ぜて美しくも悲しく詠みあげた作品で、シーリーンはペルシア文学における代表的な美女である。このロマンスはフィルドウスィーの作品にも採り上げられたが、ニザーミーはこの分野において熱情的表現と豊富な比喩にかけてフィルドウスィーをはるかに凌駕し、恋の犠牲者ファルハードや動物的熱情の王子シールーエ等多くの人物を登場させて恋の葛藤を実に巧みに描き上げている。岡田恵美子氏による邦訳が近く刊行される〔一九七七年刊行された〕。

第二作によってロマンス詩人としての令名を謳われた彼は一一八八年にシルヴァーン・シャー朝の王アフスィターンの求めにより、約四千五百句から成る『ライラーとマジュヌーン』を作詩した。第二作がササーン朝の華麗な宮廷と起伏に富んだイランを背景に繰り広げられたのに対して、第三作の舞台は灼熱の荒涼たる砂漠へと一変した。王から作詩の依頼を受けた時、「庭園もなく、王者の饗宴もなく、川も酒もなく、栄華もない」砂漠を舞台にこのロマンスをいかに展開したらよいか彼は作詩をためらったが、息子ムハンマドの勧めで作詩を始めたと序に詠んでいる。ひと度筆を執った彼は豊かな想像力を駆使し、抜群の詩才を発揮して、「この四千以上の詩句をわずか四か月たらずで作詩した」と述べている。時として東洋（イスラーム）版ロメオとジュリエトになぞらえられるこのロマンスは、美女ライラーと、バヌー・アーミル族の詩人カイスとの悲しい恋物語で、カイスはライラーへの恋に狂って狂人《マジュヌーン》とよばれた。二人はこの世で結ばれることなく天国の園で遂に結ばれた。ベドウィンのザイドが天国における二人についてみた夢の一部を訳してみよう。

夜が麝香袋の端を裂いて
昼の裾《すそ》に黒い麝香《じゃこう》を撒《ふ》りかけた時
夢で天使はザイドに世を輝かす
すばらしい天国の園を見せた
その全域が高い木々により
満ち足りた人の心の如く快活
咲き乱れるどの花もそれだけで花園
薔薇《ばら》の葉はみな燈火《ともしび》のように輝く
芝生には澄んだ目のような
エナメル色をした天国の館が立ち

その青さはエメラルドにまさり
その輝きには果てしがない
咲き誇る薔薇は酒杯を手にし
酔った夜鶯《ブルブル》は叫び声をあげる
楽師は竪琴をかきならし
じゅずかけ鳩がくうくうと鳴く
陽のように輝く花の蔭で
小川のほとりに置かれた長椅子
そこに敷かれた錦の敷物
天国の織物のように美しい
祝福された天使、ライラーとマジュヌーンは
歓喜のうちにこの椅子に座る
二人は頭から足まで光り輝き
天女のように美しく飾られ
酒を手にして、新鮮な春を前に
ともに楽しく語り合う

時には酒杯の端に唇をつけ
時には互いに唇を重ね合う
時には過ぎしことを語り合い
時には思いのままに抱き合って眠る

アラブの間で古くから伝えられたこの悲恋物語がイスラーム文学としてイスラーム圏に広まったのはニザーミーの作詩の結果で、後世に大きな影響を及ぼし、トルコ文学ではフズーリーが一五三五年に完成した同名の作品が同文学の傑作になっている。

第四の作品『七人像』はマラーゲの王アラー・ウッディーン・クルプ・アルスラーンの求めで一一九七年に完成した。「五部作」の中で彼の最高傑作と評する学者が多い。約五千百句から成るこの書は『バフラームの書《ナーメ》』の名でも知られているように、ササーン朝皇帝バフラーム五世（在位四二〇–三八）と彼の七人の美妃をめぐる物語で、全体は枠物語で構成され、皇帝がペルシア、中国、ルーム、マグリブ、インド、ホラズム、スラブの王女を妃に迎え、黒、黄色、緑、赤、青、白檀色、白の円塔《ドーム》を有する宮殿に住まわせ、曜日毎に宮殿を訪れると、各王妃が出身地にまつわる濃艶、絢爛、怪奇、多情、幻想的な話を皇帝に語るのが筋の運びになっている。筆者は『七王妃物語』（平凡社・東洋文庫）として訳出したので、ここでは引用を避けよう。

第五の作品『アレクサンダーの書《ナーメ》』は二部から成り、約六千八百句の第一部『栄誉の書《シャラフ・ナーメ》』は一一九六年から一二〇〇年の間に作詩され、アレクサンダーの諸国征服が主要なテーマである。第二部の『幸運の書《イクバール・ナーメ》』は約三千七百句から成り、一二〇〇年から死の直前にかけての彼の最後の大作で、アレクサンダーの英知や哲人たちとの対話がテーマで、ともにアフスィターン王の息子ヌスラト・ウッディーン・マスウードに捧げられた。第五の作品は他の三作に較べて必ずしもロマンス詩とは言い難く、表現に華麗さがあまり見られないが、人間性が最も深遠に描かれていると評されている。尚、第一部は各章が「酌人の賦《サーキー・ナーメ》」、第二部は各章が「楽人の賦《ムガンニー・ナーメ》」で始まり、この作品の大きな特色になっている。全般的にニザーミーの作品は甘美・華麗にして壮重な表現、豊富な比喩と隠喩、豊かな学識に基づく術語、絶妙な想像力、壮大な構想、完全な詩的技法、敬虔な信仰心等を主たる特色とし、中世以来今日までペルシア文化圏において最高のロマンス叙事詩として愛読されてきた。さらに彼の作品はフィルドウスィーの『王書』とともに、多くの細密画家《ミニアチュール》たちにいくたの画材を提供し、文学面ばかりでなく、芸術面においても彼は後世に大きな影響を与えたということができよう。今日ソビエトにおいてはニザーミーの作品を脚色して『七王妃』、『ライラーとマジュヌーン』、『ホスローとシーリーン』がバレーとして上演されている。

4　四行詩人の活躍

アラビア文学における『アラビヤン・ナイト』と並んで、ペルシア文学と言えば『四行詩集《ルバイヤート》』、『四行詩集』と言えばオマル・ハイヤームを想起するほど、『四行詩集』はペルシア文学の代表作品として世界的に名高いが、ペルシア文学自体の見地からすれば、この作品が必ずしも代表的な最高作品ではなく、他の分野においていくたの優れた作品が現れたことはすでに述べてきたことからも明らかであろう。とはいえ、四行詩は叙事詩形とともにペルシア文学独自の詩形として重要な位置を文学史上に占めてきた。この詩形はオマル・ハイヤームの考案でも独占物でもなく、十世紀にルーダキー、シャヒード等が用いたのを始め、その後著名な詩人たちが殆どすべてこの詩形でも作詩したが、彼らは主として他の詩形による作品の方がはるかに優れていたので、これまで特に四行詩を採り上げなかった。日本の俳句にも相当する四行詩はわずか四行で起承転結を有し、ペルシア詩形で最も簡潔な詩形であるが、頌詩、叙事詩、抒情詩の内容を表現するためにはあまりにも簡潔すぎて適さなかった。その反面、この詩形は簡にして要を得た表現には最も適し、素朴ながらも余韻・余情のこもった表現形式でもある。

ここで採り上げる四行詩人はこの詩を確立・完成したオマル・ハイヤームが中心であるが、彼以前の四行詩人アブー・サイード・ビン・アビル・ハイル、バーバー・ターヒル、アンサーリー、マフサティーについても述べよう。彼らはマフサティーを除き、いずれも職業的な詩人ではなく神秘主義者で、神秘主義思想を民衆に教えるために民衆が最も親しみ、理解しやすい民謡形式ともいうべきこの詩形を表現手段とした。彼らは職業詩人とは異なり、他のさまざまな詩形で作詩することなく、もっぱら四行詩のみで作詩したので、四行詩人の名が最もふさわしい。

一般にイランにおいて神秘主義思想を最初に詩で表現したのはアブー・サイード・ビン・アビル・ハイル（一〇四九没）と言われている。しかしマイハナ出身で、後にホラサーンにおいて偉大な神秘主義指導者になった彼の四行詩作詩については東洋学者とイラン人学者との間に大きな見解の相違がある。この聖者の子孫であったムハンマド・ビン・ムナッヴァルが十二世紀後半に執筆した聖者の伝記『唯一性の秘密』には、「アブー・サイードが吟じた詩は一部では彼の作と思われているが、そうではなく、彼はあまりにも神に没頭していたので、一対句を除き、作詩するゆとりがなかった」と述べられている。この記述に拠ってニコルソンを始めリプカに至るまで東洋学者は殆ど全てが彼の作詩を否定している。これに対して、『アブー・サイード詩集』を校訂・出版したイラン側の碩学S・ナフィースィーをはじめとする多くの学者はさまざまな反論をあげて彼の作詩を肯定している。しかし彼らもアブー・サイード作と伝えられる全ての詩を認めているわけではない。例えば、ナフィースィーは校訂した詩集に七百二十の四行詩を入れているが、この中で約百七十は後世の詩人の作であると認めている。後述するオマル・ハイヤームの場合と同様に、アブー・サイードの四行詩中、彼の真作を識別することは極めて困難であり、さらに根本的な問題、すなわち彼の作詩の否定、肯定説は未解決でいずれとも断定しがたいが、Z・サファーが『イラン文学史』で述べているように、「彼の作とされている四行詩の中で、いくつかは恐らくあの偉大な神秘主義者の作と見做すことができよう」というのが妥当のように思われる。彼の作と思われるいくつかをあげよう。

われに友（神）を見つめる目があり
友が目に宿れば、目は楽し
目と友を引き離せぬのは
友が目にいるか、目が友であるゆえ

われ死して二十年過ぎなば
わが墓に愛なしと想うや
土に手を置きここにだれと問わば
声が聞こえん、恋人の様子《さま》は如何と

汝に狂う者は山と砂漠を見分けず

愛に狂う者は頭と足を見分けぬ
汝に達する者は己れを失い
汝を識りし者は己れを識らぬ

神秘的知識《マアリファ》の秘密を識る神秘主義者《スーフィー》は
自己から解かれ、神と一つになる
自己を否定し、神の存在を確信せよ
アッラーの他に神なしの意味はこれ

アブー・サイードに次いで現れた四行詩人バーバー・ターヒル・ウルヤーン（一〇五五以後没）はハマダーン（一説ではルリスターン）出身で、放浪の托鉢僧、熱烈な神秘主義者、聖者であったという以外に生涯は一切不明である。十九世紀にレザー・クリー・ハーンが著した詩人伝に彼の没年を一〇一〇年としているが資料は述べられていない。十三世紀に書かれたセルジューク朝史『心の憩い《ラーハトッ・スドゥール》』によると、同朝のトグリル・ベグが一〇五五年ハマダーンに入った時、この聖者は「トルコ人よ、回教徒《ムスリム》に対しどういたすのか」と戒めたと史書の著者は聞いたという。これに基づき今日では彼の没年は一〇五五年以降とされている。彼の四行詩には二つの大きな特色がある。彼は一般の四行

バーバー・ターヒル廟（ハマダーン）

詩に用いられる韻律の代りに民謡でよく用いられた韻律で作詩したので、彼の詩は時として四行詩《ルバーイー》とよばれずに二対句詩《ド・バイティー》とよばれている。他の特色は、彼が作詩に多くのルリスターン方言を取り入れたことである。オマル・ハイヤームの名声につれて、東洋学者のバーバー・ターヒル研究も盛んになり、十九世紀末以来、C・ユアールの研究をはじめ、E・H・アレンの『バーバー・ターヒルの嘆き』、アーベリーの『バーバー・ターヒル四行詩集』等いくつかの注目すべき書が出版された。現在彼の作とされている四行詩に約三百六十首があり、素朴ながらも熱情に溢れた作品と評されている。

われは遊行僧《カランダル》とよばれる放浪《さすらい》の人
家なく国なく寝床もなし
昼はあてどもなく大地をさまよい
夜ともなれば石こそわが枕

汝なくしてわが心に安らぎはなく
汝を見ればわが悲しみは消える
世人がわが心の悲しみを分かちあわば

この世で悲しまぬ心はなかろう
丘のチューリップも七日の生命《いのち》
小川のほとりの菫《すみれ》も七日の生命
町から町へと触れ廻ろう
「美女の誠も七日だけ」と

わが心はいつも火に満ち、目に涙
わが人生の壺に溢れるは悲哀
わが亡き後、わが墓を通れば
そなたの香りで生き返るわれ

アブドッラー・アンサーリー（一〇八九没）は一〇〇五年にヘラートで生まれ、郷里で学を修めた後、ニシャープールでさらに学び、一〇三一年メッカ巡礼の帰路、バグダードにおいてアブル・ハサン・ヒルカーニー〔今日ではハラカーニーの読みが一般的〕に会って神秘主義道への決定的な影響をうけ、その後郷里において多くの弟子を指導した有名な神秘主義者で、詩においては「アンサールの長老《ピール》」と号した。文学史上、彼は四行詩人としてよりも、格調高いサジュウ体による散文作品『祈禱の書《ムナージャート》』の著者としてよく知られ、この書は散文作品の傑作の一つに数えられている。彼はこの書や他の作品に多くの四行詩を織り混ぜている。

汝を識りし者に生命《いのち》が何になる
妻や子供、家庭が何になる
彼を狂人と扱い、両世界を授けよ
狂人に両世界が何になる

われは汝に永遠《とわ》の生命を求めぬ
この世の快楽を求めぬし
心の望み、魂の安らぎも求めぬ
ただ求めるは汝を喜ばすもののみ

わが心はいつも汝に焦がれ
魂が体内で息するのは汝のため

わが墓の土から草が生えなば
草の葉は汝への愛の香りを放つ

信仰の道に二つのカアバあり
一つは形相のカアバ、他は心のカアバ
心への巡礼にこれ努めよ
一つの心は千のカアバにまさる

マフサティーは神秘主義者ではなく、十二世紀の女性詩人であった。中世にあまたのペルシア詩人が輩出したが、今日まで名を留めている女性詩人はきわめて少く、十世紀のラービア・クズダーリーとマフサティーぐらいであろう。彼女はニザーミーと同じくガンジャの出身で彼と交遊があったともいわれ、スルタン・サンジャルに仕えたとも伝えられるが確かでない。彼女は専ら四行詩で作詩し、今日『マフサティー詩集』には約百七十首の四行詩が収められているが、必ずしも全てが彼女の作と確認されているわけではない。スイスの学者F・マイヤーの研究が名高い。

夜毎に燃えるわたしの心

あなたへの嘆きで世が燃える
わたしの心を想わぬあなた
その舌が燃えるのを恐れなさい

おとといメルヴで燃えたチューリップの火
きのうバルフで水に逃げた水仙の花
きょうニシャープールに咲く薔薇の花
あすヘラートで風が散らすジャスミンの花

十世紀以来あまたの詩人によって作詩されてきた四行詩を完成の域に達せしめ、この分野における最高の詩人として世界的に令名を謳われるオマル・ハイヤームは本名をギヤース・ウッディーン・アブル・ファトフ・オマル・ビン・イブラーヒームといい、ハイヤーム（天幕作り）と号した。これは父イブラーヒームがこれを生業としていたためといわれている。中世に華の都と謳われた文化・宗教の中心地ニシャープールで生まれた彼の生没年については従来一〇四〇年頃―一一二三年とされてきたが、近年インドとソビエトの学者がそれぞれ占星術による計算の結果、正確な生没年が判明し、学者に認められた。（『ケムブリッジ・イラン史』第四巻を参照）それによると、彼は一〇四八年五月十八日に生れ、八十三歳の長寿で一一三一年十二月四日に没した。

彼には天文学、数学に精通した偉大な科学者と詩人としての両面があり、前の分野においては中世科学史上「オマル・ハイヤーム時代」を築いたほど多くの優れた業績を残し、この面においても不朽の名声を得ているが、その著作は全てアラビア語で、本書の領域外であるから、ここでは詩人としての彼を述べることにする。しかし彼は存命中あくまでも科学者であって、職業的な詩人ではなく、詩人として評価されたのは死後かなりの年月を経てからであった。

彼の生涯は殆ど分からないが、ただ史実として確かなのは、一〇七四年セルジューク朝のマリク・シャーと宰相ニザームル・ムルクの命により、二十六歳の若さで登用されて、恐らくイスファハーンにおいて数人の学者たちとペルシア暦の改正と天文台の建設に参加したことで、彼は指導的役割を果したという。五年後に制定された暦はスルタンの名にちなんでマリキー暦またはジャラーリー暦とよばれ、現在のグレゴリー暦に匹敵する正確な暦であった。一〇九二年宰相の暗殺とそれに続くスルタンの死去まで、約二十年間は偉大な科学者として優遇されたが、その後同朝からの寵を失い、広く旅をした後郷里ニシャープールに退いて学問研究と執筆に専念し、晩年は隠遁生活を送ったように思われる。彼はスルタン・サンジャルの幼年期に天然痘を治療したことがあったが、サンジャルのスルタン登極後、両者の関係は必ずしも好ましくなく、スルタンは彼を嫌っていたとさえいわれている。

オマル・ハイヤーム廟（ニシャープール）

彼に関する有名な逸話が『四つの講話』にあるので引用しておこう。著者ニザーミーはこう述べている。

ヘジラ暦五〇六年（西暦一一一二年）ハージャ・イマーム・オマル・ハイヤームとハージャ・イマーム・ムザッファル・イスフィザーリーはバルフの町で、奴隷商人通りにあるアミール・アブー・サアド・ジャッラの邸に滞在していた。そこで私もその集まりに加わった。宴がたけなわになった時、私は真理の証《あかし》、オマルがこう言うのを聞いた。「わが墓は毎年木々がわが上に二度、花を散らす場所にあろう」。私にはそんなことが不可能に思えたが、彼ほどの人物がでたらめを言わないことを知っていた。

ヘジラ暦五三〇年（一一三五）私がニシャープールを訪れた時、その優れた人の顔に土の面紗《ベール》がかけられ、下界が彼からとり残されてから四年たっていた。私は彼を師と仰いでいたので、ある金曜日にその墓を詣でに行き、案内人を伴った。彼は私をヒーラの墓地に連れて行った。私が左手に回ると、庭の土塀の真下に彼の墓が見えた。梨と杏《あんず》の木が庭を越して頭を出し、彼の墓におびただしい花びらを散らしていたので、墓は花の下に隠れてしまっていた。私はバルフの町で彼から聞いた話を思い出し、涙がこぼれた。この広い世界、人が住める地域において、彼ほどの人をどこにも見たことがなかったからである。（至高なる神よ、お慈悲により彼を天国に住まわせたまえ）

この記述からもオマルの没年が一一三一年であることが明らかで、現代の計算の結果と一致している。

彼が優れた詩人として一躍世界的に脚光を浴びるようになったのは、一八五九年英詩人Ｅ・フィツジェラルドが『ペルシアの天文学者・詩人オマル・ハイヤームのルバイヤート』と題して七十五首の四行詩を流麗な名訳で刊行した結果であることは周知の通りで、彼は初版の好評により、一八六八年第二版では百十首を発表した。しかし彼の訳は必ずしも原典の忠実な訳ではなく、むしろオマルの詩からインスピレーションを得て作詩した彼独自の英詩と言った方が適当であろう。彼の作品はペルシア文学よりは英文学の分野で研究されるべきものである。わが国でも明治四十一年蒲原有明が英訳から最初に六首を邦訳して以来今日まで英訳に基づく十数種の全訳・抄訳が出版され、優れた訳詩が多いが、ここで問題にするのはあくまでもペルシア文学の領域におけるオマルである。

英訳の非常な人気に刺戟された東洋学者たちはそれまで殆ど等閑視してきた詩人としてのオマルに異常なほどの熱意を示し関心を抱くようになり、その結果多くの各国語訳の他に、原典・研究書が相次いで出版され、第二次大戦後も続いているが、十九世紀後半から今日に至るまで多くの学者に論じられながらも未解決の問題はオマルの真作、偽作をめぐる問題であり、彼の直筆または同時代の写本でも発見されない限り永久に解決されないが、そのようなものの発見は殆ど不可能である。

なぜなら、職業詩人ではない彼は詩の発表を目的とせず、学問研究の余暇に徒然なるままに作詩して紙きれに書きとめたと思われるからである。またこのためにこそ、彼は当時としてはあれほど率直、大胆に自分の考えを詩に託すことができたともいえよう。今日までに出版された彼の詩集に収められている四行詩の数は約百首から約二千首にも及び、非常に大きな開きがある。現在判明している最古の写本に二種あり、いずれも彼の死後三世紀有余を経てから写されたものである。一つは一四六〇年シーラーズで写され、百五十八首を収める写本でオックスフォード大学図書館が所蔵し、他は一四六二年にタブリーズで編集され五百五十九首を収める『歓喜の館《タラブ・ハーネ》』である。当時においても既に大きな開きがあったことが明らかである。

　彼の写本をめぐるエピソードを述べよう。第二次大戦後一九四九年から五二年にかけて相次いで三種の写本が欧米の学界に現れて大きなセンセイションをまきおこし、その中で最古のものは二百五十二首を収め、詩人の死後わずかに半世紀有余を経て写されたものであった。これを入手したケムブリッジ大学のアーベリー教授はこの写本に基づき、一九五二年に研究・英訳書を発表して世界のイラン学界を驚かせ、約一世紀間も続けられた真偽論争にこれで一応終止符がうたれた感がし、ソビエトにおいてもこの写本の写真版、刊本、ロシア語訳が一九五九年に刊行され、仏訳も出版され、写本発見から約十年間イラン人学者もこれを認めていた。筆者も当時の学界の風潮に従い、一九六四年『アラビア・ペルシア集』（筑摩書房、世界文学大系）で、この写本に拠って二百五十二首その他を訳出した。しかしその前年、イランのミノーヴィー教授はペルシア語雑誌に「三種の古写本はテヘランで偽造されたものである」との論文を発表し、筆者も六五年同教授を訪れた時にこれについて直接聞いた。その後一九六七年碩学ミノルスキーは『リプカ記念論文集』で詳細な分析の結果、ミノーヴィー説に同意するに及んで、それ以降さしも学界注目の的であった三写本は贋作として完全に葬りさられ、問題は再び振り出しに戻った。尚、アーベリー教授はこれについて反論することなく、一九六九年に他界した。

いま一つのエピソードは一九六七年に出版された『オマル・ハイヤームのルバイヤート』で、英詩人R・グレーヴスとオマル・アリー・シャーの共著で、この中で後者は訳された百十一首は彼が所有する一一五三年の写本に拠ったと述べた。しかし彼はその写本を学者等に見せるのを一切拒否したため、彼の写本は架空のものとして学界で一笑に付されてしまった。

現在までに約百二十種の写本・刊本が知られており、既述の二つの十五世紀古写本も必ずしも彼の真作ばかりを収めていないことはその数の大きな相違からも明らかである。それ故、学者たちは従来二つの方法によって真のオマル・ハイヤームに接近しようと努めてきた。一つは西欧東洋学者による方法で、できるだけ多くの信用に足る写本を集め、それらを照合・検討して各写本に共通する四行詩を選んで吟味する方法であり、この代表的な例がデンマークの著名なイラン学者A・クリステンセンで、彼は十八種の写本、七百首の四行詩から百二十一首を真作と判定して『オマル・ハイヤームのルバイヤート批判的研究』（一九二七）を発表し、その後ドイツのC・レムピスも同じ方法で一九三七年に二百五十五首を発表した。

一方、イランの学者は十五世紀写本以前の書物、例えば十三世紀当初に没したファフル・ラーズィー〔ファフル・ウッディーン・ラーズィー〕著『コーランの秘密解明』（一首）、十三世紀中葉に没したナジュム・ウッディーン・ダーヤ〔ナジュム・ウッディーン・ラーズィー〕著『下僕たちの大道』（一首）、『世界征服者の歴史』（一首）、十四世紀の『選史』（一首）、同世紀前半の『気高き者たちの友』（十三首）等からハイヤームの詩を集め、これらの詩を試金石として自分の文学鑑定眼を活かして真偽を判定する方法を採った。試金石または鍵になる詩はともかく、その判定結果にかなりの個人差が生ずるのは当然であろう。この方法による著作で注目すべきものに三種がある。

名高い小説家サーデク・ヘダーヤトは一九三四年三十一歳で『ハイヤームの四行詩』を刊行し、この中で十四首を試金石としてオックスフォード写本から百四十三首をほぼ真作とした。小川亮作訳『ルバイヤート』（岩波文庫）はこの書に拠ったものである。この書よりも学界で注目の的になったのは著名な文学者・老大家M・フルーギーが一九四二年刊行した『ルバイヤート』で、彼は六十六首を試金石に百七十八首を選んだ。この中で彼はヘダーヤトが選んだ百四十三首中、八十四首しか真作として選定していない。このことからも鑑定にいかに個人差が大きいか分かろう。二人はともに故人であるが、現代イランの著名な文学者で、文芸批評の大家アリー・ダシュティーはさらにこの問題を採り上げ、意欲的大作『ハイヤームとの一瞬』を発表し、一九七一年エルウェル・サットンは『オマル・ハイヤームを求めて』と題して英訳した。この書は第二次大戦後のハイヤーム研究で最も注目すべき作品の一つであり、ダシュティーは三十六首を試金石として百一首をほぼ真作と判定した。これらの中でヘダーヤトやフルーギーと共通するのは五十三首だけである。一八九七年ロシアの東洋学者ジュコフスキーが「さすらう四行詩」と題する論文を発表し、ハイヤームの詩集には他の詩人の作が多く含まれていることを指摘して以来、論議は論議をよび、一九三四年ドイツのシェーダーは「ペルシア文学史からオマル・ハイヤームの名前を抹削すべきだ」との極論を発表したほどで、既述のようにイラン人学者の間にも大きな見解の差があり、この問題に立入る余地が筆者には到底ないような感が強く、従来のハイヤーム研究史の一端を述べるにとどめた。

一滴の水も大海に注ぎ
一粒の土も大地に合す
お前がこの世に来て去るとてなんだ
一匹の蠅が現れ消えるだけ

われらが来ては去るこの世には

始めも終りもないのはさだか
この謎を正しく解く者はない
われらがいずこから来て、いずこに去るか

新春《ノウルーズ》、雲はチューリップの面《おも》を洗う
さあ起きて、盃にしっかり酒をつげ
きょうお前が眺めるこの青草は
明日にはお前の土から生えよう

過ぎ去った日を想い起すな
まだ来ないあすを思い煩うな
未来や過去に基礎《もと》をおかず
今を愉《たの》しみ、人生を無にするな

人生の隊商は不思議に過ぎ去る
この一瞬を楽しく過ごせ

酌人《サーキー》よ、あすをなぜ悲しむ
酒をくれ、夜も更けてゆく

天女がいる天国は楽しいと人は言う
わたしには葡萄の液こそ実《げ》に楽しい
この現金《かね》を受け、あの手形に手を出すな
太鼓の音、遠くで聞いてこそ楽しい

われらの前にも昼と夜はあり
九重《ここのえ》の大空も運《めぐ》っていた
心して地にそっと足をおけ
その土もかつては乙女の瞳

オマル・ハイヤームを神秘主義者と見做す人も一部にはいるが、一般には彼は自由奔放な思想家、合理主義者、唯物主義者、運命論者、刹那主義者等と評されている。彼の詩には神への冒瀆とも思われる詩もいくつか含まれているが、彼が詩の公表を意図せず、あくまでも自分の趣味として作詩したことを思うと、彼の赤裸々な考えが大胆に表現されているといえよう。彼の詩集は決して「人生の書」とか「芸術の書」といったような大げさなものではなく、だれもが感ずる浮世や人生のはかなさ、もろさ、さらに運命の苛酷さに対してどのように現世を楽しく生きたらよいかが、イスラームの宗教的色彩を殆ど混じえることなく、だれにも容易に理解できる表現で美しく詠まれている。それ故、古今東西を問わず、人の心の琴線に触れ、人口に膾炙《かいしゃ》するに至ったのであろう。しかし彼の作品はこれだけにとどまらず、そこに透徹した哲理、宇宙観、鋭い批判精神をくみとることができる。

尚、彼のペルシア語散文作品として、イスラーム期前から今日までイランに伝わる新春（春分の日）の歴史や儀式について述べた『新春の書《ノウルーズ・ナーメ》』と題する書があるが、近年ではミーノヴィー教授のようにこの書が彼の作であることを疑問視または否定する学者もおり、現在ではこの説を支持する学者も多い。

5　孤高のイスマーイール派詩人

一千年にわたる長いペルシア文学史上において、サーマーン朝治世下の十世紀後半からセルジューク朝支配の十二世紀中葉に至る約二世紀間がペルシア古典文学時代の中でもその質・量からして最も隆盛に達した時代であったことは諸学者の見解が一致している。この間にさまざまな分野における優れた詩人が輩出したことはこれまでに述べてきた通りであるが、ここでは、従来いずれの分野にも属さない特異な存在ともいうべき孤高のイスマーイール派詩人として名高いナースィレ・ホスローについて述べよう。彼がいかに優れた詩人であったかは、アンヴァリーのところでも触れたように、碩学M・カズヴィーニーが各分野におけるペルシア六大詩人の名を挙げた後に、これにつけ加えるとしたらナースィレ・ホスローであると語ったことからも明らかであろう。

本論に先立ち、イスマーイール派について略述するが、詳しくはアンリ・コルバン著『イスラーム哲学史』（岩波書店）や拙稿[*9]を参照されたい。イスマーイール派とはイスラームの一派、シーア派から分裂した過激シーア派で、穏健派十二イマーム派第六代イマーム、ジャファル・サーディク（七六五没）の後継イマーム問題をめぐり対立の結果生じた一派である。穏健派の第七代イマーム、ムーサー・カーズィムとその後継者を認めず、さきに第六代イマームによって後継イマームに指名されたが後に取消されたイスマーイール、およびその子ムハンマドにイマームとしての正統な権利があると主張した一派がこの派の起源である。同派が九世紀前半までどのような運動をしたかは明らかでないが、同世紀後半からイラクやシリアに秘密組織をつくり、布教と勢力の拡大に努めた。この派がイスラーム史上に特筆されるに至ったのは、預言者マホメットの娘ファーティマの直系子孫と称えたウバイドッラー・アルマフディーがシリアの根拠地から北アフリカに向い、同地域のアグラブ朝を倒して九〇九年同派を国教とするファーティマ朝を樹立し、自らカリフを称えてからである。同朝はその後次第に勢力を拡大し、第四代カリフの治世九六九年にエジプトを征服して新首都カイロを建設し、エジプト、北アフリカの他にシリアをも領有し、西方イスラーム世界の雄として東方のセルジューク朝と対立した。同派が主張した基本的教義とは、すべての表面的、外的なものには隠れた奥義的な意味、秘教的な真実があり、すべての啓示には表面的な解釈（正統派の解釈）の他に、奥義的・比喩的な解釈があって後者は前者にまさり、表面的・外的なものを打破することによってこそイスラームの真の理解に到達できるというもので、同派はこの教えを弘めるためには階級組織を構成して各地に布教員《ダーイー》を派遣し、強力な布教活動によって勢力の拡大に努めた。

これに対して正統派イスラームを信ずる王朝の支配地域においては、イスマーイール派をイスラームとは見做さず、同派教徒を「異端者」、「邪宗者」と呼んで徹底的な迫害を加え、その勢力一掃に努めたが、殲滅《せんめつ》するに至らず、それどころかイランにおいては一〇九〇年ハサネ・サッバーはエルブルズ山中の峻険にあるアラムートの城砦を占拠し、ここを根拠地として「暗殺派《アサッスィン》」（ニザール派）を組織してセルジューク朝に抵抗し、その後継者はモンゴルの征服者フラグに屈するまで一世紀半有余にわたってその勢力を保ち続けたが、ナースィレ・ホスローは「暗殺派」以前、イランにおけるイスマーイール派前期の詩人・布教員*10であった。

彼は本名をアブー・ムイーン・ナースィレ・ホスロー（一〇八八没）といい、一〇〇四年にバルフの一地区クバーディヤーンの富裕な家に生まれた。彼の家は官吏の家柄で、彼も四十歳頃までは書記・税務官として、はじめバルフでガズニー朝、後にメルヴでセルジューク朝に仕えたが、晩年の詩でこの時代を回顧した彼はセルジューク朝の高官たちを「荒野の狼」と呼んで嫌悪し、ガズニー朝に好意を抱いていた。彼の人生の最大の転換期は一〇四五年から五二年まで七年にわたる西アジア、エジプトへの長い旅であった。彼はこの旅の記録を有名な『旅行記《サファル・ナーメ》』としてまとめているが、旅の動機について『旅行記』の始めにこう述べている。

当時（一〇四五年）私はジューズジャーナーン（バルフの一地区）にいて、一か月近く絶えず飲酒にふけっていた。預言者マホメットは「たとえそなたに不利でも真実を語れ」と仰せられた。ある夜私は夢を見ると、その中である者がこう言った。「知性を衰えさせる飲酒をいつまで続けるつもりか、正気にかえるがよい」。そこで私は答え、「浮世の悲しみを忘れるためには、賢者でもこれ以外になにもできなかった」。すると彼は「己れを忘れ、意識を失って安らぎはなかろう。人を精神錯乱に導く者を賢者とはいえない。知性と精神を豊かにするものを求めるべきだ」私が「それをどこに求めたらいいのですか」と尋ねると、彼は「求めよ、されば見出さん」と答えてメッカの方向を指し、他に一言も言わなかった。私は夢から醒めた時もその一部始終を憶えていた。これに深い感銘を受けた私は独り言をいった。「昨夜の夢から醒めた今、四十年来の夢からも醒めねばならない」。自分の全ての行為を変えないかぎり、救われることはなかろうと思った。

こう決心した彼は職を辞して長い旅に出立し、その主目的はイスマーイール派の中心カイロの訪問であった。従来東洋学者たちは一般に旅に出立するまでの彼は熱心な正統派の信者であったが、カイロにおいてイスマーイール派に改宗したと述べてきた。しかし同派の権威W・イワノフの『ナースィレ・ホスロー伝の諸問題』やソビエトのベルテルス著『ナースィレ・ホスローとイスマーイール派』においては、彼は出立以前において確かにイスマーイール派に改宗していたと主張し、夢のお告げは比喩であって、彼はカイロの指令によって出立したとも解釈されている。ともあれ、彼はカイロにおいて同派第四の位「立証《フッジャ》」を得てホラサーン地方における布教の任務を授けられ、一〇五二年バルフに還った時、彼の第二の人生が始まった。

青年時代から真実を求め続けてきた彼は遂にイスマーイール派にそれを見出し、確固たる信念で余生の全てを同派の布教に捧げようとしたが、その前途はまことに多事多難であった。バルフを中心とした布教活動はセルジューク朝に弾圧され、住民たちの激しい反対にあって容易に進まず、遂には生命の危険に曝され、バルフから追放された彼は各地を転々とした末、バダフシャーンの山間の僻地ユムガーンに最後の安住の地を見出し、ここで約二十年を過ごし、この間殆どこの地から外に出ることなく、布教のための執筆活動と作詩に専念した。彼は配所のあらゆる苦しみに堪え、時としてはバルフへの望郷の念に駆られたり、身の不運を嘆く詩を作ってはいるが、あくまでも自ら信じた道を棄てることはなかった。詩集で、

ユムガーンで王者の如く暮せしわれの
この言葉に耳を傾けよ

と詠んでいるように、彼は世俗的には一切恵まれることはなかったとはいえ、精神的には束縛をうけることなく「王者の如くに」過ごし、孤高の人として淋しくこの世を去った。没年には異説があり、イワノフは一〇七二年と七七年の間としているが、一〇八八年説があり、イラン人学者は一般に後者を採っている。

彼の作品には詩と散文の両分野において優れたものが多くある。晩年に詠んだ詩の中で自らの多作をこう誇っている。

弱いわがこの体を視るな、詩における
わが作品は大空の星の数にもまさる

詩の作品としてはまず『ナースィレ・ホスロー詩集』がある。この詩集には元来三万句があったといわれるが、現存するのはその三分の一であり、大半が頌詩形《カスィーダ》による詩である。彼は宮廷詩人たちが用いたこの詩形によって作詩したとはいえ、その内容においては非常に大きな相違がある。保護者を美辞麗句、大言壮語で讃え、御機嫌をとり、恩賞にあずかろうと汲々としていた宮廷詩人と異なって、彼は一部を除き、作詩の全てを神学、哲学、教訓の表現のために行った。このために彼の詩は技巧にとらわれることなく、真実、誠実、率直さに溢れていることを大きな特色としている。

蒼色の天輪を責めるな
汝の頭から頑固の風を追い払え
高い天輪の行為に罪なしと知れ
知に欠けると責めるべきでない
人が世で不正を常とするかぎり
汝は虐《しいた》げに堪えることに慣れよ
自分の運を自ら悪くしておいて
天に好運の望みをかけるな
天女の如く振舞わずして

どうして天女の如き顔になれよう
新春に野原に行って見なかったか
新鮮なチューリップがカペラ星に似るを
チューリップが星の如く輝くのは
自ら色彩を得たために他ならぬ
汝に知性と思慮があるならば
なぜ自然の恵みを受け入れぬのか
見よ新鮮な水仙がアレクサンダーの王冠に
似るのはあまたの金と銀のため
密柑の木は色づいた実と葉で
王者の天幕の帳《とばり》を語る
白楊樹に実がつかぬのは
傲慢さ（高く聳える）を選んだがため
汝が知識から顔をそむけぬ限り
汝は常に偉大さを求められよう
実《み》がならぬ木は薪として燃やされ

実なき者も当然そうなろう
汝の木が知識の実を結べば
汝は蒼い天輪を従えよう

＊＊＊＊

ある日鷲が岩から大空に飛び立ち
餌物を求めて翼をひろげた
翼を眺めながら鷲は言った
「今日、大地は全てわが翼の下
さらに上昇すれば太陽に達し
海底の微粒子でも見つけ出す
ごみの上を一匹の蚊が動こうが
わが目に動きがはっきり見える」
鷲は自らを誇り運命を恐れなかった
見よ、苛酷な運命がどうしたか
突然、待伏せていた熟練の射手が

運命の命ずるままに矢を放った
恐るべき矢は鷲の翼にあたり
雲から地面に射落した
地上に落ちた鷲は魚の如くころげ廻り
左右に羽根をはばたいた
木材と鉄からどうしてかくも鋭く
早く飛ぶものができるか不思議に思い
矢の方を眺め、自分の翼を見て
「だれに嘆こう、身から出た錆」
汝の頭から高慢を捨て去れ
誇った鷲がどうなったかを視よ

彼には詩集の他に、二つの叙事詩形による作品がある。一つは約六百句から成る『光明の書《ラウシャナーイー・ナーメ》』で、主として哲学に基づく教訓・倫理詩としてよく知られている。

汝自身を知れ、己れを知れば

自ら善悪の識別が分かろう
自らの内面的存在を識り
それから衆を統べる者になれ
己れを知ればすべてが分かろう
知ればすべての悪から免れよう
汝は己れの価値を知らぬ、なぜならかくの如し
汝は己れを見れば神を視る
九天と七星は汝の奴隷
しかるに汝は肉体の下僕、ああ哀れ
汝が至福を求めるならば
獣の快楽にとらわれるな
真の人間たれ、眠りと食事を捨てよ
巡礼者の如く自身に旅をせよ
眠りと食事は獣でもする
汝の魂は知識によりて存す
一度目覚めよ、いつまで眠る

己れを視よ、汝は驚嘆すべきもの
考えて見よ、汝がいづこから来て
今この牢獄になぜ留まるのかを
籠を打破り、己れの塔に出立せよ
アーザルの子アブラハムの如く偶像を破壊せよ

以上はこの書における「自己の認識について」の一部である。約三百句から成る『幸福の書《サアーダト・ナーメ》』も教訓叙事詩で彼の作とされている〔異説あり〕。

彼の散文作品も詩とともに名高く、中でも最も有名なのはさきに述べた『旅行記』で、この中で彼はイラン、トルコ東部、シリアを経て地中海岸を南下しエルサレムに達し、巡礼団に加わってメッカ巡礼を行い、その後エジプトに入り三年間滞在した往路と、アラビア半島、イラクを経てイランに戻った帰路とを平易かつ美しい文章で綴り、紀行文学として高い位置を占めるばかりでなく、歴史、地理の面からも貴重な情報を提供し、十一世紀散文文学の傑作の一つに数えられている。

これ以外の散文作品はいずれもイスマーイール派の教義に関するもので、『旅人の糧食《ザードル・ムサーフィリーン》』、『宗教の形相《ワジュヘ・ディーン》』、『兄弟の食卓《ハーヌル・イフワーン》』、『救済と釈放《グシャーイシュ・オ・ラハーイシュ》』、『両聖賢の集合の書《キターベ・ジャーミウル・ヒクマタイン》』がある。これはみなイスマーイール派の基本的文献として名高く、最後の作品は彼がバダフシャーンの太守の求めに応じて一〇七〇年に執筆したもので、ギリシャ哲学とイスマーイール派接神論との調和について論じられ、H・コルバンによる詳しい研究とテキストが刊行されている。

6　散文の興隆

十世紀に芽生えたペルシア散文学はその後詩の隆盛には及ばなかったとはいえ、トルコ族支配時代には興隆の一途をたどり、多くの注目すべき作品が生まれ、その内容も鑑文学、物語、歴史、宗教、科学等きわめて多岐にわたっている。ここでは時代的に前後することもあるが、以上の分類に従って主要な作品を述べよう。尚、詩人に関連して述べた散文作品については重複するので割愛する。

まずこの時代における散文の大きな特色は鑑文学の興隆である。鑑文学とはイスラーム期前からイランに伝わる伝統的な文学のジャンルで、教訓文学を意味し、特にササーン朝宮廷文学として重要な位置を占めた。主として王者、君主がいかにあるべきか、その理想像を多くの逸話を織りまぜながら説く文学で、時としては父が子に説くこともあるが、一般に長老政治家、賢者、大学者が執筆して君主に捧げるのが例であった。アラビア文学においては八世紀前半イブヌル・ムカッファによるアダブ文学以後多くの鑑文学が現れたが、ペルシア文学においては十一世紀後半からであった。

イスラーム期イランにおける鑑文学はササーン朝以来の伝統を復活させたとはいえ、両者の間には大きな相違があった。前者においてはゾロアスター教の教えを中心とした処世哲学、訓戒であったのに対し、後者においては当然のことながらイスラームとその文化を基盤とし、さらにペルシア的要素を加えたもので、ペルシア・イスラーム両文化の融合の所産ともいえよう。

最初の鑑文学はカスピ海南岸地域を支配した地方小王朝ズィヤール朝の君主カイ・カーウースが一〇八二年、六十三歳の時に愛息ギーラーン・シャーのために執筆した『カーブースの書《ナーメ》』である。元来『教訓の書《アンダルズ・ナーメ》』の名で知られた本書の著者は青年時代から小王朝の王子、君主としてさまざまな悲哀と辛酸を経験したが、その反面当時としては最高の教養を備えた優れた君主でもあった。現実主義者の彼はかつての一門の栄光をいたずらに回想することなく、やがて迫り来る巨大なセルジューク朝の勢力を直視・認識し、小王朝の崩壊を予見していた。このためにわが子がいかなる運命、人生をたどるにせよ、それに対処できるだけの処世術と能力と知識を授けておきたいという父性愛の発露として、自己の体験と知識、聖賢の教えに基づき、歴史上の逸話を多くまじえながら人間行動の規律、処世の道および各種の学問、職業について蘊蓄を傾け執筆したのがこの書である。「モンゴル族侵入以前のイランにおけるイスラーム文化の集大成」とも評されているように、本書は当時の社会、文化を知るために貴重な資料の一つといえよう。「知識の漫歩者」と自らを評した著者は豊かな人生経験と該博な知識を駆使し、四十四章にわたってさまざまな問題を採り上げ、ほとんど各章のはじめに「知れ、息子よ」と呼びかけ、わが子の将来を思う父の切々たる気持が滲み出ており、読む人の心を深く感動させる。本書はしかつめらしい道徳書でも理想像の追求に終始した箴言《しんげん》書でもなく、著者はあくまでも人生の現実に立脚し、若い王子の気持を察しながら物分かりのよい父として諄々と説いている。それ故本書では上は神の認識、預言者の使命、王権から下は飲酒、恋愛、入浴の作法にまで及んでいる。例えば飲酒についてもイスラームで禁じられているからといってむげに斥けることなく、こう述べている。

私は酒を飲めとは言わないが、飲むなとも言えない。若い者は他人の言葉で自分の行為を慎まぬからである。私もいろいろ言われたが、聞き入れず、五十の坂を越してやっと神の御慈悲で後悔が授けられた。だがそなたが酒を飲まぬなら、現世と来世で功徳があり、至高なる神の恩寵に浴し、世人の非難、愚か者との交際、馬鹿げた行いから免れるであろうし、家計の大きな節約にもなろう。それ故、そなたが飲まぬにこしたことはないが、そなたも若いことだし、友が飲まずに放っておかないことも私は存じている。……ともかく酒を飲むなら飲み方を知らねばならない。知らずに飲むと酒は毒になり、知っていれば薬になろう。……

筆者は本書を『ペルシア逸話集』（平凡社・東洋文庫）として全訳してあるから関心ある方は参照された

い。

鑑文学の第二の作品はセルジューク朝の名宰相ニザームル・ムルクの筆になる『政治の書《スィヤーサト・ナーメ》』である。同朝第二代、第三代のスルタンに宰相として三十年以上も仕え、同朝の最盛期を出現させた偉大な政治的手腕・行政能力やバグダードとその他の各地にニザーミヤ学院を設立した文化的貢献はよく知られている。『政治の書』は彼が一〇九二年ネハーヴァンド近くで「暗殺派」の兇刃に斃れる直前に完成した書で、元来この偉大な政治家の政治的見解を知ろうとしたマリク・シャーの求めに応じて執筆したものであり『諸王の行状《スィヤルル・ムルーク》』の名でも知られている。彼は五十章から成る本書において多くの逸話や史実をまぜながら自分の長い政治生活に基づいて余すところなく政治的見解を披瀝し、政治の要諦をすべて述べているが、ある意味では彼が宰相として成就しえなかったことを概観した書とも一部では評され、君主と政治の理想像を追求した書ともいえよう。著者の死後にこの書をまとめた編者によると、宰相ははじめ第一部（三十九章）を執筆してスルタンに捧げたが、王朝の敵、イスマーイール派の跋扈《ばっこ》を心配して第二部（十一章）を加筆したという。それ故、第一部においては宰相、徴税官、裁判官、采邑保持者《ムクター》、密偵、侍従、側近、使節、軍司令官、奴隷、学者、護衛官等の重要な人物の任務とあるべき姿を描くとともに、謁見、軍備、饗宴等において王がいかに処すべきかを述べている。第二部においてはイラン・イスマーイール派を中心としてその歴史と対策について述べている。本書はセルジューク朝研究の貴重な史料であるばかりでなく、散文学においても傑作の一つに数えられている。

尚、テキストは従来たびたび出版されたが、最も信頼できる刊本は英訳者でもあるH・ダークの校訂本で、彼は一二九四年の写本に拠って刊行したが、その後イランで一二七四年の写本が発見されたので再びこれを刊行した。後者は現存する最古の写本として最も権威がある。

鑑文学第三の作品は中世イスラーム思想界を風靡し、最高の神学者の一人と仰がれたガッザーリー（一一一一没）の『諸王への忠告《ナスィーハトル・ムルーク》』である。トゥース出身の彼がバグダード・ニザーミヤ学院の神学教授として令名を天下にとどろかせ、学者として最高の栄誉と富を得たにもかかわらず、突如として信仰上の疑惑を抱き、精神的な危険に襲われて日夜煩悶の末一〇九五年遂に意を決して世俗的な一切のものを棄て去って俗世を遁れ、真の信仰と真理を求めて流離の旅を続けること数年、終に神秘主義に真の救いを見出し、正統派神学と神秘主義とを調和させたこの偉大なる神学者[11]は主著『宗教諸学のよみがえり《イヒヤー・ウルーム・ウッディーン》』をはじめ多くの重要な著書を流麗なアラビア語で執筆したが、母語であるペルシア語によっても二、三の注目すべき著作を残した。その中の一つが『諸王への忠告』である。この書の始めに「知り給え、おお東方の王よ」とあり、彼がだれのために本書を書いたか意見が分かれ、マリク・シャーまたはサンジャルのためとの説がある。彼がこれを完成したのは一一〇五年から没年までの間とされ、年代的には後者のためとみるのが妥当であろう。二部から成り、第一部は信仰に関する記述で鑑文学とはあまり関係がないが、大半を占める第二部では王者に必要な性質、宰相の性格、書記の職務等について多くの史実、逸話、箴言をまじえて説いている。執筆に際してニザームル・ムルクの著作を参照したことが指摘されている。彼のペルシア語文体は流麗にして平易素朴と評されている。尚、本書にはJ・ホマーイーの校訂本とF・バグリーの英訳があり、いずれにも詳しい解説がついている。

彼の宗教作品は後に記すとして、彼の書簡集『人類の美点《ファザーイルル・アナーム》』にふれよう。五章から構成され、彼が王者、宰相、重臣、弟の神学者アフマドやハマダーンの神秘主義者アイヌル・クダートに宛てた書面が分類されており、ガッザーリー研究の重要な資料の一つになろう。

ガッザーリー没後約半世紀、一一五六年頃にニザーミーによって執筆されたのが『四つの講話《チャハール・マカーレ》』である。著者はロマンス叙事詩の大詩人ニザーミー・ガンジャヴィーと区別するために、一般にニザーミー・アルーズィー（散文家）の名で知られ、生没年は不明であるが、アフガニスタンを支配したグール朝に仕え、同朝の王子にこの書を捧げた。本書は元来『逸話集《マジュマウン・ナーディル》』の名で知られたが、その内容が書記、詩人、占星術師、医師に関する四つの講話から成っているので『四つの講話』の名で呼ばれるようになった。彼は既述の四者が王者にとって不可欠な側近であるとの理由から四者を採り上げ、それぞれの本質を略述してから多くの逸話を述べている。すでに述べた三書とはやや性格を異にするが、広い意味において一種の鑑文学である。筆者がこれまでに本書においてこの書からたびたび引用してきたように、この書はペルシア文学研究のために最も貴重な資料の一つである。さらに文学ばかりでなくイラン・イスラーム文化の見地からも価値が高い書でもある。なぜなら著者はペルシア一流詩人たち、例えばルーダキー、ウンスリー、フィルドウスィー、ファッルヒー、ムイッズィー、オマル・ハイヤーム等に関する最も古い伝記、逸話を最初に記述したばかりでなく、中世イランの三大学者、ラーズィー、イブン・スィーナー、ビールーニー等についても興味深い逸話を述べているからである。流麗・明快な文体と内容の両面においてペルシア散文の名作として定評が高い。筆者は『カーブースの書』とともに、『ペルシア逸話集』にこの書を訳しておいた。

次に物語・寓話の分野に移ろう。ササーン朝時代にインドのサンスクリット語文献がいくつか中世ペルシア語・パフラヴィー語に訳された。これらの作品のいくつかはイスラーム期に入ってパフラヴィー語からイラン系学者たちによってアラビア語に訳された。さらにアラビア語訳作品が再び十世紀以降になって近世ペルシア語の詩や散文に訳され、その一部が現在まで伝えられている。残念ながらパフラヴィー語に訳された作品は散逸してしまった。現存する作品の中で最もよく知られているのが寓話『カリーラとディムナ』[*12]である。この原型であるサンスクリット語の『パンチャタントラ』がパフラヴィー語に訳されたのはササーン朝ホスロー一世（在位五三一－七九）の治世で、この訳が八世紀前半イブヌル・ムカッファによってアラビア語に訳され、アラビア古典文学の傑作として現存している。このアラビア語訳に基づいてルーダキーが作詩し、その断片が残っていることはすでに述べた。それから二世紀を経て、一一四四年頃にアブル・マアーリー・ナスルッラーがアラビア語訳からペルシア語散文に訳し、ガズニー朝スルタン、バフラーム・シャー（在位一一一八－五二）に捧げた。彼は序でこの書を訳した動機について、ある法学者からこのアラビア語写本を贈られ、読んで非常に気に入り、さらにアラビア語の書物を読む気がしなくなった人々のためにペルシア語に訳すことにしたと述べている。彼は必ずしも原文に拘束されず全般的に自分の好みに応じてかなり伸縮自在な訳をした。多くのアラビア詩や時としてペルシア詩が挿入されており、原典にはないこれらの詩は彼の好みによったのであろう。

この書の文体はこれまでに述べた書物の簡明・素朴な文体とは異なり、かなり技巧を凝らした華麗な文体で、ペルシア散文史上最初の技巧的文体の作品と見做されている。この点においてこの作品は後の散文作品に大きな影響を及ぼした。名著『ペルシア散文文体論《サブク・シナースィー》』の著者M・バハールは各時代における散文体の特色に従って、ペルシア散文を時代区分しているが、彼によると、第一期サーマーン朝時代の散文の特色は簡素・簡潔・無技巧で、ペルシア語彙《ごい》がアラビア語彙よりも優位を占めていることであり、第二期ガズニー朝とセルジューク朝前期においてはアラビア語散文の影響をうけて文章が長くなり、アラビア語彙増大の傾向を特色とし、第三期セルジューク朝後期とホラズム・シャー朝時代においては韻をふんだ文体、技巧、修辞上の文飾が特色としてあげられている。

『カリーラとディムナ』は序と本文十三章から成り、各章には獅子と牡牛、じゅずかけ鳩、梟《ふくろう》と鴉《からす》、猿と海亀、隠者と鼬《いたち》、猫と鼠等の題がつけられている。尚、書名はサンスクリット原典の初めに登場する二匹の豺〔ここではジャッカル〕の名、カラタカとダマナカがなまって『カリーラとディムナ』になった。

次に『スィンドバードの書《ナーメ》』に移ろう。この名は『アラビヤン・ナイト』に登場する船乗りシンドバッドとは関係がない。インド起源のこの物語の原典名は明らかでないが、アラブの大歴史家アル・マスウーディーは『黄金の牧場』においてスィンドバードの筆になる『七人の大臣と師と若者と王の女奴隷の書』と述べており、イブン・アン・ナディームの『文献解題』にはこの書に大と小があり、パフラヴィー語からアラビア語に訳されたと記されている。ペルシア語においては十世紀中葉サーマーン朝の王の命により、アブル・ファワーリスが訳したが散逸し、現存作品は一一六〇年ザヒーリーが訳して当時のサマルカンドの支配者に捧げたものである。彼は序においてサーマーン朝の訳書が簡潔・貧弱な文体であるので、時代の求めに応じてそれを修飾し、優雅な散文にしたと述べている。インドのある王に仕えた賢者スィンドバードが英知を傾けて話をする枠物語形式で、アル・マスウーディーが記した書名は物語に登場する主要な人物である。

『スィンドバードの書』と類似した作品が、メルヴ出身のシャムス・ウッディーン・ムハンマド・ダカーイキーにより十三世紀初めに書かれた『バフティヤールの書《ナーメ》』で、『十人の大臣の書』の名でも知られる。さきの二書と同じようにパフラヴィー語からアラビア語へ、さらにペルシア語へと訳された書物であり、枠物語の大筋は次の通りである。

スィースターンのアーザード・バフト王は軍指揮官の娘に恋をして無理に城に連行し、娘は王の子を宿した。これを怒った父が王を攻めたので、王は娘と逃げ、生まれたばかりの男の子を途中で井戸端に置いてケルマーンに避難した。偶然通りかかった盗賊たちが見付け、その頭《かしら》は男の子をバフティヤールと名付け、わが子として育てた。成人した子は帰国していた王に捕われ、王はわが子と知らずにその若者を愛し側近として高位に即けた。これを妬んだ王の大臣たちは中傷して彼を投獄させた。十人の大臣は処刑させようと十日間毎日王の御前でいろいろと語り、若者はそれに対応した話で処刑を延期させた。遂に彼の処刑が決まった時、彼を養育した盗賊の頭が現れ、王子であることを知らせる。証拠の品でそれを確認した王は大臣たちの処刑を命じ、王子を即位させた。尚アラビア版では『十人の大臣とアーザード・バフト王の王子との物語』として知られ、テヘラン大学刊行の原文にはアラビア版も巻末についている。

『サマケ・アイヤール』は既述の三作品のようにアラビア語からペルシア語に訳された書ではなく、イラン民衆の間に長く伝えられた物語をまとめたもので、ペルシア文学においてこの種のものとしては最も古く、かつ優れた作品である。この種の性格上、創作者や年代は明らかでないが、現存する作品は一一八九年にサダカ・ビン・アブル・カースィムが語り手になり、それをファラーマルズ・ホルダードがまとめて執筆したことになっている。テヘラン版五巻から成るこの大部なロマンスの骨子はアレッポの王マルズバーン・シャーの王子ホルシード・シャーが中国の天子の娘を得るまでの波瀾に富んだ物語で、この間にあまたの活躍をするのがサマクをはじめとする多くの騎士《アイヤール》たちである。文体に技巧がなく、平易で民衆に分かりやすく述べられているのは口誦文学の性格を明示しているといえよう。第一巻の仏訳が刊行されている。

十一世紀にはアブー・イスハーク・ニシャープーリーがアラビア版に拠り『諸預言者物語《キサスル・アンビヤー》』を執筆した。百十四話から成るこの書において天地創造、最初の預言者アダムから始まり、ノア、アブラハム、モーセ、イエス、マホメットに至る多数の預言者が登場する。十二世紀にはアブー・ターヒル・ムハンマド・タルスースィーが古代ペルシアの伝説的な王ダーラーブのロマンスを主題として長篇の『ダーラーブの書《ナーメ》』を執筆した。またこの時代にはアレクサンダー伝説に基づく『アレクサンダーの書』も執筆またはアラビア版から訳され現存しているが著者は不明である。

『カリーラとディムナ』の類書である『マルズバーンの書《ナーメ》』は華麗な表現と技巧的文体で知られる寓話の書である。この書は元来十世紀後半にカスピ海南岸タバリスターン地方の小王朝バーワンド朝に属するマルズバーン・ビン・ルスタムが同地方の言語、タバリー語で執筆したものであるが散逸した。現存の作品はアゼルバイジャーン出身のサアド・ウッディーン・ヴァラヴィーニーが一二一〇年から二五年の間にタバリー語版に拠りペルシア語で執筆したもので、原著者の名にちなんで『マルズバーンの書』と命名された。九章から成り、各章にいくつかの寓話が収められている。R・リーヴィーの英訳がある。

語り物文学の粋『マカーマート』とは元来集会を意味するマカーマの複数形で、各地の集会で語られる形式を採っているのでこの名で呼ばれた。アラビア文学においてこの文学のジャンルは重要な位置を占め、「時代の驚異」〔バディーウッ・ザマーン〕の異名で知られたハマザーニー（一〇〇七没）によってはじめられ、ハリーリー（一一二二没）によって完成され、後者の作品は『コーラン』に次ぐ最高傑作とも評された。この作品に刺戟されたバルフの法官ハミード・ウッディーンが一一五六年にペルシア語で執筆したのが『ハミードのマカーマート』として知られる。この作品はセルジューク朝後期において最も技巧的・華麗な文体の代表的な例である。なぜならマカーマート文学の特色はサジュウという文体を用いることで、サジュウとは散文と詩の中間に位置し、一句一句たたみかけて句末の韻でしめくくる文体だからである。『マカーマート』と題した書はペルシア文学においては彼の作品だけで、アラビア文学のそれには到底及ばないが、これ以降もサジュウ体による作品はかなり現れた。ハミードの作品は二十四のマカーマで構成され、いずれも「ある友が私にかく語った」の文で始められている。当時イランで非常に高評だったことはアンヴァリーの誇張的な次の詩句でも明らかである。

コーランとマホメットの伝承を除き
今やハミードのマカーマートの出現で
どの言葉もむだな言葉と化した
生命の水が溢れるこの大洋に較ぶれば

ハリーリーとバディーウ〔ハマザーニーのこと〕のマカーマートは
盲人の涙にも等しいと知れ

中世において華麗な文体の手本とされたこの作品も、M・バハールによって、円熟さと完成さにおいては『カリーラとディムナ』に及ばず、流麗・優美さにかけてはサアディーの『薔薇園《グリスターン》』の域に達しないと評されている。

詩人ヴァトヴァートの作詩法に関する著書『魔法の園』に先立って、一一一四年ムハンマド・ビン・ウマル・ラードゥヤーニーは『雄弁の通訳《タルジュマーヌル・バラーガ》』と題する韻律に関する書を著した。長年ガズニー朝時代の詩人ファッルヒーの作とされ、写本は散逸していたが、トルコのA・アテシュの写本発見により真の著者が明らかになった。他に記録されていない多くの古い詩が引用され、七十三章にわたって韻律学、修辞学が述べられている。ヴァトヴァートは本書の欠陥を補うために既述の書を執筆したという。

次に歴史の分野に移ろう。十世紀における散文『王書』やタバリーの史書の訳については既に述べたが、史料となりうる同時代の歴史書が執筆されたのはトルコ族支配時代からである。多くの地方史、王朝史の執筆はこの時代の大きな特色で、これらはやがて次の時代、モンゴル族支配時代における歴史編纂隆盛の基礎を築く重要な役割を果したといえよう。

現存する主要な史書を瞥見するならば、まずこの時代に最初に現れたのは、アブー・サイード・ガルディーズィーが一〇五〇年頃に執筆した『歴史の飾り《ザイヌル・アフバール》』で、彼はこれをガズニー朝スルタン、アブドッ・ラシードに捧げた。神話時代からガズニー朝スルタン、マウドゥード（即位一〇四一）に至る通史であるが、特にホラサーン地方に関する記述は貴重な資料で、散逸したアラビア語のサッラミーの史書が利用されており、さらにトルコ族等の習俗についても述べられ、文体は素朴にして簡潔である。

ガズニー朝に関する貴重な史書はアブル・ファズル・バイハキー（一〇七七没）により執筆された。この史書は『バイハキーの歴史』または『マスウードの歴史』として知られる。彼は同朝文書局に長年務めた役人で、原著は三十巻にも及んだといわれるが、現存するのはスルタン、マスウードの治世に関する部分だけである。彼は自らが体験、目撃した同朝の行政機構、宮廷内の陰謀・対立等について流麗な文体で生々しく述べており、文体面からも十一世紀の代表的作品の一つに数えられている。

著者不詳の貴重な地方史『スィースターン史』が執筆されたのも十一世紀中葉とされ、後に一部が加筆されて十三世紀末に及んでいる。主としてイスラーム期初期からサッファール朝にかけての同地方の歴史が詳述され、文学史の見地からも貴重な資料を提供している。十二世紀初めにはイラン南部ファールス州の地理と歴史に関する書『ファールスの書《ナーメ》』がイブヌル・バルヒーによって書かれ、セルジューク朝のスルタンに捧げられた。イスラーム期前からの同地方の通史とともに、地理的な記述が詳しく、この部分はG・ル・ストレンジにより英訳された。シャバーンカーラ族やクルド族の記述は重要視されている。

『歴史と物語の要約《ムジュマルッ・タワーリーフ・ワル・キサス》』は著者不詳の一一二六年に執筆された作品で、神話時代からセルジューク朝に至る通史で、トルコ族に関する記述は注目されているが、史書としてよりは文学作品として評価されるべきであろう。『ブハーラー史』の原典はナルシャヒーが九四三年にアラビア語で書いてサーマーン朝の王に捧げたが散逸し、アブー・ナスル・クバーヴィーが一一二八年ペルシア語に訳したものが現存している。ブハーラーに関して現存する最古の史料の一つとして名高く、地誌の他に、アラブ征服からサーマーン朝に至る歴史が取扱われ、R・フライの英訳・注釈は定評がある。

イブン・フンドゥクの名で知られたアブル・ハサン・バイハキー（一一七〇没）は郷里バイハク（現在のサブザヴァール）の歴史、地理、名士について多くの貴重な資料を含む『バイハクの歴史』を執筆した。彼はアラビア語、ペルシア語で七十数点の書物を著したと中世の文献に述べられている学者であったが、この書の他に一冊のアラビア語の書が現存するにすぎない。アラビア詩が多く挿入され、文体は重厚で地方史としては一流である。

セルジューク朝の歴史としては、ザヒール・ウッディーン・ニシャープーリー（一一八六頃没）が著した『セルジュークの書《ナーメ》』、サンジャルの公文書局長ムアイイドッ・ダウラがまとめた公文書集『アタバトル・カタバ』の他に一二〇二年ラーヴァンディーが執筆した『心の憩い《ラーハトッ・スドゥール》』という史書がある。彼はイラク・セルジューク朝最後の王スルタン、トグリルに仕え、この書においてセルジューク朝の起源から著者の時代に至る百七十年間の歴史を述べ、大セルジューク朝については主に『セルジュークの書』に拠っているが、後期については同時代の史書として価値が高く、現存するセルジューク朝ペルシア語資料としては最も大きなものである。ケルマーン・セルジューク朝に関しては、十二世紀にアフザル・ウッディーンが著した『ケルマーンの出来事における時代の驚異』と『高位の真珠の首飾り』の二書があり、一一八五年グズ・トルコ族のケルマーン征服についても詳述されている。ホラズム・シャー朝の公文書集『アッタワッスル・イラル・タラッスル』は同朝のテキシュ（在位一一七二—一二〇〇）に仕えた書記バハー・ウッディーン・ムハンマドが編集したもので、『アタバトル・カタバ』と並んでトルコ族支配時代の注目すべき公文書集である。

『タバリスターン史』は一二一〇年イブン・イスファンディヤールが執筆したカスピ海南岸の地方史で、この地方に関しては最古の史書として名高い。尚、本書の第一章に収められている部分は「タンサルの書簡《ナーメ》」として知られる。ササーン朝アルダシールの大司祭タンサルがグシュナスプに宛てた書簡で、同朝の政治、社会、宗教について述べられている。イブヌル・ムカッファがパフラヴィー語からアラビア語に訳し、さらにタバリスターン史の著者がホラズムを訪れた時、アラビア語訳の写本を見つけてペルシア語に訳したもので、パフラヴィー、アラビア語の原典は散逸した。M・ボイス女史による英訳・注釈がある。

以上で歴史分野の略述を終え宗教の分野に移ろう。神秘主義に関するペルシア語の最古の文献『神秘の顕われ《カシュフル・マフジューブ》』は一〇五〇年頃にフジュヴィーリー（一〇七二没）によって著わされた。彼はダーター・ガンジ・バフシュの敬称でも知られ、ガズナ近郊に生まれ、ラホールで没した著名な神秘主義者であった。神秘主義の全体系の記述を目的として執筆された本書の文体はサーマーン朝期の文体に近く、神秘主義研究の貴重な資料として名高く、ニコルソンの英訳がある。尚、同名のイスマーイール派文献が十世紀後半にアブー・ヤクーブ・スィジスターニーにより執筆された。『宗教叙説《バヤーヌル・アドヤーン》』はアブル・マアーリー・ムハンマドが一〇九五年に執筆した五章から成る宗教諸派に関する簡略な記述である。

『幸福の錬金術《キーミヤーイ・サアーダト》』は既述の大神学者ガッザーリーがアラビア語による大作『宗教諸学のよみがえり』を一〇九六年から一一〇六年の間に要約の形で母語で執筆した作品で、彼のペルシア語による著作では最大の作品である。要約とはいえテヘラン版八百頁に及ぶ大著において、彼は「自らを識るものは神を識るものである」という伝承に基づいて、本書を自己の認識から始め、神を識ること、現世の知識、来世の知識へと筆を進め、次いでイスラームの宗教的義務、日常の作法、道徳について述べている。

神秘主義者・四行詩人アブー・サイード・アビル・ハイルの伝記が十二世紀にその子孫によって二種類執筆された。一つは『長老《シェイフ》アブー・サイード・アビル・ハイルの状態と言葉』と題する書で、著者は明らかでないが、子孫の一人と考えられている。素朴な文体で書かれ、聖者に関する多くの逸話が収められている。この書を主たる資料として一一七八年頃にムハンマド・ビン・ムナッヴァルは『唯一性の秘密《アスラールッ・タウヒード》』を執筆し、前者よりもはるかに詳しく有名な伝記である。ニコルソンの名著『イスラーム神秘主義研究』第一章は両書に拠るこの聖者の優れた研究である。

十二世紀中葉にはシーア派に関する注目すべき文献が著わされた。それはナスィール・ウッディーン・カズヴィーニーが一一六四年頃に執筆した七百頁を超す『反論の書《キターブン・ナクズ》』である。一一六一年に書かれた『シーア派の醜行』という書への反論で、シーア派の教義とともに、当時のイランにおける宗教事情を知る貴重な資料である。シーア派教徒サイイッド・ムルタザー・ラーズィーが十三世紀初めに書いた二十六章から成る宗教史『タブスィラトル・アワーム』もセルジューク朝時代の宗教について詳しく述べている。

イスラーム哲学照明学派*13の祖として知られるシハーブ・ウッディーン・スフラワルディー（一一九一没）にはアラビア語による主著の他にペルシア語によるいくつかの小論、神秘的な物語があり、『ガブリエルの翼の歌』、『蟻の言葉』、『スィームルグの口笛』等がそれである。

散文の最後に科学の分野について述べよう。中世イスラーム文化史上に特筆されるイラン系学者は各分野にわたって多いが、中でも名高い二大学者はイブン・スィーナー（一〇三七没）とビールーニー（一〇四八没）であろう。前者は偉大な医学者・哲学者として主著『治癒の書』、『医学典範』を、後者は偉大な歴史家・地理学者・博物学者として主著『諸国民史』、『インド誌』等をいずれもアラビア語で著わしたが、いくつかの小さな作品をペルシア語でも書いた。勿論これらはアラビア語による主著に較べると問題にはならないが、初期のペルシア語散文作品としての価値はある。

イブン・スィーナーの墓（ハマダーン）

イブン・スィーナーが晩年イスファハーンの支配者アラー・ウッダウラの求めに応じて執筆し、その名にちなんで命名した書が『アラー・ウッダウラへの学問の書《ダーニシュ・ナーメ》』である。彼はこの書の序において、倫理学、博物学、天文学、音楽、形而上学についての執筆を意図したが、前半を執筆しただけで、後半は弟子の一人が彼のアラビア語の著作から関係部分をペルシア語に訳したという。この他に「脈に関する論文」等数篇の小論文もペルシア語による彼の作とされている。彼はこれらの執筆に際してアラビア語彙の使用をできるだけ避けて純粋なペルシア語による表現に努めた。このために科学・哲学術語が未熟だった当時のペルシア語を考えると、非常に苦労したものと思われる。ビールーニーのペルシア語作品には『占星術諸要素指導の書』がある。同名のアラビア語版があり、これが原文で彼が後にペルシア語に訳したと思われるが明らかではない。

ペルシア語による最初の体系的な医学に関する大著『ホラズム・シャーの宝庫《ザヒーレ》』は同朝のスルタン、クトブ・ウッディーン・ムハンマドに仕えた侍医ジュルジャーン（ゴルガーン）出身のザイヌ・ウッディーン・イスマーイール（一一三六没）が一一一一年と三六年の間に執筆した語数四十五万語にも及ぶ医学全書である。ブラウンは『アラビアの医学』においてイブン・スィーナーの著作にも匹敵すると評している。

三　モンゴル族支配時代の文芸

1　宮廷詩人の衰微

世界史上三大征服といえば、一般にアレクサンダーの征服、アラブの征服、そしてモンゴル族の征服といわれている。イランは不幸にもこれら三大征服の犠牲になり、国土は蹂躪《じゅうりん》され住民は殺戮《さつりく》されて支配下におかれたことは周知の通りである。特にモンゴル族の攻略はイランに未曽有の大きな打撃を与えた。彼らの攻略過程を歴史家ジュワイニーはこう端的に表現した。「彼らは来て、破壊し、焼き払い、殺戮し、掠奪して去った」。

モンゴル族の遠征・攻撃は二波に分かれて行われた。第一波は一二一八年チンギスカンが派遣した隊商がオトラールで掠奪・虐殺されたのに端を発して、彼自らが率いた西征軍の遠征で、一二二五年まで前後七年にわたって続けられ、この結果ホラズム・シャー朝は滅び、中央アジア、イラン東部諸地域は征服され、ブハーラー、サマルカンド、バルフ、ニシャープール、ヘラート、メルヴ等の主要都市は破壊・征服された。第二波は一二五一年のクリルタイの結果、チンギスカンの孫フラグによる大規模な遠征で、オキサス河からエジプトに至る広大な地域への遠征・征服を命じられた彼は二年にわたる準備の末、大軍を率いて出立し、一二五六年オキサス河を渡って本格的な進撃を開始し、イラン各地におけるイスマーイール派の牙城を次々と攻撃して同派の勢力を一掃し、イラン全域を支配下に収め、イル・ハン国を創設し、さらに一二五八年バグダードを攻略してアッバース朝を倒し、首都で猛威を振い、イスラーム文化に大きな打撃を与えた。その後彼の軍は西征を続けたがアイン・ジャールートの地でマムルーク朝軍に敗れた結果、彼は西征を断念し、都タブリーズにおいて広大な征服・支配地域に君臨した。イル・ハン国は実質的な支配者アブー・サイードの死（一三三五）に至るまで約八十年間歴代九人の王が統治した。モンゴル族支配者たちは征服時において文化の最大の破壊者であったが、年とともに次第にイラン文化に同化されていった。征服時に受けた潰滅的な打撃のためにイラン文化は再起不能のようになったが、その後不死鳥の如くに蘇生し、モンゴル族支配下においてもその輝かしい伝統を保持し続けた。

とはいえ、ペルシア文学が受けた打撃はあまりにも大きく、かつてのセルジューク朝時代に達したあの輝かしい頂点に再び到達することはできなかった。モンゴル族支配時代の文学上の特色を述べるならば、かつてペルシア文学の発生・興隆の地であったホラサーン地方は二波にわたる大攻略によって荒廃に帰し、その難を恐れた詩人や学者たちは安全な地を求めて移住し、残留した者たちの多くは殺害されたために、これ以降同地方は十五世紀後半に至るまでペルシア文学の栄光に輝くことはなく、文学の中心はモンゴル族の侵入・破壊を受けない地方へと移った。それはイランにおいてはシーラーズを中心とするファールス地方であり、国外においては現在のトルコを支配したルーム・セルジューク朝の都コニヤであった。かつて一度もペルシア文学史上に登場しなかったこの二つの都市が後述する二大詩人ルーミーとサアディーによってこの時代に文学の中心的位置を占めるに至った。

文学の中心の移動とともにこの時代の大きな特色は、これまで三世紀にわたってペルシア文学の主流を占めてきた宮廷詩人の退潮と、それに伴う頌詩の衰微である。モンゴル族の征服の結果、それまで各地方において詩人たちを保護・奨励してきた王侯・貴族たちが殆ど全て滅び去ったため、詩人の保護者はいなくなり、彼らに代って支配者になったモンゴル族統治者たちはイラン王朝の文化的伝統を理解せず、ペルシア詩に対してなんらの興味も抱かず、詩人に全く無関心であったため、宮廷詩人の制度は殆ど採用されなかった。このため頌詩詩人は完全に自分の才能を発揮する場を見出せず、約一世紀間、注目すべき宮廷・頌詩詩人は一人として現れなかった。かくして十世紀から続いた宮廷詩人と頌詩の輝かしい伝統は十三世紀半ばから一世紀有余にわたって中断され、それ以降徐々に復活したとはいえ、かつての域に達することはなかった。ペルシア文学はこの時代に一大転換期を迎えたのである。すなわち、ペルシア詩はこの時代に宮廷貴族文学の域を離れて庶民的な性格をもつようになった。それは頌詩に代って擡頭した抒情詩がこのことを如実に物語っている。

抒情詩は多くの宮廷詩人によっても作られてきたが、ペルシア詩の立場から見れば、十世紀から十三世紀に至るまでは頌詩、叙事詩が主流であって、抒情詩はあくまでも支流であったといえよう。抒情詩は元来恋愛詩として宮廷頌詩人たちの余技的な作が多かったが、十二世紀中葉を境としてこの詩の内容は二つに大きく分かれた。一つは十世紀以来の伝統を継ぐ純然たる恋愛詩としての抒情詩であり、他は神秘主義思想の表現のために用いられた抒情詩であった。前者は十三世紀後半にサアディーによって完成の域に達し、後者は既述のようにサナーイーを先駆者として急速な発達を遂げ、アッタールを経てルーミーに受け継がれた。この時代に頌詩、叙事詩に代って抒情詩が擡頭した背景には、政治的な理由ばかりでなく、社会的要因も指摘されている。叙事詩の主流であった英雄叙事詩が急速に衰えたのは、モンゴル族の征服・支配によってイラン人が誇りとしてきた民族精神、尚武の気象を喪失した結果、彼らがこの種の叙事詩に対して興味を失ったためであるといわれている。抒情詩の擡頭に大きな影響を及ぼした者として都市における組合《ギルド》、市場の商人階級の存在を忘れてはならない。彼らは十二世紀後半から次第に勢力を得て、モンゴル族支配下においてはかつての地方地主《ディフカーン》や貴族にも匹敵するほどの大きな存在になっていた。それとともに彼らはイラン文化の伝統、特にペルシア詩を愛好し、教養の重要な一部としていた。この伝統は今日のイランに至るまで受け継がれている。しかし商人である彼らが誇張・冗長な手法・表現による頌詩を好むはずがなく、より短く、直接心に訴える抒情詩をはるかに好んだのは当然といえよう。要するに、政治的、社会的な理由によって、ペルシア詩は貴族文学としての頌詩から都市庶民にも愛好される抒情詩へと大きく転換したのがこの時代においてであった。

さらにこの時代の文学の大きな特色は詩における神秘主義のいっそうの浸透と強化で、これは明らかに世情の反映であった。モンゴル族の侵入・破壊・殺戮の結果、世の不安・無常、人生のはかなさがこれまで以上に痛感され、現世逃避の欲求が高まるにつれて、神秘主義詩が盛んになるのは自然の成り行きであった。

ペルシア文学史上で六大詩人の中に数えられる二人の偉大な詩人ルーミーとサアディーによって代表されるのがこの時代で、彼ら以外に注目すべき詩人といえば、イラーキー、シャビスタリー、アウハディーの三神秘詩人だけであった。勿論ブラウンやサファー等の文学史においては、ヘラートのイマーミー（一二七七没）、シーラーズのハムガル（一二七八没）、タブリーズのフマーム（一三一四没）、ニザーリー（一三二〇没）、プーレ・バハー（十三世紀後半没）等この時代の詩人が採り上げられてはいるが、いずれも二流詩人にすぎないため、名をあげるにとどめ、既述の三神秘詩人について述べた後に二大詩人について詳しく述べることにしよう。

ハーフィズが抒情詩において、

ハーフィズが歌うはイラーキーの抒情詩
この悲しき調べを聞いてだれが嘆かぬか

と詠んだイラーキー（一二八九没）は本名をファフル・ウッディーン・イブラーヒームといい、イラーキーと号した。一二一一年にハマダーンの学者の家に生まれた彼は生涯の大半を国外で過ごした著名な神秘主義者であった。幼い頃から非凡な才能で知られた彼は十七歳の時、ある日町に来て神秘主義詩を歌った遊行僧《カランダル》の一行に加わっていた美少年に魅せられて郷里を捨て、その後を追って一行に加わった。これが彼の神秘主義道に入ったきっかけであったという。一行とともにイラン各地に放浪の旅を続けた後、彼はインドに達し、ムルターン（現在パキスタンにある）において同地におけるスフラワルディー派神秘主義教団の開祖バハー・ウッディーン・ザカリーヤー（一二六七没）に二十五年間仕え、娘を娶《めと》った。彼は開祖から教団の後継者に指名されたが、他の弟子たちの妬《ねた》みのために長年住みなれたムルターンを去り、海路メッカに向った後、小アジアに入り、ルーム・セルジューク朝の都コニヤにおいて聖者サドル・ウッディーン〔・クーナウィー〕の許で偉大な神秘主義者イブン・アラビーの著作『メッカの啓示』について教えをうけるとともに、ペルシア語で『閃光《ラマアート》』と題する散文作品を書いて師に捧げた。彼の弟子であり、保護者でもあった貴族ムイーヌッディーン〔・パルヴァーネ〕の死とともに彼はコニヤを去ってエジプトに渡り、同地でスルタンに厚遇された後、シリアに赴いてダマスクスに滞在した。この時、ザカリーヤーの娘との間に生まれた息子カビール・ウッディーンがムルターンからはるばる父を訪れ、父子は長年の末再会したが、その後まもなく彼は病気にかかって同地で七十八年の生涯を終え、イブン・アラビーの墓の傍に埋葬された。

イラーキーの作品には頌詩、抒情詩、四行詩、叙事詩等を含み、約五千九百句から成る『イラーキー詩集』がある。頌詩とはいえ、王侯貴族には関係なく、師であるザカリーヤーやサドル・ウッディーンに捧げた詩である。彼の詩集の大半を抒情詩が占めており、彼は偉大な神秘主義抒情詩人であった。ムルターンに到着してまもなく十八、九歳の時に作って師を感動させたという抒情詩がこれである。

酒杯に注がれた最初の酒は
酌人《サーキー》の酔った目から借りたもの
楽しむ者たちが正気と分かると
意識を奪う酒が杯に注がれる
恋人の紅い唇は酒杯さながら
恋をする者の酒と呼ばれ口づけされる
世の人の心を捕えるために

美女の巻髪の輪は罠《わな》と化す
世に心の苦しみあればみな
それを名付けて愛という
美女の巻髪は休むことなく
あまたの心から安らぎを奪う
美の球が競技の場に投げこまれると
一駆けで両世界は平定される
酔客の酒の肴にと唇と目から
ピスタチオとアーモンドが供される
あまた讃えられるその唇から
恋をする哀れな者が得るのはきびしい言葉
集《つど》いでは善人も悪人も席が与えられ
酒杯が廻れば貴賤の別はない
秋波《ながしめ》で百の言葉が魂に語りかけ
眉から心に送られる二百の伝言
美女は己が美を見せ示し

一たび見せて両世界を従える
人の心を手に入れようと
いつも巻髪の端にて罠を作る
友にひそかに秘密を伝えながら
世の人にそれを言いふらす
自ら秘密を明かしたのに
なぜイラーキーを責めるのか

彼の叙事詩は『恋人たちの書《ウッシャーク・ナーメ》』として知られ、ところどころに抒情詩が詠みこまれた十章から成る神秘主義詩である。この中でシーラーズに住んだ偉大な神秘主義者ルーズビハーン（一二〇九没）についてこう詠んだ。

シーラーズの長老、ルーズビハーン
真実と清浄にかけて世に類《たぐい》なきお方
聖者たちの指環の宝石
魂の学者にして、この世の魂

恋人たちと修道者たちの王
ファナーへの到達者全ての長《おさ》
彼が愛の広間に入った時
その名の如く日《ルーズ》はさらに輝いた
魂を輝かす彼の美はいく年も
昼を夜に、夜を昼に変えた
彼に天使の如き恋人がいて
彼の目はその頬で輝きをました
たまたまその妖精が長老の足を
さすっているのを見たある愚か者
稲妻が閃《ひらめ》くよりもすばやく
アターベグ・サアドの宮殿に駈けこみ
「おお信仰の保護者たる王よ、御注進
長老が恋人に足を口づけさせている」
サアド・ザンギーは長老を信じていた故
その話を中傷と思った

ある日王が長老を訪れると
長老はいつものようにさせていた
見れば満月の如く光り輝く恋人が
長老の足を胸にしっかり抱いていた
自分の目でそれを見た王は
顔を赤らめ、うす笑いをうかべた
長老の傍に火鉢がおかれ
火が赤々と燃えさかっていた
恋人の胸から足を離した長老は
火鉢に足をつっこんで言った
「わが目はたとえ驚くとも
わが足にはいずれも同じこと
肉体の分け前にあずからんとする火は
英知なき頭脳を燃やさんと努める
アブラハムには火は薔薇《ばら》の花
神の啓示でモーセの体は燃えない

汝の目にわが光景が罪深くとも
心の望みには精神の実《みの》りがある
心清ければ、目は現象で
汚されることはない
この苦悶が汝に及ばぬとも
われはいつも苦しみに捕われの身」

神秘主義思想に関する散文作品『閃光《ラマアート》』は二十八閃光《ラマア》から成り、ペルシア詩、アラビア詩を織りまぜた散文で書かれ、詩集とともに彼の主著とされ、愛の理論に関する作品として名高いが、かなり難解で、十五世紀後半にジャーミーがこれについて注釈書を執筆した。

シャビスタリー（一三二〇没）はタブリーズの出身で、その生涯は不明である。叙事詩形の作品『秘密の花園《グルシャネ・ラーズ》』は一三一一年に作詩され、神秘主義の表象的術語について問答形式によって詠まれた約一千句から成る詩集である。この作品は文学作品というよりはむしろ神秘主義研究の資料として知られ、十九世紀前半に西欧の学者に採り上げられたが、現在ではあまり価値が高いとはいえない。シャビスタリーも優れた詩人ではなかった〔神秘主義文学としての同作品の位置づけについて、詳しくは藤井論文（一九九四）を参照〕。

アウハディー（一三三八没）は一二七一年頃マラーゲに生まれ、父はイスファハーンの出身であった。

彼の雅号はケルマーンの著名な神秘主義者アウハド・ウッディーンにちなんでつけたものである。彼はアゼルバイジャーンにおいて神秘主義の道に入り、その後ケルマーン、イスファハーン等各地を遍歴して有名な神秘主義者の許で修行し、郷里に帰って弟子の指導に努め、同地で没した。

　彼の作品には約八百八十の神秘主義抒情詩を主体とする『アウハディー詩集』の他に、叙事詩形による神秘主義作品『恋人たちの倫理《マンティクル・ウッシャーク》』と『ジャム《ジャーム》の酒杯』がある。『十の書《ダ・ナーメ》』の名でも知られる前者は、恋人（神秘主義者）に関する約六百句から成る作品で、一三〇六年に作詩されて、ナスィール・ウッディーン・トゥースィーの孫ワジーフ・ウッディーンに捧げられた。アウハディーの代表作として名高いのはサナーイーの『真理の園』に倣って作詩した約五千句から成る叙事詩『ジャムの酒杯』である。「ジャムの酒杯」[*14]とは元来ペルシア神話に現れる「世界を映すジャムシード王の酒杯」であったが、十二世紀以降、この酒杯は神話的意味よりも神秘主義詩において「神秘主義者の澄んだ心」として比喩的に多く用いられるようになった。彼はこの作品を一三三二年に完成してイル・ハン国アブー・サイードの宰相ギヤース・ウッディーンに捧げた。この作品は純粋の神秘主義叙事詩ではなく、社会的、処世的な多くの問題が述べられ、この点に重要性があると評されている。それ故、アーベリーが『古典ペルシア文学』において、『カーブースの書』と『真理の園』との一種の合金《アマルガム》と評したのは適切である。R・シャファクも『イラン文学史』において「ペルシア叙事詩で『ジャムの酒杯』ほど社会、教育の問題を扱っている作品は殆ど見出すことができない」と述べている。本書の前半においては、「王の正義と圧制」「王に仕える作法」「飲酒の作法」「家計」「家の建て方」「浪費の禁止」「結婚」「悪妻の状態」「子供の教育」「部下への思いやり」「吝嗇への非難」「詩の不振」「友情」「教令」「職人」等さまざまな社会・人生問題が述べられ、後半においては主として神秘主義の諸問題が述べられている。「悪妻の状態」について一部を訳そう。

そなたの目に妻は美しく見えようが
家を荒らしては、妻は醜くなろう
貞節な妻は家庭の燈火《ともしび》
図々しい妻は世の災い
敬虔な妻は夫の誇り
信仰なき妻は夫の破滅の因《もと》
食卓と水差しをひっくり返した後で
悪妻は面紗《チャードル》をつかみ、靴をはき
裁判官の前に夫をひっぱって行き
「私の持参金を取返せ、否応なしに
力ずくでも取返せ」とわめき立てる

慎み深く従順な妻はそなたにとって
殻の中にある果肉とおなじ
慎みなき妻はそなたの心に拷問
すぐさま追出せ、苦痛の種
無作法な妻はどやしつけよ
顔を蔽《おお》わなければ経帷子《きょうかたびら》を着せよ
悪妻の手に筆を渡すな
それよりも自分の手を切った方がよい
妻に黒帳を記されるくらいなら
夫は喪服をまとった方がまし
妻がしげく外出したら容赦なく打て
見せびらかしたら衣服をはぎとれ
逆ったら殺してしまえ
名誉を汚したら土に葬れ
妻の尻にしかれたら
そなたは男と名乗らず恥じて死ね

2　神秘主義詩の最高峰

十一世紀以来次第にペルシア詩に滲透した神秘主義思想は時代を経るとともに多くの著名な詩人たちによって作詩され、ペルシア詩の主流を神秘主義詩が占めるまでに至ったが、十三世紀後半にルーミーにより遂に神秘主義詩は叙事詩形と抒情詩形において完成の域に達した。彼は単なる詩人ではなく、神秘主義教団の創設者でもあったので、息子や弟子によって詳しい伝記が著され、その生涯はかなり詳細に分かっている。

彼は本名をジャラール・ウッディーン・ムハンマドといい、生涯の大半をルーム（小アジア、現在のトルコ）で過ごしたのでルーミー（一二七三没）と号した。イランでは一般に「モウラヴィー」として知られている。一二〇七年バルフにおいて彼は著名な神学者バハー・ウッディーンの子に生まれた。父は一二一九年頃やがて迫り来るモンゴル族の来襲を恐れ、難を避けるため家族を伴ってバルフを去り、長い西方への旅に出立した。ニシャープールにおいて老神秘主義詩人アッタールが少年ルーミーに『神秘の書』を贈った逸話はすでに述べた通りである。一家はその後イラン西方への旅を続け、バグダードを経て聖地に巡礼し、さらに北上してシリアを通り、ラーランダ〔現在のカラマン〕に数年滞在した。この間に青年に達したルーミーはこの町でゴウハル・ハートゥーンと結婚し、息子スルタン・ワラドが生まれた。その後ルーム・セルジューク朝のアラー・ウッディーン・カイクバード王の招きで一家

ルーミー肖像画

はその都コニヤに赴き、そこを定住の地として、父は学問を教えたが一二三〇年に没した。

幼い時から彼は父に教育されてきたが、父の死後、かつて父の優れた弟子であったブルハーヌッディーンが東方から逃がれてコニヤに達し、ルーミーの教育に当り、特に神秘主義を指導した。この間彼は師の勧めにより数年間アレッポとダマスクスで学問を修め、帰国すると、一二四〇年に師が没したことを知った。すでに一流の学者として名高くなった彼は一二四〇年から四年間コニヤにおいて法学と神学を教え、息子の詩によると、当時弟子の数は一万人にも達したという。

一二四四年三十七歳のルーミーに人生の最大の転換期が訪れた。それはコニヤにおいて放浪の托鉢僧《デルヴィーシュ》シャムス・ウッディーン・タブリーズィーとの出合いであった。この老神秘主義者に「長い間探し求めてきた神の愛の完全な像を見出した」彼はそれまでの生活を一変して、日夜老師に仕えて他の一切を放棄し、弟子たちの教育・指導をも中止した。弟子の懇請に彼は耳をかさなかったので、彼らの妬みと憎しみは老師に向けられ、そのため老師は余儀なく二度もダマスクスに去ったが、その都度ルーミーは息子に師を迎えに行かせた。しかし老師は一二四七年完全に彼の前から姿を消して、その後この不可思議な人物の消息は杳《よう》としてつかめなかった。ルーミーの真の人生はこの老師との出合いから始まったといえよう。それ以前を彼の人生の第一期とすれば、一二四四年から一二六一年までが第二期であった。第一期において彼は作詩に殆ど興味を抱かなかったが、老師との出合いによって彼は作詩の霊感を得たようであった。第二期が抒情詩の時代と特色づけられてい

ルーミー廟（コニヤ）

るように、老師に捧げた情熱を作詩に傾け、消えた老師を偲《しの》びつつ、熱情溢れる多くの抒情詩を作り、その膨大な神秘主義抒情詩集は老師にちなんで『シャムセ・タブリーズ詩集』と名付けられた。さらにこの間彼は哀調を帯びた葦笛や太鼓の音につれて旋舞する「踊るデルヴィーシュ」と言われる神秘主義教団を創設し、楽の音と旋舞の中で無我の恍惚境、神人合一の域に達することを目指した独特な「メフレヴィー教団」の開祖になり、ルームにおける最高の神秘主義指導者と仰がれるようになった。

第三期は一二六一年から没年までの十二年間で、神秘主義文学の最高傑作と評される『精神的マスナヴィー』を作詩した時代であった。晩年の彼は二人の弟子サラーフッ・ディーン・ザルクーブ（一二六三没）、フサーム・ウッディーン・ハサン（一二八四没）と特に親しく交わったが、後者の大きな功績は大作の作詩を師に勧めたことで、これについては後に述べよう。かくして神秘主義聖者として万民に慕われ、神秘主義詩人として不朽の名声を得た彼はその偉大なる生涯を一二七三年十二月コニヤにおいて終えた。その葬儀にはムスリムばかりでなく多数のキリスト教徒やユダヤ教徒までが参列したという。遺体は父の傍に埋葬され、彼とその一族の聖廟は今日までトルコにおける有数の霊地になっている。

彼の作品には詩集と散文作品があり、詩集には既述の『シャムセ・タブリーズ詩集』と『精神的マスナヴィー』の他に、約二千篇を収める『四行詩集』があるが、名高いのは前の二詩集である。

『大きな詩集《ディーワーネ・カビール》』の名でも知られる膨大な神秘主義抒情詩集『シャムセ・タブリーズ詩集』は主として一二四四年老師との出合いから大作の叙事詩に着手するまでに作詩されたものである。碩学ニコルソンの表現によれば、「ルーミーと老師とは一心同体であって、彼が自分の抒情詩集を『シャムセ・タブリーズ詩集』と命名するに際し、彼は勿論老師シャムスと自分自身が一体化し、同一人物になったかのようにシャムスの名を用いている」という。さらに彼にとって老師は神の顕現であり、詩において老師に捧げられた熱情と愛は神へのそれに他ならなかった。それ故、彼と老師との一体化とは神秘主義における神との合一《ファナー》であった。彼の抒情詩において恋愛詩の官能的・肉感的な表現は殆どみられず、ほとばしりでる老師(神)への激しい熱情と愛、さらに神秘主義者としての高邁な思想と感情に満ち溢れている。時として彼はシャムスの代りに「ハームーシュ」、「ハムーシュ」(沈黙)の雅号を用いているが、学者によってはこの雅号は彼が老師との出合い前に用いたものであろうと推測しているが明らかではない。

この詩集は写本によってその句数がかなり異なり、インドで刊行された詩集には約五万句が収められているが、これには他の詩人の作が多く含まれている。今日最も権威ある刊本はイランのルーミー研究の大家、故B・フルーザンファルが校訂し、テヘラン大学から出版された全七巻から成る『シャムス全集』で、これには三万六千三百六十句が収められ、若干のアラビア詩も含まれている。膨大なこの詩集の全訳は西欧諸語においても未だなされていないが、抄訳としてはニコルソン訳

『シャムセ・タブリーズ詩集選詩』は優れた解説と名訳で知られ、近年ではアーベリー訳『ルーミー神秘主義詩』、仏訳としてV・メイエロヴィチとM・モクリー共訳『神秘主義抒情詩』が刊行され、『四行詩集』もアーベリーにより抄訳された。

抒情詩の例を挙げよう。

汝の顔を示せ、われは欲す、園と薔薇園
汝の唇を開け、われは欲す、あまたの砂糖
おお美の太陽よ、一瞬雲から現れよ
われは欲す、光り輝くその面
汝に焦がれ、われは聞けり鷹の太鼓の音
われは戻った、わが王の腕を欲すゆえ
徒《たわむ》れに汝は「もはや我を悩ますな、去れ」
われは欲す、「もはや我を悩ますな」との汝の言葉
「去れ、王は家に御坐《おわ》さぬ」と汝は追い払う
われは欲す、門番の気取りと誇りと激しさ
存在するだれの手にも美の鑢《やすり》くずはある

われは欲す、優美なかの石切場とかの鉱山《やま》
天輪の麪包《パン》と水は不実な洪水の如し
魚にして鰐たるわれは欲す、オマーンの海
ヤコブの如く絶えず嘆き悲しむわれ
われは欲す、カナンのヨセフが麗しき顔
神かけて、汝なき都はわれには牢獄
われは欲す、山と荒野への流離《さすらい》
わが心は熱情なき仲間に倦きた
われは欲す、神の獅子、ザールの子ロスタム
わが魂はファラオとその圧制に疲れた
われは欲す、イムラーンの子モーセが顔の光
不平に満ち泣き叫ぶ輩《やから》にわれは倦きた
われは欲す、酔える者たちの騒ぎと叫び
われは夜鶯《ブルブル》にまさり雄弁なれど、人々の妬みゆえ
口に封をする、われは欲す、嘆きの声
昨夜長老《シェイフ》が燈火を手に市街《まち》をさすらい

叫んだ「悪魔と獣に倦きた、人を欲す」と
「見つけられぬ、われらも探した」と言われ
答えた「われは欲す、見つけられぬもの」
貧しくともわれは受けぬ、小さな紅玉髄
われが欲するは稀《まれ》なる貴重な紅玉髄の鉱山《やま》
神は目に見えぬとも万象《ばんしょう》は神より生ず
われは欲す、創造明らかにして隠れたるお方
わが状態《さま》は全ての欲求と欲望を越え
われは欲す、存在と空間から本質に向わんと
わが耳は信仰の話を聞いて酔う
目の一部はいずこ、われは欲す、信仰の形相
片手に酒杯、片手に恋人の巻髪
広場の中でわれは欲す、かかる踊り
三弦楽器《ルバーブ》は鳴る「待ち望み死せるわれ
われは欲す、オスマーンの手と胸と撥《ばち》」
われも愛の三弦楽器《ルバーブ》、愛こそわが三弦楽器《ルバーブ》の弾き手

われは欲す、恵みの主の撥の慈悲
おお優雅な楽師よ、この抒情詩の残りを
かくの如く数えよ、われは欲す、かくの如きを
タブリーズの栄光の太陽《シャムス》よ、東から顔を現わせ
戴勝鳥《やつがしら》たるわれは欲す、ソロモン王の御前

＊　＊　＊

恋人たちよ、恋人たちよ、浮世から門出の時はいま
わが心の耳に聞くは大空から響く旅立ちの太鼓
駱駝追いは起り上がり引綱を飾り
われらに許しを求めた、隊商よ、なぜ眠る
前に後に旅出の叫びと駱駝の鈴の音
刻々に魂と霊は虚空に消え去る
逆さの燭（星）から、蒼い帳《とばり》（天）から
神秘を明かすため不思議な人々が訪れる
廻る天輪から汝を襲うは重い眠り

ああ早く過ぎるこの生命、心せよ重い眠りに
心よ、恋人を求め、友よ、真の友を求めよ
見張りよ、目覚めよ、眠りは汝にそぐわない
四方に燭と炬火、叫びと騒ぎ
今宵、孕める世は永遠《とわ》の世を生む
汝は土なりしが心となり、無知なりしが今は賢し
汝をここに引いたお方が彼方に導く
その引く力で汝の苦しみは楽しみと化す
その火は水の如し、そのお方に渋面をつくるな

「ペルシア語のコーラン」とも「神秘主義の聖典・百科全書」とも評される彼の代表的大作『精神的マスナヴィー』の作詩の動機について、彼の孫チェレビー・アーリフの弟子アフラーキーは『神秘主義者の美徳《マナーキブル・アーリフィーン》』と題するルーミー伝においてこう述べている。

ある日、愛弟子フサーム・ウッディーンは弟子たちがサナーイーの『真理の園』やアッタールの『鳥の言葉』、『災難の書』を非常に愛読しているのを知った。そこで彼は機をみて、ある夜、師

ルーミーが独りでいた時に、世の人に記念として残るように、『真理の園』の形式で、『鳥の言葉』の韻律によって作詩して下されば、弟子たちは他の書を読まなくなりましょうと叙事詩《マスナヴィー》の作詩を勧めた。するとその求めに応じてルーミーは直ちに第一巻の最初の十八句を作詩して記し、愛弟子に渡した。

これは一二六一年（一説では一二五八年と六一年の間）のことであった。全六巻、約二万七千句から成る大作はこのようにして始められた。彼が直接筆を執ったのは最初の十八句だけで、その以降は彼が霊感をうけたかのように次々と作詩したものを、フサーム・ウッディーンや他の弟子たちが書き記したという。第二巻以降は一二六三年から作詩され、彼の死まで続けられたが、第六巻で中断した。なぜなら最後の巻は話の内容が未完だからである。

この書の序において、

これは叙事詩《マスナヴィー》の書、真理到達と確信の秘密解明における宗教の根源の根源の根源にして、神の最も偉大なる学問、神の最も明確なる道、神の最も明白なる証拠である。その光を譬《たと》えれば燭が置かれた壁龕《へきがん》の如くにして、朝の光よりも明るく輝き、心の天国にして、あまたの泉と樹木が存し、その一つはこの道を歩む者たちにサルサビールと呼ばれる泉である。宿処《マカーマート》と神の恩寵を有する者たちにとって本書は最善の宿処にして、最良の憩いの場であり、ここで正しき者たちは食べて飲み、自由なる者たちは喜び楽しむ。エジプトのナイル河の如くに、これは耐え忍ぶ者たちには飲物、ファラオ一門と異端者たちには悲しみである。……私は不思議な物語、珍らしい言葉、優れた講話、貴重な指示、修行者の道、信者の園から成る叙事詩の作詩に努めた。表現は簡潔であるが、いくたの意味を有する……

と述べられているように、この詩集は比喩、寓話、逸話、物語等の形式によって神秘主義のあらゆる教義・思想・歴史が扱われている。それ故、これらの物語の表面的な意味の理解はやさしいとはいえ、その内面にひそむ神秘的な真の意味の把握は決して容易ではなく、これまでいくたの注釈書が出版された。「一大物語集」とも評されるこの書においては数百にのぼるさまざまな物語が述べられ、これらは彼の創作ではなく、『コーラン』、伝承《ハディース》をはじめとして、アラビア語やペルシア語の各種文献に基づくものではあるが、彼の偉大さはこれらの素材を神秘主義思想の説明の手段として意のままに比喩的に駆使し、流麗な詩に作ったことにあるといえよう。抒情詩集に較べて表現・性格上熱情の面においてはやや劣るとはいえ、詩的美や芸術性においてはこの書ははるかに勝ると評されている。この詩集は必ずしも体系的・理論的な神秘主義の展開ではない。なぜならルーミーは理論的・思弁的な神秘主義者ではなく、むしろ体験的・情熱的な神秘主義者だったからである[*15]。この点においてガッザーリーとルーミーとを比較したニコルソンは、「ガッザーリーは体系的にして明確・明晰であるが、ルーミーは比喩的にして散漫・冗長、時として曖昧である。しかし熱情、感情の高揚、思想の独創性と深遠さ、さらに表現の力と自由においては、ガッザーリーはルーミーに対抗できない。われわれはガッザーリーから学問と理論を得るが、ルーミーからは個人の宗教的情緒と信仰と経験を得る」と述べている。

『精神的マスナヴィー』は西欧諸語に全訳または抄訳されているが、最も名高く権威がある刊本はニコルソンによる全八巻『ジャラール・ウッディーン・ルーミーのマスナヴィー』で、テキスト、英訳、注釈から成る。近年では一般読者を対象としたアーベリー訳『マスナヴィー物語』二巻が刊行された。今日ルーミー研究に不可欠なのはイランの故フルーザンファル教授による一連の研究成果である。同教授の『聖マスナヴィー注釈』が未完に終ったことは惜しみてもあまりある。わが国では『アラビア・ペルシア集』に蒲生礼一氏による若干の抄訳があるにすぎない。

詩集第一巻の冒頭にあり、神との別離を哀しい葦笛の嘆きに託した有名な詩を訳そう。

聴け、葦笛がいかに語り
別離をいかに訴えるか
「私が葦原から切り離されてこのかた

わが嘆き声に男も女も嘆き悲しんだ
この切ない思いを打ち明けるため
私は別離で胸が千々に裂けた友が欲しい
その源から遠く離れている者はだれも
またその源に帰る日を求める
どの集《つど》いにても私は哀しい音をかなで
不運な人や幸せな人と交わった
だれもが思い思いにわが友となったが
わが心に秘めた秘密を見出さなかった
わが秘密はわが嘆きから離れていないが
どの目と耳もそれに気付く光がない
体は魂から、魂は体から隠れていないが
だれも魂を視ることを許されない」
葦笛のこの叫びは火にして風でない
この火を持たぬ者は無になれ
葦笛に燃えついたのは愛の火

酒に泡立ったのは愛の熱情
葦笛は友から離れた者すべての仲間
その響きはわれらの心の帳《とばり》を引裂く
葦笛の如き毒と解毒剤をだれが見たか
葦笛の如き同情者と慕わしき友をだれが見たか
葦笛は血に塗《まみ》れた愛の道を語り
マジュヌーンの愛の話を語る
この意識の秘密を識るのは意識なき者のみ
舌が語ることの買い手は耳に他ならない
わが日々は悲しく早く過ぎ
苦悶をともなう日々であった
日が過ぎるなら過ぎよ、かまわない
比類なく清い主よ、去り給うな
その水に飽きぬのは魚のみ
日々の糧なき者には日が長い
未熟者に熟達者の状態《さま》は理解できない

そこで言葉をかいつまむ、さらば
……
息子よ、鎖を断ち切り自由になれ
いつまで金銀の奴隷に留まるのか
壺に海を注ぎ入れても
どれだけ入ろう、たかが一日分
貪欲な者の目たる壺は満たされず
貝は満足せぬかぎり、真珠を抱かない
愛で衣を引裂く者はだれも
貪欲と全ての欠陥から清められる
われらに楽しき益をもたらす愛よ、歓びあれ
われらの万病を癒す医師《くすし》よ
われらの高慢と名声の薬よ
われらがプラトン、ガレーノスよ
地上の肉体は愛によって昇天し
山は踊り出し、すばやくなった

恋人よ、愛はシナイの山に魂を授け
山は酔い、モーセは気絶して倒れた
私が親しき友と唇を重ねれば
葦笛の如く語るべきことを語ろう
同じ言葉の者たちから離されると
だれも百の声を持っても沈黙する
薔薇が散り、花園が枯れたら
もはや夜鶯《ブルブル》の声は聞かれない
愛される者（神）が全て、愛する者は帳《とばり》にすぎぬ
愛される者は生き、愛する者は死ぬ
愛が彼を気にかけない時には
哀れ、彼は羽根をもがれた鳥とおなじ
わが恋人の光が前や後にない時に
どうして私が前後を意識できようか
愛はこの言葉の現れを欲するのに
鏡（心）はどうして映さないのか

鏡がなぜ映さないか汝は知るや
その表面から錆《さび》（罪）が除かれぬため
おお友よ、この話に耳を傾けよ
これぞまさしくわが内面の精髄

ルーミーの散文作品にはイブン・アラビーの詩から題名をとった宗教講話集『キターブ・フィーヒ・マー・フィーヒ』（アーベリー英訳『ルーミー講話集』〔邦訳は『ルーミー語録』〕）、説話集『七説話』、『書簡集』がある。詩の作品に較べれば重要性は少いとはいえ、ルーミー研究には欠かせない資料である。彼の息子スルタン・ワラド（一三一二没）も父と同じように優れた神秘主義者として教団を率いるとともに作詩を行い、その詩集『ワラドの書《ナーメ》』は一二九一年に作詩された叙事詩形の作品で、偉大な師であった父ルーミーとその友人たちの生涯と教えについて詠まれている。

3　実践道徳の詩人

ルーミーと同じ時代に生を享け、ペルシア文学史上に実践道徳の最高詩人として不朽の名作を著わし、ペルシア六大詩人の一人として今日までその名声を高く謳われている偉大な存在がサアディー（一二九二没）である。彼の生涯には不明な点が多く、学者により意見も異なるが、諸説に従って生涯を一応たどってみよう。

彼がイラン南部ファールス州の首邑シーラーズで生まれたことは明らかであるが、その生年にはさまざまな説がある。かつてはブラウン等の説に従って一一八四年頃とされたが、近年では必ずしもこれは定説として受け入れられていない。ブラウンの根拠は、サアディーが『薔薇園』第二章において、

長老アブル・ファラジ・ビン・ジャウズィー（神の恵みあれ）は私に音楽《サマー》をやめて、隠遁と閑居の途を選ぶように指示されたが、私は血気盛んにまかせ、情熱と欲望に駆られて致し方なく師の教えに逆いて歩を進め、音楽と交際の歓びを追ったが、老師の忠告を想い出すと、こう詠んだものだった。

法官《カーズィー》がわれらと同席したら、彼も喜び手を叩こう
監督官《ムフタシブ》が酒を飲めば、酔客を赦すであろう

と述べていることによる。すなわちサアディーの師イブン・ジャウズィー〔ハンバル派に属する神学者〕は一二〇〇年に没したので、バグダードでこの師に師事したのであれば、サアディーは少くとも一一八四年頃の生れになろう。しかしイランの著名な学者故アッバース・エクバールの研究の結果、イブン・ジャウズィーには全く同名の孫がいたことが分かった。この孫は祖父ほど有名な学者ではなかったとはいえ、バグダードのムスタンスィリーヤ学院の教授を一二三三年から務め、後に監督官《ムフタスィブ》にもなり、一二五八年モンゴル族のバグダード攻略の際に殺害された。このことはジュワイニーの『世界征服者の歴史』の注において碩学M・カズヴィーニーにより確認されている。サアディーが師事したのは祖父ではなく孫のイブン・ジャウズィーで、それ故詩にも監督官《ムフタスィブ》と詠まれている。当時サアディーが血気盛んで青春酣《たけなわ》と述べていることから、二十歳前後であったろう。そこでA・エクバールは彼の生年を逆算して一二一三年から一二一九年の間という説を樹てた。この説は今日かなり有力で、リプカやイギリスのJ・ボイル等に支持されている。

　イラン文学史家、例えばZ・サファーやR・シャファクはその文学史においてサアディーが一二五八年に完成した『薔薇園』の序における記述に基づき、

　　ある夜、私は過ぎし日々に思いを馳せ、無為に失った人生を嘆き、心なる石の館を涙の金剛石で穿ち、己れの境遇に即したこの詩を詠んだ。

人生の息は刻一刻と過ぎ去って
思えば、残りもわずかになった
おお五十年の歳月が夢と過ぎた者よ
余命五日で過ぎし日々を償えたら！

これに拠って彼の生年を一二〇八年ごろと推定している。しかしA・エクバールはこの詩がサアディー自身への呼びかけかどうか明らかでなく、さらにこれはサアディー全集に収められている頌詩の開句で、『薔薇園』に挿入したものであり、またこれを受け入れるとするならば、『薔薇園』の一年前に作詩された『果樹園』における詩、

おお齢《よわい》七十を過ぎた者よ
無に過ぎたとは眠っていたのか

をどう解釈したらよいかと疑問視している。
要するに、サアディーの生年は明らかでないとはいえ、かつてのように百二歳説、百十歳説、

百二十歳説、すなわち一一七〇―八〇年代出生説は今日では認められず、一二一〇年代前後説がイラン、西欧の諸学者に等しく認められている。

彼の本名は一般にアブー・アブドッラー・ムシャッリフ・ウッディーン・ビン・ムスリフとされ、サアディーと号した。この雅号の由来についても、彼の父がシーラーズの支配者サルガル朝の王サアド・ビン・ザンギー（在位一一九五―一二二六）に仕えていたため、王の名にちなんでつけられたとの説がかつては通説であったが、近年ではこの説は斥けられ、彼が一二五六年郷里帰還の後に仕えた同朝の王アブー・バクル（在位一二二六―六〇）の王子サアド・ビン・アブー・バクルにちなんで号したという説が有力である。なぜなら、彼の詩集には前者の王を讃えた詩は一句も存在せず、さらに若年だった彼が王の名にちなんだ雅号をつけるはずがないというのが主たる根拠である。さらにサアド・ビン・ザンギーの治世においては彼は全く無名で、作詩したかどうかも疑問視されている。なぜなら、サアド・ビン・ザンギーとアブー・バクルの二代の王に仕えたシャムス・ウッディーン・ムハンマド・ビン・カイスは一二三三年頃に執筆したペルシア詩の韻律に関する名高い書において、当時の著名な詩人たちの多くの詩を引用しているが、サアディーについては一言も述べていないからである。

サアディーが幼くして父を失ったことは次の詩から明らかである。

孤児らの苦しみを私はよく知っている

サアディー廟（シーラーズ）

幼いときに父はわが頭上を去ったゆえ

郷里シーラーズにおいて基礎的な学問を習得した彼はアッバース説に従えば、一二三〇年代に「世が黒人の髪の如くに乱れていた」郷里を後にして、イスラーム文化の中心、アッバース朝の都バグダードに向い、セルジューク朝滅亡後も教育・学術活動を続けたニザーミヤ学院において高度の学問を修めた。この間に彼は既述のイブン・ジャウズィーの他、偉大な神秘主義者シハーブ・ウッディーン・スフラワルディー（一二三四没）に師事して神秘主義の道を学んだことは、

賢明なる長老、わが師シハーブは
水の上にて二つの忠言を下された
一つは他人《ひと》に対して厳しく視るな
他は己れに対して甘く視るな

という『果樹園』の詩句から明らかである。彼がバグダードに何年留まって当代一流の多くの学者たちから学問を修めたかは明らかでないが、学者により数年と推定されている。留学を終えた彼は郷里に帰ることなく、長い放浪の旅へと出立したようである。二十年以上にもわたるこの放浪の旅

において、彼は托鉢僧に身をやつし、飄々としてイスラーム圏を広汎な地域にわたって遍歴した。作品によれば、彼が訪れた地域は東はインド、アフガニスタン、中央アジアから、西はイラク、シリア、アラビア、小アジア、エジプト、北アフリカにまで及んでいるが、インドのグジャラートや中央アジアのカーシュガル訪問を学者によっては否定している。この間に彼はいく度もメッカ巡礼を行い、さらに訪問地でさまざまな階級の人びとと接したことは作品によく描かれている。今日一部の学者、例えばリプカは彼の作品はあくまでも純文学作品であって、その記述をそのまま彼の体験と見做すべきではないと主張しているが、この主張を必ずしも受け入れるわけにはいかず、一部の記述を除いて大半は彼の経験見聞に基づいているという見方が有力である。彼の記述はかなり史実として裏付けることができるからである。例えば『薔薇園』において、彼がエルサレムの荒野で十字軍のフランク人の捕虜になった話は一二四〇年代の初めとされている。

彼が長い放浪の旅から郷里シーラーズに還ったのは一二五六年で、彼が四十歳乃至四十五歳の頃であり、アブー・バクル王の治世であった。王は自発的降伏と朝貢によってモンゴル族の攻略を避けることができたので、都シーラーズは当時他の地域に較べて平穏であった。そこでサアディーは青年時代に去った時の郷里の混乱した情勢と二十数年ぶりに帰った時の状態を比較して、『薔薇園』の序で次のように詠んでいる〔版によりこの詩句がないこともある〕。

君知るや、私が久しく外国《とつくに》で
なぜ流浪の旅を続けたか
私がトルコ族の恐怖から遁れた時
世は黒人の髪の如くに乱れていた
彼らはみな人の子ではあったが
血に飢え爪を研いだ狼に他ならず
……
かつての御世に私が見たものは
世に満ちた混乱と恐怖と悲痛
いま正義の王アブー・バクルの御代が
かくの如くよき時代になったとは

この詩におけるトルコ族の恐怖とはホラズム・シャー朝ジャラール・ウッディーンの弟ギヤース・ウッディーンによる一二三〇年のシーラーズ攻略を指すものと思われる。そこでサアディーのバグダードへの留学は一二三〇年代初頭が正しい。

郷里に還った当時の彼は、今日学界の定説のように、全く無名の存在であったが、帰還とともに

サアディー肖像画

多年にわたる旅において蓄えられた貴重なかずかずの経験と豊かな学識に基づき、非凡な詩才によって彼は堰《せき》を切った奔流のように非常な勢で作詩・執筆活動を始め、帰還からわずか二年以内に『果樹園』と『薔薇園』の二大名作を相次いで完成した。学者によっては、サアディーはこれらの作品の草稿を旅においてすでに完成し、郷里において最後の仕上げをして発表したのであろうと推測している。この二大名作の発表によって、彼の令名は一躍シーラーズのみならず、イラン全域にわたって謳われるようになった。この結果、彼はサルガル朝の王をはじめ、イル・ハン国のジュワイニー兄弟からも知遇を受ける身になり、十三世紀後半の大詩人として、二大作品以降は抒情詩や教訓的な頌詩の作詩に専念して多くの優れた詩を作った。

晩年の彼はシーラーズ郊外に庵を結び、信仰三昧のうちに静かな余生を過ごし、一二九二年十二月に約八十歳の長い生涯を終えた。かつて彼が庵を結んだと思われる場所に今日「サアディーエ」の名で知られる美しい廟が建立され、シーラーズの名所として訪れる人が後をたたない。墓石や廟の壁面には彼の作品を代表するいくつかの詩が刻まれており、廟への入口の扉には、

サアディー死して千年を経るも
彼の墓土から漂うは愛の香り

の一句が書かれている。

彼がペルシア文学史上に不朽の名声を確立したのは二大名作『果樹園《ブースターン》』と『薔薇園《グリスターン》』によることは申す迄もない。彼が叙事詩形《マスナヴィー》による『果樹園』を完成して支配者アブー・バクル王に捧げたのは郷里への帰還の翌年一二五七年であった。この書はその昔『サアディーの書《ナーメ》』とよばれたが、その後『薔薇園』と対応するために『果樹園』と命名されるに至ったといわれる。この作品の作詩の理由について彼は序でこう詠んでいる。

私は世のいたる所をあまた遍歴し
さまざまな人と日々を過ごし
あらゆる片隅で楽しみを見出し
あらゆる収穫から落穂を拾ったが
シーラーズの清い人びとの如くに
謙《へ》り下る性質を見たことなし、この地に恵みあれ！
この清い地の人びとへの愛着が
わが心をシリアとルームから駆り立てた
かのあまたの花園からわが友の許に

手ぶらで還るのは無念と思った
心ひそかに、他人《ひと》はエジプトから砂糖を
たずさえ、友への土産にしているが
わが手にその砂糖はなくても
砂糖より甘いいくたの言葉がある

この詩句から明らかなように、彼は長年の放浪の旅から帰還するに際し、郷里の人びとへの土産、記念としたこの作品を詠んだ。さまざまな逸話、物語を混じえ、自分のいくたの体験に基づき、簡潔にして美しいスタイルを駆使し、巧みな比喩を用い、時として軽いユーモアを織りこみながら作詩した倫理道徳を説く約四千百句から成るこの教訓詩集は序と十章から構成され、各章にはそれぞれ正義・良策・判断、恩恵、愛・陶酔・錯乱、謙譲、諦念、満足、訓育、感謝、後悔、祈禱という題目がついている。この作品の近年の英訳者G・ウィケンスは各章の中でも、第二、三、四章が最も魅力的で、芸術的にも完成していると評している。イラン人学者は等しくこの香り高い名作を激賞し、その気品高く有益な教訓的内容とともに流麗にして優雅なこの作品としてはフィルドウスィーの大作にも匹敵するとさえ評する学者もいる。わが国では『アラビア・ペルシア集』に蒲生礼一氏による抄訳はあるが、全訳は未だない〔二〇一〇年に著者による全訳が刊行された〕。

作品の一部を訳そう。第二章恩恵における孤児を思う詩は次の通りである。

父を失いし児の頭上に保護の蔭を投げかけよ
そのほこりを払い、棘《いばら》を抜いてやれ
いかにつらく哀れか分かるまい
根のない木がどうして青く繁れよう
孤児が首をうなだれているのを見たら
わが子の頬に口づけするな
孤児が泣いてもだれが慰めよう
怒ったとてだれがその重荷を負おう
泣かせてはならぬ、孤児が泣けば
偉大なる神の玉座もゆらぐゆえ
慈《いつく》しみてその目から涙を拭え
憐れみてその顔からほこりを払え
その頭上から保護の蔭が消えたら
自らの蔭のもとにていつくしめ

私が頭を父の胸に横たえた時
王冠にふさわしき頭であった
わが体に蠅が一匹とまっても
多くの人の心は乱れたが
いま敵が捕虜として連れ去っても
友はだれも私を援けに来ぬだろう
孤児らの苦しみを私はよく知っている
幼いとき父はわが頭上を去ったゆえ

また彼の廟の壁面には第四章謙譲からの次の詩句が刻まれている。

おお、わが土を通り過ぎる者よ
親しき者の土に誓い、私を想い起せ
サアディーが土に還るも何の悲しみあらん
生前も土くれにすぎなかったゆえ
哀れにも彼は軀を土に与えた

風の如く世界を廻った彼なれど
やがて土は彼を喰いつくそうが
風は再び彼に世界を廻らせよう
思想の花園が咲き乱れて以来
夜鶯《ブルブル》も彼ほど楽しく歌わなかった
かかる夜鶯が死ぬのであれば
その骨に薔薇が生えぬのは不思議

『果樹園』発表の翌年、即ち一二五八年世に出した第二の名作が『薔薇園』であった。最も権威ある原典を校訂・刊行したイランの碩学フルーギーは『果樹園』の序において、「ペルシア文学史上、フィルドウスィーの『王書』とルーミーの『精神的マスナヴィー』を除いて、『果樹園』と『薔薇園』両書の出現ほど重要な出来事はなかった」と述べ、さらに『薔薇園』の序においては、「ペルシア詩で最も尊敬すべき書は『王書』であり、最も美しい散文の書は『薔薇園』である」と評している。これは単に彼だけの意見ではなく、イラン人学者に共通した見解であるともいえよう。

『果樹園』が叙事詩形の作品であるのに対して、『薔薇園』は散文を主体としてさまざまな形式の詩を豊富に織りこんだ作品で、ペルシア語散文の極、珠玉の名作と評されている。彼はこの作品執筆に際して、疑いなく既述の神秘主義四行詩人アンサーリーの傑作『祈禱の書《ムナージャート》』を手本にしたとJ・リプカは指摘している。それは散文と詩と織りまぜた形式と、サジュウ体による散文の二点を指摘したものであるが、その内容においてはサアディーの作品はアンサーリーの作品に較べてはるかに勝り、さらに文体の流麗、簡潔、優雅においてもアンサーリーはサアディーの比ではない。サジュウ体の作品としては『ハミードのマカーマート』が名高いが、『薔薇園』には到底及ばないというM・バハールの批評はすでに述べた。『ペルシア文学におけるマカーマート』の著者F・ハリーリーは『薔薇園』をマカーマートのジャンルの作品としている。

『果樹園』がアブー・バクルに捧げられたのに対して、『薔薇園』はその王子サアド・ビン・アブー・バクルに献じられた。内容は『果樹園』と同じように道徳教訓書で、序文と八章から成り、各章には王者の行状、托鉢僧の徳性、満足の徳、沈黙の利、愛と青春時代、衰弱と老齢、訓育の効果、交際の作法の題目がつけられ、それぞれについてしかつめらしい道徳を説くのではなく、興味深い逸話・物語形式で読者を魅了し、各階級のさまざまな人物を登場させて読者が自分の境遇に応じた教訓を得られるように構成されている。この作品は道徳書というよりは、教養物語というのがふさわしいであろう。サアディーは決して抽象的な道徳律を述べているのではなく、人間の良識に基づくきわめて実践的な道徳を述べ、さらに当時のイラン社会におけるさまざまな様子やイラン人の性格を如実に描いている。『果樹園』は一部では彼の想像上の創作とも評されているが、『薔薇園』はあくまでも現実の世界・社会の描写であり、ジャーミーの言葉のように、「天国における花園ではなく」、時代を反映しており、東洋的な実利主義が基調になっているといえよう。このことは第一章「王者の行状」の第一話に述べられている「善意を交えた偽りは禍を起す真実に勝る」の言葉にもよく現れている。この作品が中世以来今日まで最高の教養書として広く愛読されてきたのは新鮮にして美しく興味深い散文学の作品というだけではなく、リプカの評のように、「イラン人は人間としてサアディーの作品に自分自身を見ることができる」からであろう。サアディーはこの作品を非常に自負して序においてこう詠んでいる。

花瓶の薔薇がそなたに何の役に立とう
わが薔薇園から一葉を摘みとれ
薔薇の生命はわずかに五日か六日
わが薔薇園は永遠《とわ》に楽しい

『薔薇園』においては第一章王者の行状と第二章托鉢僧の徳性の二章が他の章よりもはるかに長く、この二章で全体の三分の一を占め、かつ最も優れた章でよく知られた逸話を多く含んでおり、最後の章、交際の作法は魅力が乏しいと一般に評されている。サアディーの廟の壁面には第二章の次の話が刻まれている。

思い出すのは私が隊商とともに一晩中歩き続け、明け方叢《くさむら》の傍で眠ったときのことである。われらと旅をともにしていたある修道者が叫び声をあげて荒野の方に走り、一瞬も休息しなかった。昼間になったとき、「どうしましたか」と尋ねると、彼は答えて、「夜鶯《ブルブル》が木々の間から、鷓鴣が山から、蛙が水の中で、獣たちが森から鳴き始めたのを見たのです。彼らが皆神を讃えているのに、私がぐっすり寝込むのは人の道にはずれると思ったのです」

鳥は夜をこめて明け方まで嘆きつづけ
わが知性と忍耐と力と理性を奪った
親しき友の一人の耳にまさしく
わが声がとどいたのであろう
彼は言う「鳥の鳴き声でそなたがかように乱れるとは、信じられなかった」
私は答え「鳥が神を讃えて鳴くのに
私が黙すのは人の道にはずれる」

『薔薇園』は早くから西欧でも注目され、十七世紀中葉のラテン語訳を初めとして主要な各国語に訳され、わが国でも沢英三氏による『ゴレスターン』（岩波文庫）と蒲生礼一氏による『薔薇園』（平凡社・東洋文庫）の二種の全訳が刊行された。尚、蒲生氏の『ペルシアの詩人』（紀伊國屋新書）にはサアディーの生涯と作品が詳述されている。近年イランではアリー・ダシュティーによる優れた文学評論書『サアディーの領域』が刊行され、『薔薇園』の注釈書としてはテヘラン大学ラフバル教授の著作が優れている。

サアディーは既述の二大名作の他に、多くの優れた詩を詠み、特に抒情詩の巨匠として名高い。彼の抒情詩はルーミーの純然たる神秘主義抒情詩とは異なり、恋愛詩的性格を有する本来の抒情詩の完成者と見做されている。現代イランの著名な文芸評論家A・ザッリーンクーブはサアディーを評して、「彼は聖賢《ハキーム》でも神秘主義者でもなく、詩人、現実の詩人にすぎず、特に愛と道徳を誇りの源泉とする人道主義的な詩人である」と述べている。それ故、彼の抒情詩における愛はシンボリズムによる比喩的な愛ではなく、現実の地上の愛であり、自然感情の発露であった。さらに抒情詩は一般に各対句にそれぞれ独立した意味を有し、詩全体としての意味の統一に欠ける作品が多いが、彼の詩の大半は全体として意味がまとまっており、意味の統一が彼の抒情詩の大きな特色の一つとも言われている。

今宵私は甘い美女に抱かれたら
沈香の如く火に燃されても悲しまない
願いがかなうなら、死をも怖《おそ》れない
禍の矢はいずこ、言え「来たれ、私は楯」と
おお大空よ、しばし黎明の小窓を閉めよ
陽が昇る前、今宵私は月の美女といて楽しい
今宵は運命の夜か、昼の星かは知らぬ
そなたはわが面前か、それともわが目の幻か
暁の夜鶯《ブルブル》が私を悩さなければ
花園の大気は心地よく園での眠りは楽しい
今宵この目でそなたをしかと見る
ああ、明日に再び見られないとは！
渇《かわ》きに苦しむ旅人は河に出会って憩《いこ》う
その流れはわが頭上を越し、私はさらに渇く
そなたに会わぬ時、私は焦《こ》がれて狂い
いま、そなたとともにいて幸福に狂う

燭のほかに、われらの許に他人《ひと》はいないと
言ってくれ、時の舌を切ってやる
われらの間にあるのはただこの襯衣《シャツ》
われらをさえぎるなら、端まで引裂こう
言うな、サアディーはこの苦しみから救われないと
言え、そなたを悲しむこの心をいかに支えるか

サアディーは宮廷詩人ではないので、頌詩を多く作ることはなかったとはいえ、サルガル朝支配者、ジュワイニー、シーラーズの太守インキヤーヌー等の保護者にはいくつかの頌詩を捧げた。しかし彼はこれらの保護者に阿諛追従《あゆついしょう》することなく、誇張や虚偽の表現を決して用いず、頌詩に必ず教訓、忠告の詩句を挿入することを忘れなかった。彼の頌詩形作品で最も名高いのは一二五八年アッバース朝滅亡と最後のカリフ、アル・ムスタスィムの死を悼む悲歌である。その一部を紹介しよう。

信徒の長《おさ》ムスタスィム王の滅亡に
天が地上に血の雨を降らすはふさわしい
おおマホメットよ、審判《さばき》の日に地中から

頭をもたげられるなら、頭を上げて
見よ、民の間に起ったこの騒乱を
ハレムの乙女たちの咽喉《のど》から流れる血は
門口に滴《したた》り、われらの心の血がほとばしる
運命の廻《めぐ》りと世の転変に心せよ
かかることが起るとだれが想ったか
アッバース家の栄光、ルームの皇帝と
中国の大汗《ハーカーン》が地上に平れ伏すのを見た者よ
目を開いて見よ、王者らが額を摺りつけた
かの地面にいまマホメットの伯父の子孫の血が流された
ああ、かの清き人々の血汐に蠅がとまれば
口の蜜は審判の日まで苦《にが》くなろう
今後この世に安らぎを望んではならぬ
宝石が落ちた指環に残るのはただ黒い瀝青《タール》
チグリス河は血に染り、今後も流れるなら
流域の棗《なつめ》椰子の林の土を血でこねよう

河もこの怖ろしい話に顔をしかめ
川面の漣《さざなみ》を皺《しわ》とも見做せよう
殉教者らの土を嘆くのはふさわしくない
彼らへのささいな報いが最高の天国ゆえ
しかし、イスラームの道と憐れみのため
友との別離に心が痛む
明日まで待て、最後の審判《さばき》の日に
死者は傷だらけで墓から起立がり
地上で彼らの足が踏む土は目の薬
審判の日に彼らの血は天女の頬の色

4　歴史の編纂

モンゴル族支配時代における散文の最も大きな特色は歴史の編纂で、この分野においてはペルシア文学史上最も重要で輝かしい時代であり、これにはモンゴル支配者たちの影響が大きかった。彼らは既述のようにペルシア詩に対して殆ど関心も抱かず興味も示さなかったが、歴史の編纂に対しては異常なほどに熱意を示して強く奨励した。何故なら、彼らは自己の祖先の栄光の歴史をきわめて誇り、祖先と自己の偉業を記録に留めておくとともに、被征服民の言語によって偉業の歴史を執筆させることにより、自己の民族の卓越性と栄光を被征服民に理解させ、また誇示しようとする気持に溢れていたからである。栄光表現のためには、華麗にして技巧を凝らした美文調の文体が最も適していたので、平易・簡素な文体は用いられなくなり、華麗な文体がこの時代の主流を占め、この結果、文章は以前に較べてはるかに長くなり、さらに難解な多くのアラビア語彙が用いられるようになった。この時代の華麗な文体は後世長い時代にわたって大きな影響を及ぼし、M・バハールの分類によると、ペルシア散文体の第四期として十三世紀始めから十八世紀末までが華麗な散文体の時代とされている。

　歴史書を中心にモンゴル族支配時代の散文について述べよう。初期の注目すべき史書はアター・マリク・ジュワイニー（一二八三没）の『世界征服者の歴史《ターリーヘ・ジャハーン・グシャーイ》』である。彼は一二二六年頃ホラサーン地方のジュワインの地で名門に生まれ、その祖先はセルジューク朝やホラズム・シャー朝の高官であった。父バハー・ウッディーンは一二三五年頃から約二十年間モンゴル総督の下で財務長官の要職を占め、彼も父と同じく二十歳頃からモンゴル総督に仕え、一二五二年父とともに総督に随行してモンゴルの都市カラ・コルムを訪れた。この旅から帰国後、父はまもなく他界し、父の職を継いだ彼は一二五六年フラグの西征に加わり、イスマーイール派の征討およびバグダード攻略に随行した。バグダード陥落の翌年一二五九年に彼はフラグからバグダード、メソポタミア、フーズィスターン地方の太守に任命され、二十年以上もこの要職を占め、一方、彼の兄シャムス・ウッディーンもフラグの宰相として活躍した。要するに、ジュワイニー一門はセルジューク朝時代におけるニザームル・ムルク一門と同じように異民族支配下において行政能力を発揮するとともに、異民族支配者にペルシア的文化と伝統を知らしめ、ペルシア・イスラーム的伝統とモンゴル遊牧民的伝統との統合と調和に努め大きな貢献をしたといえよう。

ジュワイニーは一二五二年から五三年にかけてモンゴルの都に滞在中、友人たちの勧めによってモンゴル族の英雄たちの征服の輝かしい歴史の執筆に着手し、一二六〇年に完成した。彼は序において、「運若くして決意老成し、吉兆と清い性質を有する当代の若き帝王の卓越せる業績を不滅化し、栄光高き偉業を確認し、その治世の歴史と事蹟を保存するために」執筆を始めたと述べているが、自ら異民族《モンゴル》支配者に高官として仕えた彼が、母国イランばかりでなくイスラーム帝国の都バグダードを攻略し、カリフを殺害し、さらに他のイスラーム地域を破壊と殺戮によって荒廃に帰せしめたモンゴル族の行動をいかに評価したかは興味深い問題で、ドーソン著・佐口透訳『モンゴル帝国史』（平凡社・東洋文庫）や勝藤猛著『モンゴルの西征――ペルシア知識人の悲劇』（創元新書）においても採り上げられている。要するに、ジュワイニーはモンゴル族の征服を神の意志によるものであり、彼らの破壊と殺戮は必要悪であったとしてそれを正当化しようと努め、さらに征服の結果として宗教的、現世的な利益が生じたとしてそれを擁護しようとした。これは同時代のアラブ史家イブヌル・アスィールが『完史』においてモンゴル族の来襲を人類への最大の災いと断定しているのときわめて対照的である。ジュワイニーの地位を考慮すれば、イブヌル・アスィールのように自由な表現ができなかったのは当然であるが、彼は心の中ではかなりのジレンマに陥って苦慮したであろう。

彼の史書執筆の立場の一部を序から引用しよう。

生成と衰退の世に現れる全ての善悪と禍福は至高なる賢者（神）の定めと、絶対的なる力強き方（神）の意志によるものにして、その御行為は英知の法則と卓越・正義の要求に基づく。諸国の荒廃と下僕たちの離散、善人の災厄と悪人の支配のごとき出来事が起る時、そこには神の英知が働いておられる。至高なる神は仰せられた。「恐らく汝らは自分のためになることでも嫌うであろう」。

賢者サナーイーはこう詠んでいる。

希望であれ、恐怖であれ、受け入れよ

神は無益なものを創り給わず
世に起りしこと、起りうること
いま在ることすべてはこれ定め

バディーウ・ハマダーニー〔一七八頁のハマザーニーのこと〕はある論文で「汝ら、神の御意志に逆うな。その国において神と増加を競うな。大地は神のものにして、神は下僕たちの中で気に入る者に大地を継がせ給う」。神の秘密は海原にして、なにびともそれを識らず、そこに潜ることはかなわない。どの人々がその地平線を飛ぶことができようか、またどの理解力や想像力がその谷を通過できようか。……

この史書はM・カズヴィーニー校訂のテキストで三巻より成り、第一巻はモンゴル帝国史で、特にチンギスカンの西征が詳しく述べられ、第二代ウゲデイ汗、第三代グユク汗の治世に及んでおり、ウイグル族の歴史も記述されている。第二巻はホラズム・シャー朝の歴史が主で、起源から没落まで扱われ、カラ・キタイの歴史やフラグの征服に至るまでのペルシアにおけるモンゴル総督たちも述べられている。第三巻は「暗殺教団」で知られたイスマーイール派（ニザール派）の歴史で、フラグの西征とイスマーイール派の征討、自ら起草したアラムート征服宣言書を収め、さらにハサネ・サッバーから最後の教主フール・シャーの降伏に至るまで同派の歴史が詳述され、一二五七年までの記述で筆をおいている。モンゴル帝国、ホラズム・シャー朝、イスマーイール派とそれぞれの分野において一流の史料であるこの史書はJ・A・ボイル教授により英訳された。

ジュワイニーの史書よりもはるかに浩瀚《こうかん》で、イル・ハン国支配者の勅命により執筆されたのがラシード・ウッディーン（一三一八没）の『集史』（ジャーミウッ・タワーリーフ）で、ペルシア語による史書の最高傑作の一つに数えられている。彼は一二四七年ハマダーンでユダヤ系学者の家に生まれ、イスラームに改宗後、アバカ（在位一二六五―八二）の治世に侍医として宮廷に仕え、ガーザーン・ハン（在位一二九五―一三〇四）にその優れた行政能力を認められて一二九八年に宰相に任命され、その勅命によって『集史』の執筆に着手した。ガーザーン・ハン亡き後も後継者ウルジャイトゥー（在位一三〇四―一七）に宰相として仕えたが、王亡き後一年にして政敵の陰謀により悲劇的な最期を遂げた。医師、政治家、歴史家と三つの分野で活躍した彼であるが、彼の名を不朽ならしめたのはその史書によってである。

ガーザーン・ハンが彼にモンゴル族の歴史編纂の勅命を下したのは、ドーソンの序論では一三〇三年になっているが、原文にはこの年代は述べられておらず、一説では一三〇〇年～一年とも言われている。『集史』の序によると、イル・ハン国の宝庫にはモンゴル文字で書かれたモンゴル語の公文書が未整理のまま代々秘蔵され、なにびともそれに近づくことが許されず、またそれを読みこなせる者もまれであった。それ故、ガーザーン・ハンはそれらの文書を整理・編纂するようラシード・ウッディーンに勅命を下した。そこで彼は公文書を整理・編纂するとともに、その不備を補うために宮廷に仕えていた中国、インド、ウイグル、キプチャク、その他の国々の学者たちの意見を徴し、さらにトルコ族、モンゴル族の歴史に精通した軍司令官プーラード・チンサンの助けによって史書を執筆したという。一三〇四年ガーザーン・ハンが亡くなった時には完成せず、ウルジャイトゥーの治世一三〇六年に完成したが、王は執筆の勅命を下した兄王を記念するために、その書を『ガーザーンの祝福された歴史』（ターリーヘ・ムバーラケ・ガーザーニー）と命名するよう命ずるとともに、第二巻『万国史』、第三巻『地誌』執筆の勅命を下した。第二巻の完了は一三一〇年であったが、第三巻は現存せず、執筆されなかったか、散逸したか明らかでない。第一巻はモンゴル史で、第一編はトルコ・モンゴル諸民族史として各部族の区分、系図、伝説等が述べられ、第二編ではチンギスカンとその祖先からガーザーン・ハンの治世に至るモンゴル族の歴史が述べられ、モンゴル史研究に不可欠な一流の史料としてきわめて重要性を有することは周知の通りである。第二巻『万国史』の第一編はササーン朝没落までのペルシア古代史、第二編はマホメット伝、カリフ史、ペルシア・イスラーム諸王朝史およびトルコ、中国、イスラエル、フランク（ヨーロッパ）、インドの諸国史で構成されている。第二巻は第一巻ほど史料価値は高くないが、ペルシア語で書かれた最初の万国史として注目に値し、K・ヤーン教授は特にインド史、フランク史を高く評価している。彼の『書簡集』（ムカータバーテ・ラシーディー）五十三通も刊行されており、近年では彼の医学書『タンクスークの書《ナーメ》』（中国の医術）や、彼がタブリーズ郊外に建設した壮大なラベ・ラシーディー〔ラシード区とも訳される、慈善文化複合施設〕への『寄進の書《ワクフ・ナーメ》』がイランで出版された。『集史』のテキスト、訳書についてはドーソン『モンゴル帝国史』第一巻の巻末に訳者佐口氏が詳述しているので参照されたい。最近の注目すべき訳書としては『世界征服者の歴史』の訳者でもあるボイル教授が、第一巻を四部に分けて訳を企図し、まず第三部『チンギスカンの後継者たち』（一九七一年）を刊行した。

既述の二大史書に次いでモンゴル史書として名高いのが『ワッサーフの歴史』である。ワッサーフ（一三三四没）はシーラーズ出身で、本名をアブドッラー・ビン・ファズルッラーといったが、一三一二年イル・ハン国の都スルターニーエでウルジャイトゥーに拝謁して頌詩を捧げ、スルタンから「陛下の称讃者《ワッサーフェ・ハズラト》」の称号を授けられてからワッサーフの名で知られた。彼はイル・ハン国に徴税官として仕え、ラシード・ウッディーンの知遇を受けた。彼の史書の原名は『国土の分割と時代の変遷』であるが、一般に『ワッサーフの歴史』として知られる。この史書は一二五七年から一三二八年に至るイル・ハン国史で、ジュワイニーの史書の続篇であり、彼に倣って執筆された。五篇で構成され、ウルジャイトゥーの治世に至る四篇を一三一二年に完成してスルタンに献上し、十数年後に増補としてアブー・サイードの治世に至る第五編を執筆した。彼はジュワイニーの文体を模倣したとはいえ、それよりもはるかに華麗な文体を用い、自らこれを強く意識した彼は第二篇の序において、「この史書をして美文集、雄弁模範文集および修辞典範全集たらしめようと望んだのである」と述べている。社会・経済史の分野においても多くの資料を含んだ貴重な史書であるが、あまりにも華麗な文体のためにその価値が減じていると評されている。

バナーカティー（一三三〇没）が一三一七年に執筆した『貴族と系譜の歴史に関する学者の園』、通称『バナーカティーの歴史』はラシード・ウッディーンの大著に影響されて執筆した史書で、アダムからアブー・サイードに至る通史・万国史であるが、ラシードの模倣・要約版といえよう。

ラシードの『集史』の続篇ともいうべき『ウルジャイトゥー史』はアブル・カースィム・カーシャーニーの著作で、一説では一三三六年に没したという。彼はウルジャイトゥーの治世を年代記の形式で詳述し、重要な史料である。面白いのは、彼が本書の末尾で『集史』を自分の著作と称していることで、勿論これは否定されているが、ラシードの『集史』執筆に彼がかなり協力したのであろう。彼はこの他に、バグダード陥落に至る通史『歴史の要約』を著わし、その一部『イスマーイール派の歴史』は刊行された。史書以外にも彼は一三〇〇年頃『宝石の花嫁《アラーイスル・ジャワーヒル》』と題する宝石、香料、香水に関する興味深い書を執筆し、イランで出版されている。

カズヴィーン出身のハムドゥッラー・ムスタウフィー（一三四九没）は一三一一年頃ラシード・ウッディーンによりカズヴィーン地域の会計検査官に任命された。彼は歴史、詩、地理の分野で注目すべき業績を残した優れた学者であった。歴史においては一三三〇年に『選史』（ターリーヘ・グズィーダ）を執筆し、ラシードの息子で時の宰相ギヤース・ウッディーン・ムハンマドに捧げた。六章から成るこの史書はイスラーム期前史から彼の時代に至る主としてイラン通史で、モンゴル族支配時代における歴史編纂の大きな成果の一つに数えられている。同書の第五章第六節ではペルシア詩人八十九名を採り上げ、ペルシア文学史研究の資料としても役立っている。詩人としても知られる彼は一三三五年に七万五千句から成る膨大な叙事詩『勝利の書《ザファル・ナーメ》』を完成した。これはフィルドウスィーの『王書』の続篇ともいうべき作品で、預言者マホメットの生涯から彼の時代に至る歴史を三部に分け、第一部イスラーム史、第二部ペルシア史、第三部モンゴル史について作詩した。しかし『王書』に較べて問題にならず、文学史上高く評価されていない。この作品よりもはるかに名高いのは彼が一三四〇年に執筆した地理書『心の歓喜《ヌズハトル・クルーブ》』である。イル・ハン時代のイラン地誌を中心に、アラビア、イラクその他の諸地域の記述もなされ、その正確さで知られ価値が高い地理書である。ル・ストレンジの英訳(一九一九)が刊行されている。

この時代の地方史としてはザルクーブが一三四五年頃に執筆した『シーラーズの書《ナーメ》』がある。この書の前半はファールス州とシーラーズの地誌と歴史で、後半はシーラーズが生んだ名士たちの伝記である。イスファハーンの歴史については、一〇三〇年にマーファッルヒーがアラビア語で『イスファハーンの美』と題する書を執筆したが、フサイン・ビン・ムハンマドは一三二九年にこの書の内容を拡大してペルシア語に訳し、『イスファハーンの美の訳書』と命名した。八章から成るこの書は同都市に関するペルシア語の最も古い文献の一つであるが、記述はかなり簡略である。

以上で史書の記述を終え、文学その他に関するこの時代の散文書について述べよう。詞華集・詩人伝の著者として名高いムハンマド・アウフィー（一二三二以降没）はブハーラー出身で一一七五年頃生まれ、トランスオクシアナ、ホラサーン地方を広く遍歴した後、インドに赴きスィンド州の支配者ナースィル・ウッディーン・クバーチャの宮廷に仕えたが、同州がインド奴隷王朝スルタン、イルトゥトミシュ（在位一二一一―一二三六）に征服されると新たな支配者に仕えてデリーに行き、一二三二年まで同地にいたことは確認できるが、それ以降については不明である。彼は一二二〇年に有名な詩人伝・名詩選集『心の精髄《ルバーブル・アルバーブ》』を著わしてスィンド州支配者の宰相アイヌル・ムルクに捧げた。本書はこの種の作品として『四つの講話』に次いで古く、最も重要なペルシア文学研究資料の一つである。華麗な文体で書かれたこの作品は十二章から成り、ペルシア詩の起源、王侯貴族の詩、宰相の詩、学者の詩と分類して述べた後、ターヒル朝、サッファール朝、サーマーン朝の詩人たち、ガズニー朝の詩人たち、セルジューク朝の詩人たちと彼の時代に至るまでの一六九人の著名な詩人の伝記といくつかの詩を収めている。モンゴル族来襲以前に書かれた詳細な詩人伝としてペルシア文学史研究に不可欠な資料である。この書に次いで、一二三三年に彼はタヌーヒー（九九四没）のアラビア〔語〕書『悲しみのあとの喜び《アル・ファラジ・バアド・アッシッダ》』（前嶋信次著『イスラムの蔭に』を参照されたい）をペルシア語に訳したが散逸した。現存する訳書は一二五五年頃フサイン・デヒスターニーが原著から訳したもので十二章から成る。アウフィーはさらに一二二八年に約二千以上の物語・逸話から成る膨大な『物語集』（ジャワーミウル・ヒカー

ヤート）を著わしてデリーのスルタンの宰相に捧げた。全四巻から成るこの作品の詳細な研究として
ニザーム・ウッディーン著『ムハンマド・アウフィーの物語集序説』（一九二九）がある。
ペルシア詩の韻律について最も重要な作品を執筆したシャムス・ウッディーン・ムハンマド・ビ
ン・カイスはレイの出身で、ホラサーン地方にいたが、モンゴル族来襲の噂《うわさ》が高まるにつれて同地
方から避難し、シーラーズにおいてサアド・ビン・ザンギーと後継者アブー・バクルに仕えた。彼は
一二三三年頃に同地の学者たちの求めに応じて『ペルシア詩の基準に関する説明書』（アル・ムウジャム・
フィー・マアーイール・アシュアール・アジャム）を執筆した。ペルシア詩の韻律を豊富な詩で例証しながら余
すところなく論じた作品で、さきに述べたヴァトヴァートの『魔法の園』よりもはるかに詳しく、学
問的価値はきわめて高い。
イル・ハン国初期の支配者に仕えた大学者ナスィール・ウッディーン・トゥースィー（一二七四没）＊16
はトゥース出身で一二〇一年に生まれ、天文学、神学、哲学、医学等に精通した十三世紀の有数な大
学者であった。彼ははじめクヒスターンのイスマーイール派指導者、のちにアラムートの砦に仕え
たが、一二五六年同砦の陥落後、フラグに仕えてバグダード攻略に参加し、その後勅命によってマ
ラーゲに天文台を建設し、そこをイル・ハン国初期の学問・文化の中心として、大破壊後のイスラー
ム文化の復興に努めた。彼は多くの分野で大小合わせて百数十篇にのぼる多くの作品を著わしたが、
主としてアラビア語で執筆した。ペルシア語の作品として名高いのは『ナースィルの倫理』（アフラー

ケ・ナースィリー）と『イル・ハン天文表』（ズィージェ・イール・ハーニー）である。前者はクヒスターン時代にイスマーイール派太守ナースィル・ウッディーンの求めで一二三五年頃に執筆し、太守の名にちなんで命名した。ペルシア語の倫理書としては最も名高い作品の一つで、倫理、家政、政治等三講話で構成されており、G・ウィケンスの英訳がある。『イル・ハン天文表』は一二七一年に完成し、アバカに捧げられた。

この時代の宗教書としては著名な神秘主義者ナジュム・ウッディーン・ダーヤ（一二五六没）による『下僕たちの大道《ミルサードル・イバード》』と題する作品が注目に値する。レイ出身の彼はトランスオクシアナにいたが、モンゴル族の来襲を恐れて逃れ、ルーム・セルジューク朝のカイクバードの知遇を受け、一二二三年に執筆した五章から成るこの神秘主義書を同王に捧げた。

四　ティームール朝時代の文芸

1　宮廷詩人の復活

一三三五年イル・ハン国第九代の王アブー・サイードの死とともに約八十年にわたったモンゴル族のイラン支配は事実上終り、十四世紀後半ティームールが登場するまで強力な王朝は存在せず、かつてモンゴル族に仕えていた者たちが創設した群小諸王朝が各地方に擡頭し群雄割拠の様相を呈した。例えば、イラン南部ファールス、ケルマーン地方をムザッファル朝（一三一三－九三）イラク、クルディスターン、アゼルバイジャーン地方をジャラーイル朝（一三三六－一四一二）、ホラサーン地方をサルバダール朝（一三三七－八一）ヘラート地方をクルト朝（一二四五－一三八九）がそれぞれ支配した。このように政治情勢は混沌としていたが、地方諸王朝の存在は、モンゴル族支配時代に久しく絶えていた宮廷詩人の復活を促すにはよい環境であった。なぜなら各支配者は互いに競い合って自らの栄光を他に誇示するため宮廷詩人を必要としたからで、このために各宮廷は詩人、文人の保護に努めた。この結果、セルジューク朝時代の宮廷詩人には遠く及ばないとはいえ、十四世紀後半には注目すべきいく人かの宮廷詩人が現れた。十四世紀を代表する抒情詩の最高詩人ハーフィズについては後に詳述しよう。

モンゴル族の来襲によって文化的にも甚大な被害を受け、かつての荒廃から完全に立ち直っていなかったイランはまたもや十四世紀後半にタタール族出身の偉大な征服者ティームール（在位一三七〇―一四〇五）の大規模な破壊と殺戮《さつりく》に曝《さら》され、既述の群小諸王朝は相次いでティームールの攻略をうけて滅亡し、かくしてイランは十五世紀末まで一部を除いてティームール朝の支配下におかれた。偉大な征服者の亡き後、その後継者たち、シャー・ルフ（在位一四〇五―四七）、ウルグ・ベグ（在位一四四七―四九）の治世は破壊から復興・建設に転じた時代で、ともに公正・英邁な君主として名高く、学問・文芸を大いに奨励したため、都サマルカンドは当時ペルシア文化の一大中心地になった。十五世紀前半、二君主の治世下にホラサーン地方やトランスオクシアナには百三十数人の多きにのぼる詩人が出現し、量的にはかつての最盛期にも匹敵したが、質的にはきわめて劣り、大半が二流詩人で、注目に値するのは二、三人にすぎない。要するに、十五世紀前半においては学問・芸術は大いに栄えたが、ペルシア文学に関しては衰退の兆しが現れ始めた時代であった。この時代の文学について、E・ヤールシャーテル著『シャー・ルフ治世におけるペルシア詩＝ペルシア詩衰退の始め』と題する研究書がテヘラン大学から刊行された。

ティームール朝末期の英主アブー・サイード（在位一四五一―六九）以降、同朝は急速に衰退の一途をたどったが、同朝の分家としてホラサーン地方を支配したスルタン・フサイン・バイカラー（在位一四六九―一五〇六）は名宰相アリー・シール・ナヴァーイーとともに学者、詩人、芸術家をよく理解し、その保護・奨励に大いに努めたので、都ヘラートの宮廷はペルシア文化の輝かしい中心となり、各分野において優れた人物が現れ、中でも十五世紀を代表するとともに、ペルシア文学古典・黄金時代の最後を飾った大詩人ジャーミーが活躍したのもこの時代であった。彼については改めて後に詳述することにしよう。

十四世紀後半から十五世紀中葉にかけて、ハーフィズとジャーミーを除く主要な宮廷詩人、神秘主義詩人は次の通りである。

抒情詩の師はだれよりもサアディーなれど
ハーフィズの詩はハージューの作風を持つ

とハーフィズに詠まれたことでよく知られるハージュー（一三五二没）は一二八一年ケルマーンに生まれ、ハージューエ・ケルマーニーとして知られている。彼は宮廷詩人であったが、十四世紀前半のめまぐるしい政治情勢に影響されて転々と保護者を変え、当時の詩人の悲しい立場を物語っている。

スルタン・フサイン・バイカラー肖像画

彼ははじめイル・ハン国のアブー・サイードに仕えたが、その死後新たな保護者を求めてムザッファル朝、ジャラーイル朝に仕え、最後にシーラーズに定住して同地の支配者アブー・イスハークに仕え、その地で没した。没年一三六一年という説もある。彼は長い遍歴の旅を続けるうちに神秘主義教団に入り、その思想は作品にも反映している。

彼の作品には『ハージュー詩集』と叙事詩五部作がある。詩集は主として頌詩、抒情詩、四行詩等から成り、頌詩よりも抒情詩の方が高く評価されている。学者によっては、ハージューは抒情詩の二大巨匠サアディーとハーフィズとの間をつなぐ不可欠な環で、サアディーの恋愛抒情詩に神秘主義的風味を加え、それをハーフィズが完成したと評しているが、他方では、彼は個性のない詩人で、かつての優れた詩人を巧みに模倣したにすぎないと酷評する学者もいる。彼の抒情詩の例をあげよう。

識者にはソロモンの王国も風にすぎぬ
いな、王国に関りなき者こそ真のソロモン
世は水に支えられると言われるが
信じるな、よく視れば風がその支え
天の愛は刻一刻と他の者に移る

この賤しき奴がこうしては、われらに何ができよう
媚びる老婆たる世に心をよせるな
あまたの花婿と結ばれている花嫁が世だ
わがこの言葉を憶えておけ、わが亡き後
汝は言う、この言葉を残せし者に祝福あれと
「シャッダード王は黄金の煉瓦で宮殿を建てたが
今、王宮の煉瓦は王の頭の土で作られている」
バグダードの土はカリフの死に涙を流す
涙でなくば、かの地を流れる河はなにか
山の麓にチューリップが咲き乱れても
かなたに行くな、それはファルハードの心の血
水仙の如く目を開き、大地の中を視よ
そこに埋まるあまたの薔薇の顔、つげの背丈
この古びた旅籠《はたご》（この世）の戸口に親交の天幕を張るな
その礎《もと》はみなもろく、季節はずれ
ハージューが世から得るは悲しみのみ

　この世から解かれている者にこそ喜びがある

ハージューはニザーミーに倣って叙事詩五部作を作詩したが、到底先人には及ばなかった。この中で二つのロマンス詩、約三千二百句の『フマーイとフマーユーン』（一三三一）と約二千六百句の『薔薇と新春《グル・ワ・ノウルーズ》』（一三四二）はともに王子と王女の恋をテーマとした作品で注目に値し、他の三作品、『完璧の書《カマール・ナーメ》』、『光の園《ラウザトル・アンワール》』、『心の鍵《マファーティーフル・クルーブ》』はいずれも神秘主義叙事詩である。

イブネ・ヤミーン（一三六八没）は一二八六年ホラサーン地方のファルユーマドで二流詩人の子として生まれた。彼はサルバダール朝やクルト朝に仕えた宮廷詩人であったが、一三四二年両朝の戦の結果、それまでの彼の詩集は散逸し、現存する詩集は晩年の作で、約五千句から成る断片《キタ》詩集である。主として哲学、倫理、神秘主義的傾向の詩が多く、警句でも知られている。彼は断片詩においてアンヴァリーに次ぐ偉大な詩人とも評され、彼の詩は当時の世相をよく反映していることでも名高い。世を嘆いた詩として、

　ああ、いまの世で愚者たちは
　知性を滅ぼしては栄え
　理性と悲哀を捨て去って

愚行をいつも楽しんでいる
知性あるところに喜びはなく
知性と悲哀はともに双子の間柄

十二世紀の諷刺詩人スーザニーについては既に述べたが、ペルシア文学史上最も名高い諷刺家・詩人はウバイド・ザーカーニー（一三七一没）であった。彼はカズヴィーン出身で、シーラーズにおいてインジュー家のアブー・イスハークやムザッファル朝のシャー・シュジャーに仕えた。彼の作品には詩と散文があり、詩では一三五〇年に作詩した約七百句の叙事詩『恋人たちの書《ウッシャーク・ナーメ》』、頌詩、抒情詩等があるが、代表作として名高いのは九十四句から成る『鼠と猫《ムーシュ・オ・グルベ》』*[17]と題する頌詩形の諷刺詩である。しかしこの政治的諷刺詩がはたしてどの歴史的事実を指しているのかは必ずしも明らかではない。彼の散文作品では『貴族の倫理《アフラーケ・アシュラーフ》』と『楽しき論文《リサーレエ・ディルグシャー》』がよく知られている。前者は一三四〇年の作で、英知、勇気、貞節等七章から成り、当時の貴族を痛烈に諷刺した書である。後者はアラビア語とペルシア語の二部から成り、かなり鄙猥な表現を含んだ短い笑話集である。笑話の例をあげよう。

ある男が友人に言った。「目が痛くてたまらんが、どうしたらよいだろう」。友人は答え「去年わしは歯が痛んだので抜いたよ」。

＊＊＊＊

ある男が老妻と冬にことに及んでいたが、突然やめたので、老妻は「あなた、どうしたの」と尋ねると、男は答え「おまえのあそこの中と、外とではどちらがつめたいか試しているところだ」。

彼にはこれらの作品の他にも、『百の忠告《サド・パンド》』とか『定義《タアリーファアート》』と題する皮肉と諷刺を交じえた小作品がある。『百の忠告』の例としては、

・迷って地獄に落ちたくなければ、長老たちの言葉を信じるな。
・後家さんとはただでもことを行うな。
・恋人の家への道を他人に教えるな。
・メッカへの巡礼を行うな。お前は貪欲になり、信仰を失う。
・正直と公平と信仰を市場の商人に求めるな。

『定義』は『十章』の名でも知られ、現世、トルコ人、長老、商人等に分類して、それぞれに関係する語に痛烈な定義を下し、当時の世相を如実に描いている。例えば、

この世＝だれもくつろげない所
学者＝金がない者
思想＝人を無益に悩ますもの
裁判官＝だれもが呪う者
両替屋＝小銭を盗む者
医者＝死刑執行人
薬屋＝みんなを病気にならせたがる者
歓びの破壊者＝ラマザーン月
淑女＝多くの愛人を持つ女
主婦＝愛人が少い女
処女＝存在しないものを示す名称

古典時代最後の偉大な宮廷頌詩詩人として定評高いのはサルマーン・サーヴァジー（一三七六没）である。彼はサーヴェの出身で一三〇〇年頃に生まれ、生涯の大半をバグダードで過し、ジャラーイル朝創設者ハサン・ブズルグ（在位一三三六－五六）とその後継者ウワイス（在位一三五六－七四）に仕えた典型的な宮廷詩人であった。彼は当時としては最も恵まれた生涯を送った詩人といえよう。なぜなら、当時の他の詩人たちはいずれも身の不遇を嘆き、世をかこっていたのに対して、彼は保護者から厚遇され、桂冠詩人として安定した地位を保つことができたからである。約一万一千句から成る彼の詩集は頌詩と抒情詩が大半を占め、頌詩にはマヌーチフリー、アンヴァリー、カマール・ウッディーン等かつての一流古典頌詩詩人の強い影響が指摘されている。彼は古典詩人と後世の詩人との中間の手法を用い、かなり技巧的な頌詩を作り、新鮮な内容や比喩を詠みこんだことで知られている。彼は頌詩ばかりでなく、抒情詩にも優れ、この分野においてハージューと並び称された一流詩人であった。彼の抒情詩の一例をあげよう。

そなたの巻毛はわが頭に狂気を投げこみ
そなたの巻毛はわがことを足下に投げすてた
わが心に一滴の血は残ったが
わが目はそれさえ海に投げ入れた
かの丈高き恋人はわが生命なき体を
影の如くに後に投げすてた
羚羊《かもしか》が風からそなたの香りを嗅ぐと
その麝香の袋を荒野に投げすてた

彼女は私に今日と約束したが
またもや今日を明日に延ばした
世の人すべてが彼女の恋の獲物
彼女は私だけを投げすてた
酌人《サーキー》は盃に注ぐあの酒を
火としてわが心に投げ入れた
あの酒の香りは私を回教寺院から
キリスト教徒の僧院の戸口に投げつけた
わが老師は回教寺院への道を去り
酒場の露地へと向きを変えた
サルマーンは酒場で人生を失った
彼は人生をそこで見出し、そこに捨てた

サルマーンには頌詩、抒情詩の他に、『ジャムシードとホルシード』（一三六一）と『別離の書《フィラーク・ナーメ》』（一三六八）という二つの叙事詩の作品があり、ともにスルタン・ウワイスに捧げられ、前者はロマンス詩、後者はスルタンが王子を失くした時、慰めるために作詩された。

十四世紀後半タブリーズに二人の神秘主義詩人、カマール・ホジャンディー（一四〇〇没）とマグリビー（一四〇六没）が住んでいた。前者はトランスオクシアナの都市ホジャンドの出身で、若い頃メッカ巡礼に行き、帰路タブリーズに寄り、そこの気候に心を惹かれて定住した。ジャラーイル朝スルタン・ウワイスの子スルタン・フサインの知遇を受け、ひたすら神秘主義をテーマとした抒情詩を作り、『カマール・ホジャンディー詩集』に収められている。ハーフィズが彼に非常な敬意を表し、彼と詩を交換したといわれる。彼の抒情詩は大半が七対句から成っているのが大きな特色である。

マグリビーは本名をムハンマド・シーリーンといい、イスファハーンの出身で、生涯の大半をタブリーズで過ごした。彼の雅号は北西アフリカ（マグリブ）に旅行し、そこでイブン・アラビーの流れをくむ神秘主義者長老から弊衣《ヒルカ》を授けられたことによるといわれる。彼もカマールと同じように神秘主義抒情詩人であるが、作詩数ははるかに少なく、約二千五百句にすぎない。

以上で十四世紀後半の主要な詩人の記述を終え、十五世紀の詩人に移ろう。すでに述べたように、この世紀にはペルシア詩衰退の兆しが著しく現れ、一世紀を通じてかつての一流詩人に匹敵する存在はジャーミー一人であった。彼を除いてこの時代にやや注目に値する詩人といえば、ネーマトウッラー神秘主義教団の開祖として名高いシャー・ネーマトウッラー（一四三一没）とタブリーズ出身の神秘主義詩人カースィメ・アンヴァール（一四三三没）の二人だけである。彼らに次ぐ存在としてはニシャープール出身のカーティビー（一四三四没）とヘラート出身のアーリフィー（一四四九没）が当時としては目立った存在であったが、ペルシア文学史全般から見れば問題にならない。

次に十四世紀のハーフィズ、十五世紀のジャーミーについてそれぞれ詳述しよう。

2　抒情詩の最高詩人

「不可思議な舌《リサーヌル・ガイブ》」とか「神秘の翻訳者《タルジュマーヌル・アスラール》」の異名で知られるハーフィズ（一三九〇没）は本名をシャムス・ウッディーン・ムハンマドといい、「コーランの暗記者」を意味する「ハーフィズ」と号した。彼はサアディーと同じようにシーラーズで一三二六年頃に生まれた。二大詩人、サアディーとハーフィズを生んだシーラーズが詩の都、イラン人の心の故郷《ふるさと》として今日まで名高いのは当然である。彼の幼年・少年時代については確かなことは分からず、幼くして父を失い、かなり困窮した生活を送ったとも伝えられている。しかし彼が当時学問と詩の一中心であった郷里においてかなりの学問を修めたことは彼の作品から明らかで、彼が師事した学者として当時の碩学カワーム・ウッディーン・アブドゥッラーの名も挙げられている。

彼の詩人としての生涯はその保護者との関係から三期に分けることができる。第一期はシーラーズの支配者インジュー家のアブー・イスハーク王に仕えた一三五三年まで、ハーフィズの青年期、第二期は主としてムザッファル朝のシャー・シュジャー王に仕えた一三八四年まで、彼の壮年、初老期として最も円熟した時代であり、第三期は晩年である。この区分に従って彼の生涯をたどり、時代的背景を述べよう。

ハーフィズは乱世に生きながら豊かな詩的想像力と心の平静をあくまでも保った詩人と評されるように、郷里シーラーズをめぐる政治情勢はきわめてきびしく、流血の惨事、支配者の交替がしばしば起り、動乱に満ちた時代であった。青年ハーフィズが詩才を認められて知遇を受け、数年間仕えたアブー・イスハーク王は自らも詩をよく解し、かなり享楽的な性格の王であった。この王に保護された彼は青春を謳歌し、次第に詩才を磨きあげていった。彼にとってはこの王に仕えた頃が青年時代の最も好き思い出で、作品の中で王の治世を讃え、地方小王朝の一君主であった王の名は彼のおかげで不滅になった。しかし野心家であった王はシーラーズやファールス地方の支配だけでは満足せず、ヤズド、ケルマーン地方をも領有しようと企てたため、同地方の支配者ムザッファル朝のムバーリズ・ウッディーン（在位一三一四－五八）と武力衝突し、三度に亙るアブー・イスハークの攻略は失敗に帰し、一三五三年にはシーラーズを占領され、五六年に王は倒された。ハーフィズにとって保護者の殺害は大きな衝撃・試錬であった。彼の作品の基調の一つともいえる現世への不信、運命論は彼が若き日に目撃した悲惨な政権交替の時における流血・殺戮が彼の心に大きな影響を及ぼしたのであろう。

一三五三年、ムバーリズ・ウッディーンのシーラーズ支配とともにハーフィズの生涯の第二期が始まり、シーラーズの様相もかつてとは一変した。以前にはアブー・イスハーク王の性格を反映して享楽の都であったシーラーズは新たな支配者の厳しい禁欲政策のためにハーフィズにとっては灰色の都と化した。酒場は閉ざされ、飲酒は厳しく取締まられ、歌舞音楽も禁じられた。自由奔放を旨とし、宗教の外面的束縛を無視し、自ら遊蕩児《リンド》を誇っていた彼にはこの時代は堪え難き日々で、この時代を嘆いて詠んだ詩がいくつかある。例えば、

酒は歓びを授け、風は薔薇を散らすとも
竪琴の調べで酒を酌むな、警吏がきびしい
酒壺と飲み仲間が得られても
理性をもって飲め、厄介な今日このごろ
繕った袖の下に酒杯を隠せ
酒壺の目のように血を流す世だ
涙にて弊衣の酒を洗い流そう
いまは節制の季節、禁欲の日々
逆まな天の運《めぐ》りに快楽を求めるな

酒壺の清い上澄みにも澱《よど》みがまじる
高い天は血を撒き散らす篩《ふるい》
その粉がキスラーの頭、パルヴィーズの王冠
ハーフィズよ、そなたは楽しい詩でイラクとファールスを征した
さあ、今度はバグダードの番、タブリーズの時

しかしハーフィズの苦しい時代は五年で終りを告げた。なぜなら、一三五八年にムバーリズは息子シャー・シュジャー（在位一三五八−八四）に捕えられ、息子が登極したからである。新しい王は父と異なり寛大な政策を採り、酒場を再開し、詩人や学者を保護したので、シーラーズは再びかつての明るさを取り戻し、彼はシャー・シュジャー王に仕えることになった。彼の作品に王の治世を讃える詩が多いのは当然であろう。例えば、

明け方神秘の声がわが耳に吉報をもたらし
シャー・シュジャーの御代《みよ》だ、臆せず酒を飲め
見識高き人びとが道の端を歩み
あまたの言葉を知りながら口を噤《つぐ》む世は去った

竪琴の調べに合わせ恋の話を語り合おう
秘めておくと胸の釜が煮えたぎる
かつては警吏を恐れ密かに飲んだ酒
いま恋人の前で飲み、飲めや飲めやと叫ぼう
昨夜、酒場の路地から背負われ運ばれたのは
礼拝敷物《サッジャーデ》を肩にかけた町の導師《イマーム》
心よ、解脱の道をそなたによく教えよう
放蕩を誇るな、禁欲を売りものにするな
王の輝かしき叡慮は栄光が光り輝く場
王への近づきを求めるなら、心の清さに努めよ
王の栄誉を讃えることにのみ専念せよ
王の心の耳は天使の託宣をうける
国事の秘密は王が知りたもう
閑居せる貧者ハーフィズよ、そなたは叫ぶな

彼は王や宰相の保護をうけて二十数年にわたって仕え、作詩においては言葉と意味の両分野にお

ハーフィズ肖像画（左）

いて完成の域に達した時代であったが、この間彼は必ずしも終始変わらず王の保護と寵愛を受けたわけではなかった。理由は明らかではないが、彼は王の不興を蒙り、数年以上も宮廷への出仕を禁じられ不遇な時を過ごし、新たな保護者を求めてイスファハーンやヤズドに一、二年旅をしたようである。望郷の念に駆られた切々たる詩はこの時に詠まれたもので、彼は目的を果すことなく失意のうちに郷里へ還った。彼の作品には運命をかこち、身の不遇を嘆き、王の愛顧を求める詩が多いが、恐らくこの時代に作られたものであろう。

シャー・シュジャー王は一三八四年に没し、ハーフィズの生涯も第三期を迎えた。晩年には専ら隠遁生活を送ったようであるが、宮廷との関係は完全に絶たれていなかった。ムザッファル朝最後の王マンスール（在位一三八七―九三）を讃えるいくつかの詩を詠んでいることから、ハーフィズは長年熱望していた宮廷への再出仕がかなえられたものと思われる。彼は一三九〇年こよなく愛した郷里において約六十五年にわたる波瀾に満ちた生涯を終えた。その墓は彼の詩によく現れるシーラーズの郊外、ルクナーバードの流れのほとり、ムサッラーの花園に建立され、「ハーフィズィーエ」として知られ、「サアディーエ」とともにシーラーズの名所になっている。その墓石に刻まれているのはこの詩である。

そなたと結ばれる吉報はいずこ、私は生命《いのち》を捧げよう

ハーフィズ廟（シーラーズ）

私は天国の鳥、この世の罠から脱け出そう
そなたへの愛に誓い、私をそなたの奴隷と呼んでくれるなら
私は時間と空間の支配から抜け出そう
神よ、私が埃の如く消え去るまえに
導きの雲から雨を降らせたまえ
わが墓の傍に酒を持参し楽師を伴って座れ
そなたの香りで墓から踊りながら起き上がろう
おお優美な動きの恋人よ、立って姿を見せよ
私は立って生命とこの世に別れを告げよう
老いたりとも私を一夜しっかりいだけ
翌朝、若返りそなたの傍から起き上がろう
私が死ぬ日、そなたを見る一瞬《とき》の猶予《いとま》を与えよ
ハーフィズの如く、私は生命とこの世への想いを断とう

尚、晩年のハーフィズと征服者ティームールとのシーラーズにおける出合いの逸話は名高い。ダウラトシャーの『詩人伝』によると、征服者は詩人の最も有名な詩句、

かのシーラーズの乙女がわが心を受けなば
その黒き黒子《ほくろ》に代えてわれは授けん、サマルカンドもブハーラーも

に立腹し、詩人を召して「予が剣の力で征服し、都と定めて栄えさせたサマルカンドとブハーラーをたかがシーラーズの美女の黒子に代えて授けるとは何ごとだ」ときつく責めると、詩人は地に平れ伏して「世界の王よ、かかる気前のよさのため、私はかくも落ちぶれました」と答えた。征服者はこの機智が気に入り、責めるどころか恩賞を授けたという。ダウラトシャーはこの出合いを一三九三年と記したため、ハーフィズの死後三年であるから、E・G・ブラウンが指摘するまでもなく、この出合いは作り話であるが、一三八七年ティームールのシーラーズ攻略の時とすれば、両者の出合いの可能性は十分にあり、一概に否定できない。またダウラトシャーは歴史的記述に誤りが多いことで知られている。

ムサッラーの微風《そよかぜ》とルクナーバードの流れは
私に遊山と旅の許しを与えない

の詩句からも明らかなように、彼はサアディーと異なり、生涯を通じてイスファハーン、ヤズドへ

の短い旅を除いて郷里から殆ど離れることがなかった。シーラーズを讃えた有名な一詩をあげよう。

楽しきかなシーラーズ、その比類《たぐい》なき位置《ありか》
神よ、都を衰退から護り給え
われらがルクナーバードを荒し給うな
その澄んだ水はヒズルの齢《よわい》を授ける
ジャファラバードとムサッラーの間に
吹くは竜涎香の香りを放つ北の風
シーラーズに来たりて聖なる霊の恵みを
優れたる人びとから求めよ
この地でエジプト菓子の名を言うはだれ
甘美な乙女たちに恥をかかされよう
微風《そよかぜ》よ、美しく酔いしれたかの舞妓《ルーリー》について
そなたは何を知る、彼女の様子《さま》はいかが
かの甘美な若者がわが血を流しても
心よ、母の乳として赦してやれ

どうか私を夢から醒ますな
恋人を想い独り楽しんでいる私
ハーフィズよ、別離を恐れるなら
契りの日々をなぜ感謝しなかった

以上でハーフィズの生涯を終え、作品について述べよう。ペルシア詩の抒情詩《ガザル》は十三世紀にサアディーによって恋愛詩的抒情詩、ルーミーによって神秘主義抒情詩がそれぞれ完成の域に達したことはすでに述べたが、ハーフィズは先人の影響を受けているとはいえ、単なる模倣者ではなく、二つの面を有する抒情詩を融合・集大成したばかりか、さらに拡大して新たな面を生み出し、独自の技巧を駆使して新境地を開拓し、その思想と表現の手法において以前の抒情詩人たちとは明確な一線を画し、抒情詩をその極致・完璧に達せしめた詩人と言えよう。彼以前の抒情詩はその主題が恋と酒にほぼ限定されていたが、彼はそれまでの主題をはるかに拡げて、あらゆる思想、人生の諸問題、世相批判、自然描写等さまざまな内容をすべて抒情詩で表現することに成功した。これは抒情詩にとって大変革であった。換言すれば、かつてはさまざまな詩形によって表現されていたものを彼は抒情詩に集約化し、抒情詩に大変革をもたらしたといえよう。抒情詩の特色であり、かつ欠陥とも一般に見做されているのが主題の一貫性の欠如で、抒情詩は各対句がそれぞれ独立した意味を有し、前後の対句と意味上の関連性がないともいわれる。ハーフィズの詩もこの例にもれず、一貫性の欠如がよく指摘されたが、近年では一見してばらばらの真珠のように見える各対句も、抒情詩として一さしの真珠を構成し、「芸術的統一性」が存在すると主張する学者が多い。さらにハーフィズの特色として、初期において彼は単一の主題についてのみ作詩したが、後には二つ又はそれ以上の主題を一つの詩で扱い、対位法によってそれらを見事に調和させたことが指摘されている。

今日最も権威ある刊本はM・カズヴィーニーとQ・ガニー校訂『ハーフィズ詩集』で、これには四百九十五首の抒情詩と、若干の叙事詩、頌詩、断片詩や四行詩が収められているが、彼はあくまでも抒情詩の最高詩人で、他の詩はさほど問題にならない。数多くの優れたペルシア詩人の中で、ハーフィズほど今日に至るまでイラン人に広く愛唱されている詩人は少い。イランで『ハーフィズ詩集』を備えていない家庭はないと言われるほどである。彼の名声は生前からペルシア語文化圏に広く謳われ、次の詩句がこれを示している。

シーラーズのハーフィズの詩で踊り楽しむは
カシミールの黒き瞳の乙女らやサマルカンドのトルコ娘たち

しかし、彼の抒情詩の解釈をめぐっていろいろな論議があり、彼はその真意を把握するのに最も難しい詩人と見做されている。要約すると、優美にして官能的、幽玄にして情趣に富み、余韻嫋々たる彼の抒情詩を東洋側では神秘主義に基づいて解釈するのに対し、西欧側では神秘主義的色彩を無視してあくまでも現実的見地から解釈しようとする傾向が強い。今日では両方の立場を折衷・融合して解釈すべきだと主張する学者が多くなっている。ハーフィズは自らその詩において、

ハーフィズの詩はすべて神秘的知識《マアリファ》の抒情詩の粋
彼の魅力ある魂と優美な言葉に讃えあれ

と詠んではいるが、彼は必ずしもサナーイー、アッタール、ルーミーのような純粋の神秘主義詩人とは見做されていない。その生涯からも明らかなように彼は宮廷との関係がかなり深かったことから、今日一部の学者たちは彼を抒情詩人としてばかりでなく、宮廷詩人、称讃詩人《パネジリスト》として位置づけようとしている。確かに彼は生計のために宮廷に仕えたが、一般の宮廷詩人とは全く異なり、頌詩を殆ど作詩せず、保護者の称讃のためにも抒情詩により象徴的手法を用いて表現し、さらに自己の高邁な思想・意図を表わす詩句をその中に必ず詠みこんだことは彼の詩の特色の一つである。

この他に、彼の詩の大きな特色は象徴《シンボル》と比喩による表現である。勿論これらは彼以前の多くの詩人にも用いられたが、彼はこれらを詩的表現の限界にまで駆使し、独創性と斬新さを加味した。さ

らに彼は修辞学上の術語でイーハームといわれる、いずれにも意味がとれるあいまいな表現手法を多く用い、彼の詩がさまざまに解釈されるのはこの手法に起因するところが大きい。詩の解釈の一例をあげれば、彼の詩によく現れる「恋人」は、現実的に解釈すれば文字通り地上の恋人、愛人であり、神秘主義的解釈によれば「神」を意味し、さらに宮廷詩人の立場からすれば「保護者たる王」を指すことになる。この中のいずれが詩人の真意であったかは分からず、結局この詩を読む者が自分の思うように解釈するしか道はない。彼の詩は象徴と比喩による表現に終始一貫しているので、一定の時と場所に限定されることなく、読む者が自己の教養、環境等によって自由に解釈することができるといえよう。この故に、彼の詩集は中世以来今日まで「ハーフィズ占い」として盛んに用いられてきている。

彼は詩の中でたびたび「遊蕩児《リンド》」を自認・自負しているが、彼が言う遊蕩児とはイスラームの真の信仰を抱いてはいるが、宗教上の形式、儀礼等に束縛されることなく、人間生来の欲求に即して自然に生き、現世の生活を大いに満喫し、清貧に甘んじ満足を旨とする自由な思想の持主といえよう。『ハーフィズ・五十首』の著者アーベリー教授はその優れた序論において、オマル・ハイヤームの悲観主義、ルーミーの神秘主義、サアディーの実利主義と対比して、ハーフィズの中核を成すものは不条理の哲学であると述べている。ハーフィズが最も嫌悪したのは偽善と欺瞞であった。真理と真実と誠実をこよなく愛した彼にとっては当時のえせ神秘主義者、説教師、宗教家の偽善と欺瞞は堪

えがたく、彼らを痛烈に非難、嘲笑した詩が多い。例えば、

神秘主義者《スーフィー》が罠《わな》をかけ、偽善の小箱を開き
狡猾《こうかつ》な大空さえも騙《だま》し始めた
天輪は戯《たわむ》れて彼の帽子の中で玉子を砕く
秘密を知る者をごまかしたため
来たれ酌人《サーキー》、麗しき友、神秘主義者が
またもや現れ、嬌態《しな》を作った
この楽師はいずこの者、イラクの曲を奏で
さらにヒジャーズの曲に移るとは
来たれ心よ、神秘主義者《スーフィー》袖短く手長き者から遁れ
われらは神に御加護を求めよう
欺瞞を弄するな、真実《まこと》の恋をせぬ者には
愛はその心に真理の扉を閉ざす
明日、真実の宮居が現れたら
見せかけの行動をする旅人《スーフィー》は恥じ入ろう

おお優雅に歩む鷓鴣《しゃこ》よ、いずこへ、止まれ
隠者の猫が礼拝を捧げたとて欺かれるな
ハーフィズよ、遊蕩児を責めるな
太初《はっ》から神はわれらを偽善の禁欲から解き放つ

ハーフィズは最高の抒情詩人として後世のペルシア詩人にきわめて大きな影響を及ぼし、ペルシア詩人のみならずトルコ詩人やウルドゥー詩人にも抒情詩人の鑑と仰がれたが、彼の影響は東洋詩人にとどまらず、西洋詩人にまでおよび、特にゲーテに与えた影響は名高い。ゲーテの『西東詩集』（岩波文庫）の訳者小牧健夫氏は解説において、「ゲーテの詩集の成立は、実はハーフィズの詩集との接触に由って促されたものである。」と述べ、さらに「ゲーテはハーフィズにおいて単に東方の詩人として、その東洋的な点に傾倒したと云うのみでなく、彼において自己と同質の詩人を発見して深い喜びを感じた。ハーフィズも亦不安の時代に住んでよく精神の偉大と平静を保ち、人生を肯定し、現世を楽しみ、しかも凡ての物に於て永遠なるもの、神的なるものを感じ、勝義において象徴主義者であった。ハーフィズよりゲーテが受けた印象については、彼を知れば知る程彼に対する感嘆と愛着の念は増して来る、と自ら云っている。」と述べている。近年比較文学の見地から、『西東詩集』理解のために、次々と優れた研究成果を発表しておられる菊池栄一氏の論文から、ゲーテの設計した、人間としての、また詩人としてのハーフィズ像を引用しよう。

私たちがかれの詩篇について語ることはあまりない。なぜかというと、これらの詩篇は享受し、自分の胸の鼓動と共鳴させるべきものだからだ。これらの詩篇からは、と絶えることなく湧きでる頃合いの生きのよさが流れてくる。狭い境地に自足し、愉しくそして賢こく、溢れるほどの世界の富から、自分のわけまえを受けとり、神の秘密を遠くからのぞきみているけれども、宗教上の日々の勤めと感能の悦楽とを、どちらも同じに、きっぱり拒否した。

『ハーフィズ詩集』の全訳・抄訳は西欧の主要言語ではいく種類も出版されている。わが国では筆者の知る限り、蒲生礼一氏による五十数首の抄訳（『アラビア・ペルシア集』）と沢英三氏による若干の抄訳（『世界名詩集大成』平凡社）が従来あったにすぎないが、筆者はM・カズヴィーニーとQ・ガニー校訂『ハーフィズ詩集』に拠り、全ての抒情詩四百九十五首と若干の他の詩を、ユネスコとイラン王立パフラヴィー財団翻訳・出版局による『ペルシア文化遺産シリーズ』の一環として刊行し、同時に平凡社東洋文庫の一つとしても拙訳は出版された。最後に最も有名な抒情詩を訳してハーフィズの結びにしよう。

かのシーラーズの乙女がわが心を受けなば
その黒き黒子《ほくろ》に代えてわれは授けん、サマルカンドもブハーラーも
酌人《サーキー》よ、残れる酒を酌め、天国にても求めえぬのは
ルクナーバードの流れの岸とムサッラーの花園
ああ、都を騒がす陽気で優美な歌姫《ルーリー》たちは
トルコ人が食盆《ハーン》を奪うが如く、わが心から忍耐を奪いぬ
恋人の美にわれらの欠けた愛は要らぬ
麗しき面に脂粉や黒子、描き眉が要ろうか
日に増すヨセフの美から、われは知る
愛が貞淑の帳《とばり》からズライハーを誘《いざな》い出すと
罵られ呪われるともわれは捧げん祝福を
苦《にが》き応《いら》えは甘く紅《くれない》の唇にこそふさわし
好《よ》き人よ、忠告に耳を藉《か》せ、生命《いのち》にもまして
幸運な若人《わこうど》が愛するは老いたる賢者の金言
楽師と酒について語り、運命《さだめ》の秘密を探るな
この謎は知性にては解けず、解きし者なし

ハーフィズよ、汝は抒情詩《ガザル》を作り、白珠《しらたま》を綴る、さあ楽しく歌え
汝の詩《うた》に大空は昴宿《すばる》の頸飾りを撒き散らさん

3　ヘラートに輝く巨星

十世紀のルーダキーを「ペルシア詩人の父」とすれば、「詩人たちの最後《ハータムッ・シュアラー》」の称号にふさわしく、十五世紀後半にヘラートの巨星として群星を圧し、ペルシア詩古典時代の最後を飾って燦然たる光輝を放った偉大な詩人がジャーミー（一四九二没）であった。彼は偉大な詩人としてばかりでなく、優れた神秘主義者・学者としても生前からイラン、インド、トルコ、中央アジアで広くその令名を謳われた。当時スルタン・フサイン・バイカラーと名宰相アリー・シール・ナヴァーイーが詩人、学者、芸術家等を大いに保護・奨励したため、都ヘラートはペルシア文化の一大中心になり、細密画《ミニアチュール》においてはベヘザードやシャー・ムザッファル、書道においてはスルタン・アリーをはじめ、文学、学問、芸術の各分野においていくたの優れた人材が輩出した。スルタン自身も文人として知られ、『恋人たちの集い《マジャーリスル・ウッシャーク》』という書物を執筆したとされている。このスルタンを輔佐した宰相アリー・シー

ル・ナヴァーイーも有能な政治家としてばかりでなく、優れた詩人・文人として名高く、多くの詩集や著作を残し、ジャーミーを讃美している。当時ヘラートを中心にいかに多くの詩人が活躍していたかは宰相の著書『貴重な人々の集い《マジャーリスン・ナファーイス》』に述べられ、それによると宰相の時代に三百数十人のペルシア詩人がいたことが分かる。まさに数の面からすれば、かつてのガズニー朝やセルジューク朝の宮廷にも匹敵するが、これら多数の詩人の中で、今日まで真の偉大な詩人として名と作品を留めているのはジャーミーただ一人である。

　彼は本名をヌール・ウッディーン・アブドル・ラフマーンといい、一四一四年にホラサーン地方のジャームの地に生まれ、出生地にちなんでジャーミーと号した。祖父シャムス・ウッディーンはイスファハーン近郊ダシュトの出身であったが、トルコ人の襲撃を逃れてホラサーンに移住し、ジャームに定住した。父ニザーム・ウッディーン・アフマドは裁判官で、ジャーミーが幼い時にヘラートに移った。ジャーミーはヘラートのニザーミヤ学院で学んだ後、当時学問文化の中心であったサマルカンドにおいてイスラーム諸学を修めた。彼は神秘主義聖者伝『親交の息吹き』において幼年時代における神秘主義聖者との出合いを回想している。それによると、彼が五歳だった時、神秘主義教団ナクシュバンディー派に属した著名な神秘主義者ハージャ・ムハンマド・パールサーがブハーラーからメッカ巡礼に向う途中、ジャームに寄り、ジャーミーの父と接触し、幼児ジャーミーを肩にのせた。六十年後に彼は当時を回顧して、「彼の輝く顔の清さが未だにわが目にありありと浮び、彼との祝福された出合いの喜びがわが心に残っている」と述べている。このように幼い時から神秘主義者に強く心を惹《ひ》かれた彼は成年するに及んで、ナクシュバンディー派のサアド・ウッディーン・カーシュガリーに師事して同派に入門し、後に偉大な神秘主義者・学者として仰がれた。彼は生涯の大半をヘラートにおいて静かに過ごし、弟子の指導と執筆・作詩に専念した。青年時代にサマルカン

アリー・シール・ナヴァーイー肖像画

ドに留学した以外に、彼がヘラートの地を離れたのはナクシュバンディー派の聖者ハージャ・ウバイドッラー・アフラールに会うためメルヴを一度、サマルカンドを二度訪れた他は、大きな旅として一四七二年バグダードを経てメッカ巡礼を行い、帰路ダマスクス、アレッポ、タブリーズを経て帰国しただけであった。彼はスルタン、宰相という立派な保護者の知遇を得てきわめて恵まれた環境で生涯を過ごすことができたが、宮廷詩人のように保護者に阿《おもね》ることなく、あくまでも神秘主義者として現世の名利を追わず、超然たる立場を堅持したといえよう。彼の名声が高まるにつれて、タブリーズに都した黒羊朝や白羊朝の王の知遇も受け、さらにオスマン・トルコのバヤズィト二世からも招かれたが辞退した。一四九二年彼がヘラートにおいて偉大なる生涯を終えた時の様子を宰相はこう述べている。「彼の訃報が都に広まると、貴族や高官は四方から集って皆喪服をまとい、スルタン・フサイン・バイカラーはジャーミーの息子を抱いて悔みを述べた。葬儀には王子や重臣が全て参列し、先を競ってその棺をかついだ」。この記述からも彼がいかに偉大な存在であったか分かろう。彼の生涯は彼にこよなく敬意を表し愛情を抱いた宰相や弟子アブドル・ガフール・ラーリー等が執筆した伝記に詳述されている。これはアブー・サイード・アビル・ハイルやルーミーの場合と同じように、彼が単なる詩人にとどまらず、偉大な神秘主義者であったことに起因するのであろう。彼に関する研究書としてはアリー・アスガル・ヒクマト著『ジャーミー』（テヘラン・一九四一）が定評が高い。

彼の著作は非常に多く、サファヴィー朝創設者シャー・イスマーイールの王子サーム・ミールザー著『サームの贈物』において初めて作品が分類され、それによると韻文、散文の大小の作品を合わせて四十五篇に達し、その大部分が現存しているが、ここでは詩と散文作品の中で特に注目すべきものについて述べよう。

ジャーミー肖像画

詩における彼の代表作は『七つの王座《ハフト・アウラング》』と題する叙事詩七部作で、彼がニザーミーの五部作《ハムセ》に対抗して作詩し、のちに二部を追加して七部作《サブア》にしたと言われている。第一の作品『黄金の鎖《スィルスィラトッ・ザハブ》』は一四六八年から七二年の間に作詩された約七千二百句から成る長篇で、スルタン・フサイン・バイカラーに捧げられた。多くの逸話を織りこみながら哲学、倫理、宗教の諸問題を論じ、外見、内容ともにサナーイーの『真理の園』を想起させる作品である。ブラウンが「いくつかの優れた要素を含んでいるとはいえ、あまりにも長すぎ、また概念の芸術的統一性に欠ける」と評しているように、七部作の中ではあまり高く評価されていない。

第二の作品『サラーマーンとアブサール』は一四八〇年の作詩で、白羊朝のスルタン・ヤークーブに捧げられた。約一千百句から成るこの作品は恐らくギリシア起源の物語で、フナイン・ビン・イスハークによってアラビア語に訳され、イブン・スィーナーやナスィール・ウッディーン・トゥースィーもこのテーマについて書いている。ジャーミーはルーミーの『精神的マスナヴィー』の韻律を用いて、若い王子サラーマーンと乳母アブサールとの恋物語を比喩詩として作詩した。『ルバイヤート』の訳者で名高いフィッツジェラルドによる英訳もあり、アーベリーによる新訳とともに『フィッツジェラルドのサラーマーンとアブサール』（一九五六）と題して出版された。乳母との恋を父に非難され立腹した王子が乳母とともに恋の逃避行をする模様の一部を訳そう。

二人が小舟をあやつり一か月
海の潮風で顔の輝きは消え失せた
やがて海の彼方に現れた青い森
その描写は想像を絶する美しさ
世界中のあらゆる鳥が
その楽しい場所で飛びかっていた
一方では群れをなす華麗な行列
雉子《きじ》は王冠を頭に、じゅずかけ鳩は首環をつけ
他方では列をなしてみな囀《さえず》り
嘴《くちばし》を調べの楽しい笛にして
若木は互いに枝を重ね合い
そこで大胆に楽しく囀る小鳥たち
木々のふもとに落ちたあまたの木の実
互いにまざる湿った実と乾いた実
どの木の下にも流れる泉の水
光と影が入り交じり千々に砕く

枝は風にふるえるかよわい手の如く
拳に握るは撒《ま》き散らす金貨のかずかず
拳を固く握りしめねば
指の間から金貨はこぼれおちよう
まさしくここは神秘に満ちたエラムの園か
啓示の蕾《つぼみ》がここかしこに咲きにおう
それとも審判《さばき》の日なきエデンの天国か
麗しい顔から面紗《ベール》を脱いだ天国
楽しい森を眺めたサラーマーンは
苦しい旅の疲れも忘れ去り
希望《のぞみ》も恐れも抱かず心安らかに
アブサールとこの森に住みついた
二人はともに心と体のように楽しく結び合い
薔薇と百合のように喜び合う

第三の作品『自由な民への贈物《トフファトル・アフラール》』は一四八一年、ニザーミーの『秘密の宝庫』を模して作詩し、彼が師事した聖者ウバイドッラー・アフラールに捧げられた道徳・哲学的内容の教訓詩である。第四の作品『敬虔なる者たちの数珠《スブハトル・アブラール》』は一四八二年頃の作詩で、スルタン・フサイン・バイカラーに捧げられ、第三の作品と同様に教訓詩である。ブラウンは「一貫性に欠け、形式・内容においても魅力がない」と酷評しているが、ヒクマトは高く評価して、「非常に魅力的にして雄弁な叙事詩であり、高邁な道徳的内容を有し、彼以降いかなる作品にも用いられたことがない楽しい韻律で作詩されている」と述べている。

七部作の中で最も名高く、傑作とされているのは一四八三年に作詩された第五の作品『ユースフとズライハー』である。『コーラン』第十二章に基づくこのロマンスについて以前にも作詩されたことはすでに述べたが、ジャーミーは改めてこのテーマを採り上げ、神秘主義的な手法により、最も甘く美しく作詩して他の類書を圧した。この作品は早くから西欧の学者に注目され、十九世紀前半に独訳、後半に英訳二種、今世紀前半には仏訳が出版された。『コーラン』（井筒俊彦訳・岩波文庫）の「ユースフ」において、

都の女たちは噂して「殿様の奥方がお小姓を誘惑したんだって。惚れこんで、すっかりぼーっとなってしまったんだとさ。まあ、ひどく迷ったものだねえ」と言う。

こういうひそひそ話しを耳にした（奥方）は、さっそく使を出し、宴をもうけて（一同を招待し）

た。さてみんなにナイフを一つずつ渡しておいて、(奥方はユースフに)「さ、出て来てみなさんにお給仕なさい」と言った。ところで、一同は彼を一目見るなり、まあとばかり感嘆し、思わず手を切ってしまった。そして「あれえ、これは人間じゃない。どうみたって、たしかに貴い天使様だ」などと言う。

「ね、この人なのよ、私があなたたちに悪く言われるもとになったのは。たしかに私の方から誘惑したのよ。だけど見事につっぱねられたの。でも今度また私の言いつけをはねつけたりしたら、牢屋に叩きこんで、いたい目にあわせてやるわ」と言う。

(奥方とはエジプトの支配者ポティファルの妻ズライハーを指す。)

『コーラン』における以上の三節の部分をジャーミーは次のように作詩している。尚、長いので一部は割愛する。

ズライハーの秘密の薔薇が綻《ほこ》びた時

世の人は彼女を誹《そし》って夜鶯《ブルブル》の声をあげ

エジプトの女たちはこれを識り

口さがなく言いふらし

彼女の行為を善悪いずれも追い求め
一斉に彼女に非難をあびせかけて
「ズライハーさまは恥も外聞もなく
ヘブライ人の奴隷《ユースフ》に心を奪われ
あまりにものぼせあがったので
信仰も知性も失くしてしまった
彼女が自分の奴隷に迷うとは
まことに不思議な出来事だが
さらに不思議にも奴隷は彼女を嫌い
親しくなるのを避けている
彼は彼女に一度も視線を向けず
一緒には一歩も歩かない
彼女が進めば彼は立どまり
彼女が立どまれば彼は進む
彼女が顔から面紗《ベール》をとると
彼は睫毛《まつげ》で目に覆いをかける

彼女が悲しんで泣くと、彼は笑い
彼女が戸を開くと、彼は閉める」
ズライハーはこの噂《うわさ》を聞くと
嘘つき女たちに恥をかかせようと
急いで饗宴の用意をするように命じ
エジプトの女たちを招待した
どんな饗宴か、まさに王者の宴
あまたの御馳走が並べられ
色とりどりの清い飲み物は
闇を引裂く光のように映《は》え
玻璃《はり》の杯には香りを混ぜた
薔薇水がふちまで満ちあふれ
黄金の食盆《ハーン》は太陽の如く輝き
銀の器には黄道帯の星が刻まれ
器と食盆の御馳走と芳香は
体の糧であり魂の糧でもある

そこに盛られた御馳走は望みのまま
鳥の肉から魚の肉まで揃っている
（豪華な饗宴について述べ、ズライハーは乳母にユースフを呼びにやったが、なかなか来ないので、自分で迎えに行き、いやがる彼を説得してやっと宴席に連れてくる模様を描いた後に）
その隠された秘宝《ユースフ》が個室から
咲き誇る花園のように現れた時
その花園を見たエジプトの女たちは
花園から眺めの薔薇を一本摘んだ
一目で彼女らはみなぼーっとなり
制御の手綱を手ばなした
彼の美しい姿に唖然となって
驚きのあまりの魂が抜けた体のよう
どの女も彼を見つめながら
密柑の皮をむこうとしたが
密柑と手との見分けがつかず
自分の手を切りはじめた

ある者は小刀で指をけずって筆となし
心に彼への愛情の文字を書きこんだ
筆が小刀と争ったので
どの関節からも赤い血が流れた
またある者は銀のような掌をひろげ
暦のようにそこに赤い線を引いた
彼女らは人並はずれた美しい彼を見て
叫び「これは人間ではないわ
水と土で創られたアダムではなく
天国から降りてこられた天使さま」
ズライハーは「この類《たぐい》なき美少年のため
私は非難の的になったのよ
あなたたちが私に非難を浴びせたのは
みなこの婦やかな体への愛のため
私はこの子をわが魂、体と呼んで
結ばれようと言いよったのに

彼は私の意に従おうとせず
私の願望《ねがい》は久しくかなえられない
もし今度私の願いをはねつけたら
牢屋の片隅に送りこんでやるわ
その牢屋でみじめになって
苦しい時を過ごすでしょう
牢屋で彼の頑な気持も温和になり
心も温かく気立てよくなりましょう
野鳥でもしばらく籠に入れておけば
やがておとなしくなるものよ」

以上、『コーラン』の記述をヒントにジャーミーがいかに想像力をたくましくして、詩才を十分に発揮したかが明らかであろう。

第六の作品『ライラーとマジュヌーン』は一四八四年の作詩で、ニザーミーの作品に模したものであり、先人の作には到底及ばないとされている。第七の作品『アレクサンダーの英知の書《ヒラド・ナーメ》』は一四八五年頃に作詩された教訓詩で、スルタン・フサイン・バイカラーに捧げられた。アレクサンダーと聖賢との問答をテーマとしたこの作品も明らかにニザーミーの『アレクサンダーの書』に倣ったものである。

このようにジャーミーの七部作はニザーミーや十三世紀後半の有名なインド・ペルシア詩人アミール・ホスロー（後述）等がすでに作詩したテーマを再び採り上げて、「古い酒を新しい皮袋に入れた」ものであり、テーマや韻律に彼の独創性を見出すことはできないとはいえ、必ずしも模倣に終始したわけではなく、『ユースフとズライハー』のように、彼の筆によってこのテーマが復活し、不朽の名声を得るに至ったことは注目すべきであろう。彼自身も七部作において当時のペルシア詩の衰退を嘆き、先人のいくたの優れた詩人たちを讃え、頽勢の挽回を示す心意気を詠んでいる。ニザーミーとジャーミーとを比較した興味深い論評がブラウンの文学史にイラン人学者の意見として述べられている。それによると、ジャーミーは詩的形式、甘美、素朴さにおいてはニザーミーに匹敵し、勝りさえもするであろうが、力強さ、詩的想像力、流麗にかけてはニザーミーに到底及ばない。ニザーミーを鑑賞するためにはペルシア語の該博な知識を必要とするが、ジャーミーはだれでも楽しく読むことができる。このためにペルシア文学を異国文学とするインド、トルコ、その他の地域においてジャーミーは非常な名声と人気を博したという。確かにこの比較は正しいが、これとともにニザーミーは職業的詩人であったのに対して、ジャーミーは元来神秘主義者、学者であったことも考慮せねばならないであろう。事実、ジャーミーは作詩を自己の威厳の低下と思い、時々、作詩に嫌悪の念を抱いたとイラン人学者ザッリーンクーブは述べている。

ジャーミーは七部作の他に、約一万一千句から成る膨大な『ジャーミー詩集』を作詩した。これは彼が青年期、壮年期、老齢期を通じて詠んだ抒情詩を主体とする三部から成る詩集で、第一部は「青春の始め」、第二部は「首飾りの真中の真珠」、第三部は「人生の終り」と命名されている。彼は抒情詩においてサアディーとハーフィズを手本としたが、二人には到底匹敵できないと評されている。要するに、ジャーミーは叙事詩、抒情詩等の各分野において、かつてのそれぞれの巨匠には及ぶべくもなかったが、十五世紀というペルシア文学が衰退し始めた時代において、各先人からさまざまなテーマ、表現、技巧等の諸要素を吸収・融合し、それらを基に自己の美しく新鮮にして甘美な手法を生み出し、多くの優れた作品を詠んだということから、「詩人たちの最後」の称号で呼ばれるに至ったのである。

散文の分野においても彼は神学、神秘主義、修辞学、文法学、聖者伝等広い領域にわたって多くの作品を著わしたが、ここでは文学的に名高い二、三の作品について述べよう。彼が一四七八年に執筆した『親交の息吹き《ナファハートル・ウンス》』は神秘主義者の伝記集で、アッタールの『神秘主義聖者列伝』とともにこの種の作品としてはペルシア文学史上で双璧をなしている。アブー・ハーシムから彼の時代に至る約六百人の神秘主義者の略伝で、ラービアを始めとする三十五人の女性神秘主義者も含まれている。アッタールに比して記述はかなり簡略ではあるが、多くの神秘主義詩人についても述べられているので、文学史研究の資料にもなり、さらにアッタール以降の多くのイラン神秘主義者を知るためにも貴重な資料である。

彼が晩年の一四八七年にサアディーの『薔薇園』に倣って執筆したのが『春の園《バハーレスターン》』である。八章から成る『薔薇園』と同じように、『春の園』も八つの園で構成され、第一の園は聖者の逸話、第二の園は哲人・賢者の言葉、第三の園は王者の公正、第四の園は寛大、第五の園は愛、第六の園は機知、第七の園は詩人、第八の園は動物について、それぞれ詩を混じえた散文で書かれている。特に第七の園はルーダキーから始めて約三十人の著名な詩人を採り上げ、アリー・シール・ナヴァーイーで結んでおり、一種の簡単な詩人伝・詞華集になっている。この作品はサアディーの亜流にすぎず、内容、文体からして『薔薇園』には遠く及ばない。イラーキーの『閃光』の注釈書やイブン・アラビー著『叡知の宝玉』〔『叡知の台座』とも訳される〕の注釈〔及び〕『微光《ラワーイフ》』も知られている。

4　散文の成果

ティームール朝時代にハーフィズやジャーミーのような偉大な詩人が現れたとはいえ、ペルシア詩はかつての黄金時代に較べると全般的にあまり振るわなかったが、散文の分野においてはかなりの作品が著され、モンゴル時代の傾向を受け継いで歴史に関する著作が主流を占め、その文体は簡素な文体と技巧的文体の中間であったが、どちらかといえば前の時代の影響を受けた華麗な文体が目立った。ペルシア文学史上、ティームール朝時代にはモンゴル族支配時代についで多くの歴史家が輩出し、主として勅命によって注目すべき史書が執筆されたが、かつてのジュワイニーやラシード・ウッディーンに匹敵するほどの大歴史家は現れなかった。

まずこの時代の史書として採り上げねばならないのは二人の歴史家によってそれぞれ執筆された偉大な征服者ティームールの伝記である。タブリーズ出身のニザーム・ウッディーン・シャーミーは一四〇一年ティームールの勅命によってその輝かしい生涯と征服の歴史を執筆し始め、三年有余の歳月をかけて征服者の死の一年前、一四〇四年に完成し、『勝利の書《ザファル・ナーメ》』と題して献上した。これはティームールに関する最古の伝記である。彼は執筆に際して征服者から、百人に一人しか理解できないような華麗な文体を避けるように命ぜられたので、極力簡素な文体で執筆するように努めた。

この伝記よりもはるかに浩瀚で有名な伝記がシャラフ・ウッディーン・アリー・ヤズディー（一四五四没）による同じ書名の伝記『勝利の書《ザファル・ナーメ》』である。彼はシャー・ルフの知遇を受けた学者であった。シャー・ルフの王子でファールスの太守であったイブラーヒーム・スルタンが祖父ティームールの治世に関する全ての記録を集め、多くの目撃者の談話を加え、さらにウイグル語による文書をも含めてヤズディーに渡し、祖父の偉業を文学的表現で編纂するように依頼した。一四二四年に完

ティームール復元像

成したこの史書はシャーミーの作品に較べてはるかに華麗・技巧的な文体で書かれ、多くの詩が挿入されている。内容の正確さは定評高く、征服者の生誕から全生涯、さらに後継者ハリールの即位（一四〇五）に至るまで克明に記録され、刊本で二巻、約一千頁に及ぶ大著である。年代記として優れているばかりでなく、ティームールの広汎な征服地域に関する地理的記述も正確と評されている。この書は早くから西欧で注目され、一七二二年にフランス語に訳され、翌年には英語に重訳された。

ヘラート出身でハマダーンにおいて生長し教育を受けた学者ハーフィゼ・アブルー（一四三〇没）はティームール朝の宮廷史家として名高い。彼はティームールに側近として仕え遠征に参加し、その死後はシャー・ルフとその子バイスンクルに仕えた。彼は王子バイスンクルの依頼により、四巻から成る通史『歴史の集成《マジュマウッ・タワーリーフ》』を一四二七年に完成した。四巻の中で史料的に特に価値が高いのは第四巻で、この巻は『歴史の精髄《ズブダトッ・タワーリーフ》』と命名された。二部から成るこの巻の第一部はシャーミー著『勝利の書』を修正、拡大してティームールの時代のイラン史を扱い、第二部においては一四二七年に至るまでのシャー・ルフの治世が記述されている。この史書の他に、彼はラシード・ウッディーン著『集史』の続篇として『集史増補』（ザイレ・ジャーミウッ・タワーリーフ）を執筆し、ウルジャイトゥーの治世からティームールのバグダード遠征に至る歴史を述べている。彼の文体はヤズディーの華麗な文体に比してかなり簡素であるが、その史書の史料的価値は高く、彼はティームール朝時代の一流歴史家といえよう。さらに彼は史書の他にも、シャー・ルフの指示により一四一七年と二〇年の間に『地理書』を執筆した。二巻より成るこの書の第一巻は一般地理、第二巻はホラサーンの地理と歴史で、現在までにヘラートの章が出版された。

シャー・ルフに財務長官として仕えたファスィーフ・ハーフィー（一四四五没）は『ファスィーフの摘要』（ムジュマレ・ファスィーヒー）と題する全三巻のイスラーム通史を年代記形式で執筆し、一四四一年シャー・ルフの治世にまで及んでいる。史実の記述は簡略すぎるが、詩人、学者、名士等の没年が詳しく記され、伝記的要素が多くて便利であるが、史書としては二流である。

これよりも史料としてはるかに重要なのはアブドル・ラッザーク・サマルカンディー（一四八二没）が著わした『幸運なる両星の上昇《マトラウッ・サアダイン》』と題する史書である。彼はヘラートに生まれ、父はシャー・ルフに仕えた法官で、父の死後、彼もシャー・ルフに仕え、一四四一年に南インドへ使節として派遣され、三年間同地に滞在した。彼はこの史書において、ハーフィゼ・アブルーの著作にかなり拠りながら、イル・ハン国のアブー・サイード王生誕一三〇四年からティームール朝のアブー・サイード王の死、一四六九年に至る約百七十年の歴史を年代記形式で詳述している。特にシャー・ルフが中国とインドに派遣した使節に関する記述は同地域への進出を図っていた西欧に早くから注目され、十七世紀にフランス語による抄訳が刊行された。

ティームール朝末期には浩瀚な二種の通史が執筆された。ヘラート宮廷でアリー・シール・ナヴァーイーの知遇を受けたミール・ハーンド（一四九八没）は華麗な文体と誇張した表現で全七巻から成る通史『清浄の園《ラウザトッ・サファー》』を執筆した。この史書はペルシア史の通史史料として最も早く西欧で注目され、十七世紀以降、英、仏、独の諸学者によって十九世紀末までにさまざまな研究、抄訳が発表されたが、その後他の種々な貴重な史料が発見、刊行された現在ではかつてほどの史料価値は失くなった。しかし今日でも、第六巻（ティームールからアブー・サイード）、と第七巻（スルタン・フサイン・バイカラーの治世）

は史料として十分な価値がある。現在、イランではこの史書が十巻として刊行されているが、残りの三巻は十九世紀中葉にレザー・クリー・ハーンが増補としてサファヴィー朝からカージャール朝までの歴史を執筆したものである。

ミール・ハーンドの孫ハーンダミール（一五三四没）も歴史家として知られ、はじめアリー・シール・ナヴァーイーの側近であったが、ティームール朝没落後は新たな保護者を求めてインドに渡り、ムガル朝のバーブルやフマーユーンに仕え、同地で没した。彼は祖父の大著を要約して、四巻から成る『伝記の友《ハビーブッ・スィヤル》』と題する一五二四年に至る通史を執筆した。特に祖父の死後からサファヴィー朝初期の治世に関して記述した第四巻後半は同時代の史料として注目に値する。この他に彼は一五〇九年にカリフ時代及びイラン諸王朝の宰相の伝記と業績について『宰相の指示《ダストゥールル・ウザラー》』やその他数冊を著わした。宰相論に関しては彼と同時代にスルタン・フサイン・バイカラーに仕えたサイフ・ウッディーン・アキーリーも『宰相の事績《アーサールル・ウザラー》』を執筆し、第一講話においてはティームール朝に至る各王朝の宰相の事績、第二講話では宰相論について述べている。

『ムイーン選史』（ムンタハブッ・タワーリーヘ・ムイーニー）はムイーヌッ・ディーン・ナタンズィーが一四一三年頃にシーラーズで執筆した通史で、イル・ハン国末期からティームールの死に至るイラン南部の歴史の部分は史料として高く評価され、この部分だけが出版されている。

以上で通史及びティームール朝史に関する記述を終え、地方王朝史、地方史に関する著作に移ろう。クルト朝の歴史として名高いのは、サイフ・ビン・ムハンマド著『ヘラートの歴史書《ターリーフ・ナーメ》』である。彼は一二八二年にヘラートに生まれ、クルト朝に仕えた学者であるが没年は不明である。同朝の王マリク・ギヤース・ウッディーンの命令で執筆したこの史書においてチンギスカンの来襲から一三二二年、クルト朝治世に至るヘラートの歴史を述べている。信頼すべき史書としてハーフィゼ・アブルーをはじめ後の史家たちに利用されている。ヘラート史としてはこの他に、ムイーヌッ・ディーン・イスフィザーリーがスルタン・フサイン・バイカラーのために一四九三年に執筆した『ヘラート都市描写における天国の園』(ラウザートル・ジャンナート・フィー・アウサーフ・マディーナト・ハラート)がある。全体が二十六の園で構成され、一四七〇年に至るヘラート及び周辺の地誌と歴史が述べられている。

　ムザッファル朝史としては、ムイーヌル・ヤズディー(一三八七没)が一三六五年に執筆した『神の贈物《マワーヒベ・イラーヒー》』がある。ハーフィズの保護者として名高い同朝のシャー・シュジャーの依頼で華麗な文体によって著わされたこの史書は同時代史として信頼できる史料である。しかしあまりにも華麗・技巧的な文体であったため、マフムード・クトビーは一四二〇年にこれを簡素化し、さらに同朝の没落までを追加して、『ムザッファル朝史』を執筆した。

　十五世紀には数種の注目すべき地方史が執筆された。『クム史』は元来九八八年にハサン・ビン・ムハンマドによりアラビア語で書かれたが散逸した。一四〇二年、クム出身のハサン・ビン・アリーがペルシア語に訳した書が現存している。訳書の序によると、原典は二十章五十節から成っていたが、訳書は最初の五章のみである。クムに関する最古のペルシア語史料である本書には同都市の建設、アラブ征服からカリフ時代に至る歴史が述べられ、社会経済史研究に貴重な多くの資料を含んでおり、ラムトン女史の研究でこの書の価値が広く学界で認められるようになった。

ヤズドについてはこの時代に『ヤズド史』と『ヤズド新史』が執筆された。前者はジャファル・ビン・ムハンマドの著作で、執筆年は不明であるが、十五世紀前半の作と推定されている。ヤズド建設から一四四〇年に至る同都市の歴史と地誌が詳述されている。この書に基づき、アフマド・ビン・フサイン・カーティブが一四五七年頃執筆した書は前者と区別するために通常『ヤズド新史』と呼ばれている。『ヤズド史』執筆以降十数年における同地の歴史が追加され、事項によっては前者よりも詳しく述べられている。尚、時代ははるかに下るが、ヤズド史としては一六七九年にムハンマド・ムフィードが執筆した三巻から成る『ムフィード集成』（ジャーミエ・ムフィーディー）があることを付記しておこう。

カスピ海南岸の地方史として、十三世紀における最古の史書『タバリスターン史』についてはすでに述べたが、それ以降の同地方史についてここでまとめて述べよう。十五世紀にアームル出身のザヒール・ウッディーン・マルアシー（一四九〇以降没）が二種の同地方史を執筆した。一つは『タバリスターン、ルーヤーン、マーザンダラーン史』で、主としてカスピ海南東地方の一四七六年に至る史書であり、他はカスピ海南西地方の一四八九年に至る歴史を述べた『ギーラーン、ダイラムスターン史』で、両書とも同地方研究の貴重な史料である。尚、『タバリスターン史』とマルアシーの著作の中間に位置するのが、アウリヤ・アッラー・アームリー著『ルーヤーン史』で、一三六二年に至る同地方史であり、マルアシーもかなりこの書に拠っている。その後、ギーラーン地方史としてはシャムス・ウッディーン・ラーヒジーが十六世紀前半に執筆した『ハーンの歴史』（一四七五―一五一四の同地方史）とアブドル・ファッターフ・フーマニーが一五一七年から一六二八年の歴史を述べた『ギーラーン史』がある。マーザンダラーン地方については、一六三四年シャイフ・アリー・ギーラーニー著『マーザンダラーン史』がある。

歴史書の記述は以上で終え、次に他の分野の散文に移ろう。史書に較べると数は少いとはいえ、詩人、学者、神秘主義者等の伝記文学はこの時代の大きな特色であった。ダウラトシャー・サマルカンディーが五十歳の頃、一四八七年スルタン・フサイン・バイカラーの治世に執筆した『詩人伝』（タズキラトッ・シュアラー）は十三世紀前半アウフィー著『心の精髄』に次ぐ重要な詩人伝、名詩選集で、ペルシア詩古典時代の集大成であり、十九世紀初めにフォン・ハンマーに独訳されて以来、ペルシア詩人伝としては西欧で最も有名になった。彼は同じ時代に属する詩人たちを七つの階層《タバカ》に分類し、各階層に約二十人前後の詩人の略歴を述べ、作品を引用して、合計約百五十人の詩人を採り上げ、結びにおいて彼と同時代の大詩人ジャーミーおよび宰相アリー・シール・ナヴァーイーについて述べている。詩人にまつわる多くの逸話が収められ、興味深く有益な詩人伝ではあるが、正確さに欠けたり、歴史的な誤りもかなりあるので、そのまま受け入れることはできない。それ故、内容の信憑性においては、『四つの講話』や『心の精髄』に劣るといえよう。宰相アリー・シール・ナヴァーイーが一四九〇年にトルコ語チャガタイ方言で執筆した『貴重な人々の集い《マジャーリスン・ナファーイス》』は同時代の詩人、学者、芸術家伝で、八章から成り、ヘラート宮廷における文化研究の重要な資料である。この書は十六世紀にペルシア語に訳された。訳書は二部に分かれ、前半は九つの集い、後半は八つの天国で構成されている。

宰相の保護を受け、その伝記でも述べられているフサイン・ワーイズ・カーシフィー（一五〇五没）はヘラート宮廷で週三回説教をしたので説教師《ワーイズ》の名で知られた著名な文人・宗教家であった。彼はバイハク出身で諸学に精通し、非常に多作であったが、特に次の三種の著作が注目に値する。まず文学作品としては『天蓋の光《アンワーレ・スハイリー》』がある。十二世紀初頭ナスルッラーがアラビア語からペルシア語に訳した『カリーラとディムナ』を底本として、さらに華麗な誇張した文体で執筆した書である。西欧では底本よりもこの書の方がはるかによく知られ、十九世紀中葉に英訳が出版された。宗教文学としてはシーア派第三代イマーム・フサインの殉教を中心とした『殉教者たちの園《ラウザトッ・シュハダー》』を執筆し、さらに倫理の分野では、スルタン・フサインの王子アブル・ムフスィンのために一四九五年に『ムフスィンの倫理《アフラーク》』を執筆した。

倫理の書としてこれよりも名高いのはジャラール・ウッディーン・ダワーニー（一五〇一没）が

一四六七年と七七年の間に執筆し、白羊朝のウズン・ハサン王に捧げた『ジャラールの倫理』（アフラーケ・ジャラーリー）である。これはナスィール・ウッディーン・トゥースィー著『ナースィルの倫理』に主として拠った「民衆版」であるが、必ずしも模倣ではない。なぜなら、神学者・裁判官であったダワーニーはトゥースィー以降、イスラーム世界の政治的、精神的な激変の二世紀有余を経た後、当時の情勢に即して執筆したからである。華麗な文体による本書は十九世紀前半に『ムスリム国民の実践哲学』と題してトムプソンに英訳された。ローゼンタール著『中世イスラームにおける政治思想』第十章においてダワーニーの思想が詳しく論じられている。

五　文学の衰退時代

1　歴史の流れ

十五世紀末ジャーミーの死とともに、十世紀以来連綿と続いてきたペルシア文学古典・黄金時代は終りを告げ、同文学はその後長年月にわたる衰退・停滞時代を迎えた。この時代は政治史から見れば、サファヴィー朝（一五〇一―一七二二）、アフシャール朝（一七三六―九五）およびゼンド朝（一七五〇―九四）の三王朝治世下、三世紀間に及んだ。しかしこの時代はあくまでもペルシア文学の見地からの衰退時代である。なぜならば、一世紀有余にわたってイランを支配したサファヴィー朝の時代はイスラーム期イラン史において、政治的、経済的に大きな発展を遂げたばかりでなく、建築、美術、工芸の諸分野において最も輝かしい時代であったからである。まず政治史の大きな流れを展開し、それから文学衰退の原因について述べよう。

カスピ海南西岸の町アルダビールにおける神秘主義教団サファヴィー家出身のシャー・イスマー

イール（在位一五〇一―二四）はトルコ系遊牧民キズィルバーシュの援助により時の支配者、白羊朝を倒して新王朝サファヴィー朝を創設し、その後イラン全域を平定して王朝の基礎を確立した。彼は王朝創設とともに正統スンニー派を信奉するオスマン・トルコと一線を画し、対立するために、イラン国民の信仰統一と団結の必要性を痛感してイスラーム・シーア十二イマーム派を国教に定め、さらにアケメネス朝以来イランの伝統的な王権神授思想に基づく神政国家を建設した。これはイスラーム期イラン史における画期的な一大転回で、これ以降イランは今日までシーア派を国教として奉じ、他のイスラーム諸国とは一線を引いている。信仰・思想の統一の結果、イラン人は自己の古い伝統を再認識するとともに次第に国民意識を抱くようになった。サファヴィー朝の血統については諸説があって未だに明白ではないが、この王朝支配下にイランの民族・国民国家が成立したことは確かである。同朝は第五代アッバース大帝（在位一五八七―一六二九）の治世に、軍事、財政等の諸改革と外敵撃退の結果、最盛期を迎え、一五九八年に遷都したイスファハーンは壮麗な建造物や庭園で飾られて「世界の半分」とさえも謳歌され、学術、文化、芸術の一大中心地でもあった。王の善政によって国内はこよなく繁栄し、国威は内外に宣揚されたが、大帝の亡き後、暗愚な後継者たちが相次いで登極したため、同朝は急速に衰退に向い、数代の王を経て、フサイン一世（在位一六九四―一七二二）の治世最後の年、一七二二年に、アフガン族の侵入で首都は占拠され、二世紀有余に亙ってイランを支配した同朝は事実上崩壊し、その後数代の王は名目的な存在にすぎなかった。

一七二二年から七年間、イランを支配したアフガン族の勢力を一掃したのがトルコマン系アフシャール族出身のナーディル・クリーであった。彼ははじめサファヴィー朝の名目的な王に仕えていたが、アフガン族追放後、やがて独立して新王朝アフシャール朝を創設し、ナーディル・シャー（在位一七三六―四七）として即位した。東洋のナポレオンとも評せられたこの軍事的天才はイラン全土を平定した他、ムガル朝インドに侵入し、さらに中央アジアに遠征し、オスマン・トルコと戦って勝利を博し、その在位中殆ど遠征に終始して武勇を国の内外に轟《とどろ》かせたが、一七四七年同族の者に暗殺

ナーディル・シャー肖像画

され、彼の死とともにアフシャール朝は殆ど実権を失い、まもなく崩壊した。十八世紀後半にアフシャール朝支配下にあったホラサーン地方を除き、イラン全域を支配下に収めたのは、かつてナーディル・シャーに仕えたカリーム・ハーンが創設したゼンド朝であった。シーラーズを都としたカリーム・ハーン（在位一七五〇－七九）は善政で知られ、前王朝時代の相次ぐ遠征、戦乱で疲弊・荒廃した国土、諸産業の回復・復興に努めた結果、イランは久しぶりで比較的平和と繁栄の一時期を迎えたが、彼の没後には政権争いの内紛で同朝は弱体化し、最後の支配者ルトフ・アリーは一七九四年、カージャール朝創設者アーガー・ムハンマドに殺害されてゼンド朝は完全に滅亡した。

以上が三世紀に及ぶ文学衰退時代の政治史の大きな流れであり、文学の衰退はこれと大きな関係を有した。まず文学衰退の最大の原因はサファヴィー朝によるシーア派国教化政策の結果であった。この政策によってイランは政治的には大きな飛躍を遂げたが、その反面、ペルシア文学に大きな打撃を与えることになった。同朝がシーア派の普及や宣伝に異常な熱意を示した結果、シーア派神学は非常に発達し、政策の推進者であった同派の宗教学者たちは絶大な勢力を有するに至った。しかし同朝の王たちはシーア派に示した熱意と反比例して、中世以来の伝統的な宮廷詩人や頌詩にはなんらの興味も抱かず、きわめて冷淡な態度を採った。王にとって最大の関心はシーア派イマームへの礼讃と讃美だけで、讃えられるべき対象はかつてのような王侯・貴族ではなく、シーア派初代イマーム・アリーをはじめとする歴代イマームであった。例えば、同朝第二代の王シャー・タフマースプ（在位一五二四－七六）の治世に、当時の著名な詩人ムフタシャム・カーシャーニーが王と王女への二篇の頌詩を献じた時、王は「詩人たちが予と王女への讃美で言葉を飾るのには不満である。頌詩は預言者マホメットおよびイマームたちの栄光を讃えるためにのみ詠《よ》まれるべきである」と述べて、詩人になんらの恩賞も授けなかった。このことは同朝の王の詩人に対する態度を如実に示している。かくして、同朝の諸王はシーア派神学者たちを厚遇した反面、詩人を殆ど保護せず、政策と相容れない頌詩、抒情詩等を無視する態度を採った。

さらにシーア派高揚政策推進のために、十五世紀末まで数世紀にわたってペルシア詩人の大きな精神的支柱になってきた神秘主義はシーア派指導者たちから無視、敵対視され、神秘主義者は厳しい迫害を受け、追放されたり、殺害され、その庵や修行所は破壊されたため、神秘主義は急速に衰え、これとともにかつてペルシア詩の主流を占めてきた神秘主義詩も完全に影をひそめてしまった。しかし、照明学派《イシュラーキー》の哲学、シーア派の神学、神秘主義思想を統合・調和したと評せられる当時の哲学者や思想家たち、例えばミール・ダーマード（一六三一没）やムッラー・サドラー（一六四〇没）は「イスファハーン学派」を形成し、王朝の保護・知遇を受けて活潑な知的活動を行い、イラン思想史上に顕著な業績を残したが、彼らは詩となんの関係もなく、さらにその著作は殆どアラビア語であるので、本書の範囲外である。

ペルシア詩衰退の原因は支配者層の政策の結果であることは明らかだが、ペルシア詩人の側にも責任があったといえよう。なぜなら、彼らは過去の偉大な詩人たちに眩惑・圧倒されてその模倣に終始し、マンネリズムに陥って、独創性を生み出すなんらの努力もせず、その大部分の者がかつての詩人ほどペルシア語やアラビア語、さらに諸学の該博な知識を有していなかったからである。

以上の理由でイランに保護者を見出すことができなくなった詩人たちは、伝統的なペルシア詩を理解・愛好し、詩人を保護してくれる王者がいる新しい国をさがし求めねばならなかった。イランに絶望した彼らがその詩才を発揮できる宮廷は当時インドのムガル朝宮廷のみであった。中世以来ペルシア詩と関係が深かった中央アジアはサファヴィー朝と敵対関係にあったためペルシア詩人を受け入れることはなかった。そこで詩人たちは新しい天地インドに希望を託してデリーのムガル宮廷へと移動した。例えば、ムガル朝アクバル（在位一五五六―一六〇五）の治世だけでも約五十人の詩人がイランからインドに移住してその宮廷に仕えたという。すなわち、十六世紀から十七世紀にかけて、ペルシア詩人の活躍の舞台はイランからインドに移ったといえよう。この結果、ペルシア詩において十二世紀以来保持されてきたイラーク・スタイルに代って、印象主義を特色とするインド・スタイル（サブケ・ヒンディー）が生まれた。このスタイルおよびインドにおけるペルシア詩人については後に述べよう。

かくてイランにおいては、サファヴィー朝支配の二世紀有余の長年月に特筆に値する優れたペルシア詩人は殆ど一人として現れなかった。この時代にイラン人の独創的な精力は詩に代って建築や美術・工芸に注がれ、その分野において立派に表現された。十五世紀末を境として、ペルシア文学はそれ以降あまりにも衰退、凋落《ちょうらく》したので、西欧の学者たちの中には十五世紀末でペルシア文学史記述の筆を擱《お》く者も少なくない。本書においても、古典時代の記述に較べてこの時代の記述が著しく短く、アンバランスになるのは述べるに値する詩人、作品がきわめて少いからである。文学衰退の傾向はサファヴィー朝没落後、アフシャール朝、ゼンド朝の治世下まで続いた。ナーディル・シャーは遠征にあけくれ、詩を理解しなかった。しかし彼の治世にシーア派イマーム礼讃に代って彼の赫々《かくかく》たる武勲を讃える頌詩も現れ、ペルシア詩にやや新しい流れが見られたが、それも束の間のことだった。

ゼンド朝支配下の十八世紀後半になると、ペルシア詩に新しい文学運動が起った。それは主としてイスファハーン、シーラーズの両都市を中心に行われた運動で、「復帰運動《バーズ・ガシュト》」の名で知られる。十六世紀以来ペルシア詩はインド・スタイルに支配されてきたが、このスタイルはイランに適当でないから放棄し、ペルシア詩本来の姿、即ちモンゴル族支配時代以前のペルシア詩、ホラサーン・スタイルやイラーク・スタイルに復帰しようと提唱する新古典派詩人《ネオ・クラシシスト》たちによる運動であった。この運動の主な推進者はイスファハーン出身のムシュタータ ーク（一七五七没）、シュウラ（一七四七没）やシーラーズで活躍したムハンマド・ナスィール（一七七七没）、であった。彼らは詩人として殆ど無名に近いが、彼らが起した運動はやがてカージャール朝時代に実を結び、今日に至るまでイランにおけるペルシア詩の主流を占めている。この結果、イランの詩人たちは主体性を回復したが、十六世紀以来続いたインドのペルシア詩人たちとの交流は途絶え、これ以後両国のペルシア詩人はそれぞれ独自の道を歩むことになった。

2　衰退時代の詩人たち

衰退時代にもかなり多くの詩人が存在してはいたが、採り上げるに値する詩人は極めて少い。ここでは主としてこの時代にイランを舞台とした詩人について各世紀につき一、二名を述べ、インドを舞台としたペルシア詩人については次の節で述べよう。この時代の顕著な詩人といえども古典時代の一流詩人に較べれば甚だ劣り、衰退時代二世紀間を通じてやや優れた詩人はサーイブ一人であったが、一応時代に従ってそれぞれの世紀でその時代としては注目を浴びた詩人を眺めてみよう。

ムフタシャム・カーシャーニー（一五八七没）はサファヴィー朝前期を代表する詩人であった。彼は若い頃に伝統的な抒情詩や頌詩を作ったが、この種の作詩では生計が立てられなかったので、同朝の政策に沿ったイマーム礼讃の宗教詩を作るようになった。特に名高いのは第三代イマーム・フサインのカルバラーにおける殉教をテーマとした悲歌《マルスィヤ》で、シーア派の彼が真心をこめて詠んだこの悲歌は当時の人々の心を強く惹きつけ深い感銘を与えた。彼は悲歌詩人として令名を謳われ、タフマースプ王の宮廷で「詩人の太陽」と呼ばれた。彼と同時代の詩人ヴァフシー（一五八三没）はケルマーン近郊の出身で、生涯の大半をヤズドで過ごし、叙事詩『最高の天国《フルデ・バリーン》』、『ファルハードとシーリーン』、『見る者と見られる者《ナーズィル・ワ・マンズール》』はこの時代としては注目するに足る作品といえよう。アッバース大帝に仕えたズラーリー（一六一五没）、イマームについて叙事詩を書いたハイラティー（一五五三没）、宗教詩人フィガーニー（一五一九没）等が十六世紀の主な詩人であった。

十七世紀になると、衰退時代の最大の詩人と評せられるサーイブ（一六七七没）が現れた。インドの著名な文学者シブリーは『ペルシアの詩』において、「ペルシア詩はルーダキーに始まり、サーイブに終った」と述べている。一般にジャーミーで終ったというのが定説であるが、シブリーはサーイブをこれほど高く評価している。サーイブも数年インドに移住した詩人であるから、インドのペルシア詩人に数えられてもいるが、衰退時代の詩人として今日イランで高く評価されている唯一の詩人であるからここで述べることにする。一六〇一年タブリーズに生まれた（一説では一六〇七年イスファハーンで生まれ、一六七〇年没）彼はアッバース大帝の治世に商人であった父とともにイスファハーンに移住し、そこで教育を受けた。若い頃メッカ巡礼をし、イランで自分の詩才が認められないと悟ったので「だれもが心に抱くインドへの旅を決意して」一六二六年頃インドに出立したが、途中でカーブルの太守ザファル・ハーンの知遇を受け、後に太守に同行してデリーに赴き、ムガル皇帝シャー・ジャハーン（在位一六二八―五七）の宮廷で名声を博し、イラン出立以来六年間を国外で過ごした。

わが決意の馬がイスファハーンから
インドに向ってはや六年が過ぎた

老いた父は息子との別離に堪えきれずインドまで会いに行き、その求めに応じて彼は父とともにイスファハーンに帰った。帰国後彼はアッバース二世（在位一六四二―六六）の桂冠詩人になって名声を謳われ、晩年はイスファハーンで静かな余生を過ごした。

彼は極めて多作な詩人で、その作品は三十万句に達したといわれる。彼の頌詩、叙事詩は高く評価されず、彼の名声は抒情詩により、抒情詩人としてはハーフィズ以降、いかなる詩人もサーイブの域に達しなかったと評されている。さらに彼はイランにおけるインド・スタイルの偉大な詩人としても名高い。従来インド・スタイルのペルシア詩人はインドやトルコでは高く評価されたが、イランでは十八世紀後半以来無視されがちであった。しかし近年では彼らの存在も再認識され、中でもサーイブはその最たるものである。彼が没したイスファハーンには壮麗な墓と付属する塾《マクタブ》があり、そこで毎月詩会が催されている。筆者も現代詩人として名高いハビーブ・ヤグマーイー氏と数年前その詩会に参加し深い感銘を受けたことを思い出す。さらに一九七六年初めにテヘラン大学主催で

サーイブの墓（イスファハーン）

サーイブに関するセミナーが催された。これはいずれもサーイブ再認識の現れといえよう。彼の抒情詩の一例を示そう。

汝は一日も摘《つ》まず、朝のジャスミンの花
汝が吸わぬ故、暁の乳房は干からびた
天は百度も引裂く、己が襯衣《シャツ》
汝は無頓着にも一度も襟を裂かない
絵の夜鶯《ブルブル》の如く汝は小枝にとまったまま
落胆し枝から枝へと飛ばない
汝の牧場はいつも不確実
絶対的知識の花園から色彩を見ない
一朝として汝の目から涙は流れず
己が薔薇の花から薔薇水を取らない
壁に描かれた絵の如く汝はこの館で消え
ズライハーの如くユースフを追い駈けない
汝の歯で酒杯のふちがかけたのに

一度も汝は後悔の唇を噛まない
己が心から無情の錆《さび》を落さず
この花園で汝が摘むのはただ他人《ひと》の若草
謙遜の重荷で天の腰は曲がった
傲慢な汝は一度も新月の如く屈《かが》まない
秋の日にどうして実が結べよう
春の季節に土から芽を出さずして
妄想のうちに汝の日夜は過ぎた
この釜から汝が味うのはただ後悔の毒
砂糖を求める蟻にも羽根が生えるのに
サーイブよ、汝はこの下界をなぜ這い廻る

十七世紀のペルシア詩人にはサーイブ以外に、遊蕩詩人で知られたアスィール（一六三九没）、ブハーラー出身のシャウカト（一六九五没）やアッバース大帝の侍医で詩人のシファーイー（一六二八没）等がいた。

十八世紀になると「復帰運動」に参加した詩人たちの活躍が目立った。なかでも十八世紀を代表するのが詩人と評せられるのがイスファハーン出身のハーティフ（一七八三没）で、ペルシア語とアラビア語の両語で作詩し、ペルシア詩においては、特にタルジー・バンド詩形で神秘主義をテーマとした作品で知られた。彼の息子サイイッド・サハーブ（一八〇七没）もカージャール朝の宮廷詩人として名高かった。ハーティフの友人ルトフ・アリー・ベグ（一七八一没）はアーザルと号し、「復帰運動」の熱心な推進者として、古典詩に倣い頌詩を作ったが、彼の名声は詩人としてよりも、詩人伝『火殿』（アーテシュ・カデ）の著述による。三巻から成るこの詩人伝において、古典時代から同時代の詩人に至るまで出身地に分類して述べている。彼自身も同時代に優れた詩人がいないことを率直に認め、アフガン族侵入からゼンド朝に至る混乱した世相に原因があるとしている。トゥルシーズ出身のシハーブ（一八〇〇没）も十八世紀の詩人としてはやや注目に値する。彼は長くヘラートにおいてアフガン太守の知遇を受け、当時イラン東部における顕著な詩人であった。「復帰運動」の影響で彼もインド・スタイルから離れて古典スタイルで作詩し、ロマンスや歴史をテーマとした叙事詩、諷刺詩で知られた。

3　インドの鸚鵡《おうむ》

ここでは時代が非常に遡るが、イラン以外の地で生まれた最も偉大なペルシア詩人としてペルシア文学史上に特筆され、「インドの鸚鵡」の異名で知られたアミール・ホスロー（一三二五没）についてまず述べてから、衰退時代にインドで活躍したペルシア詩人たちを採り上げよう。

アミール・ホスローはホラサーンからインドに移住して奴隷王朝に仕えたトルコ系軍人を父とし、インド人を母として一二五三年北インドで生まれ、幼くして詩才を発揮した。八歳で父を失った彼は母方の祖父に養育され、若くして宮廷詩人になり、奴隷王朝、ハルジー朝、トゥグルク朝とデリー・サルタナットの三王朝から知遇を受けたが、彼が最も活躍したのはハルジー朝第三代スルタン、アラー・ウッディーン（在位一二九五－一三一五）の治世であった。彼は神秘主義教団チシュティー派の名高い聖者ニザーム・ウッディーン・アウリヤーに師事し神秘主義者としても知られた。

彼は長い詩人生活を通じてさまざまな分野にわたり非常に多くを作詩した。彼の作品を分類すると、頌詩を主体とした五つの詩集、ロマンス叙事詩五篇、歴史叙事詩五篇、散文作品である。頌詩集は宮廷詩人としての生涯に合わせて編集されたもので、青年時代から晩年に至る作品集であり、それぞれの詩集には、『青春の贈物』、『人生の最中』、『完璧の光』、『清浄な残り』、『完璧の終り』という題がつけられている。彼の作品で最も高く評価されているのはロマンス叙事詩である。

アミール・ホスロー廟（デリー）

彼はニザーミーの『五部作《ハムセ》』に挑戦して、一二九八年から一三〇一年までの短い期間に優れたロマンス叙事詩五部作を作詩した。五部作は『光の上昇《マトラウル・アンワール》』、『シーリーンとホスロー』、『マジュヌーンとライラー』、『アレクサンダーの鏡』、『八つの天国』から成る。彼はペルシア文学史上、ニザーミーとジャーミーの中間に位するロマンス叙事詩人として高い位置を占めている。歴史叙事詩五篇は、『幸運な両星の結合《キラーヌッ・サアダイン》』、『勝利の鍵《ミフタールル・フトゥーフ》』、『恋人《アーシカ》』、『九つの天《ヌ・スィピフル》』、『トゥグルクの書』から成り、いずれも同時代の史実をテーマに詠んだ作品である。散文作品としては、スルタン・アラー・ウッディーンの勝利を扱った『征服の宝庫』、ニザーム・ウッディーン・アウリヤーの言行を集めた『最も優れた道徳律』、さらに文学的に注目に値する書簡、散文集『ホスローの奇蹟』がある。

十三世紀初頭、奴隷王朝創設から十六世紀前半ローディー朝滅亡まで三世紀有余にわたるデリー・サルタナット時代に、アミール・ホスローの他にも多くの宮廷ペルシア詩人はいたが、彼以外はいずれも問題とするに足らない。しかし十六世紀から十七世紀にかけてイランのペルシア詩人が多くインドに移住した結果、ムガル朝宮廷はイランに代ってペルシア詩人の華かな活動の中心になった。アクバルの宮廷には百数十名にのぼる多数の詩人が仕えていたといわれるが、中でも十六世紀を代表するインド・ペルシア二大詩人はウルフィー（一五九〇没）とファイズィー（一五九五没）であった。ウルフィーはシーラーズ出身で最初にインドに移った詩人の一人であった。アクバルの桂冠詩人として名声を謳われ、頌詩、抒情詩から成る詩集を残し、インド・スタイルの創始者とも一部では評されている。ファイズィーはアミール・ホスローに次ぐインド生まれの注目すべき詩人で、アクバルの桂冠詩人として多くの頌詩や抒情詩を作ったが、サンスクリット文学からテーマをとった『ナルとダマン』のロマンス叙事詩の作詩者として知られている。

十七世紀の詩人としては、アクバルとジャハーン・ギールに仕えたニシャープール出身のナズィーリー（一六一二没）、ジャハーン・ギールに桂冠詩人として仕えたアームル出身のターリブ（一六二六没）、シャー・ジャハーンに桂冠詩人として仕えたハマダーン出身のカリーム（一六五一没）が注目に値し、いずれも頌詩、抒情詩人として名高く、シブリーの『ペルシアの詩』で高く評価されている。インドに移ったこれらペルシア詩人の多くはただ生計の資を得るために移住し、イランと異なる風土になじめず、望郷の念に駆られてインドへの嫌悪を述べているが、カリームは例外であった。彼もインドに渡ってしばらくするとイランに戻ったが、二年後に再びインドに移りそこで生涯を終えた。彼はインドへの気持をこう詠んでいる。

インドを第二の天国と呼べよう
この花園を去る者はみな後で悔むゆえ

ムガル朝衰退期、十八世紀前半にインド・スタイルを極致に達せしめた詩人として近年インドの内外で注目を浴びるようになった詩人がビーディル（ベーディル）（一七二一没）である。彼はインドのパトナ出身で、殆ど宮廷に仕えず放浪生活の末デリーで隠遁生活を送り、神秘主義・哲学詩人として名高かった。イランではあまりよく知られていないが、アフガニスタンやソビエトのタジキスタン、ウズベキスタンでは非常に高く評価され、詩集や訳が出版されている。

インド・スタイルは微妙な思想、精巧にして繊細・難解な神秘主義・哲学的内容を技巧を凝らして比喩的に表現するのを特色とし、特に抒情詩においてよく用いられたスタイルであるが、このスタイルの起源についてはいくつかの学説がある。従来一般に十六世紀初めに没した詩人フィガーニー・シーラーズィーの影響を受けたウルフィーがインドで始めたスタイルと考えられ、彼からビーディルに至るインド・ペルシア詩人がこのスタイルに属するとされてきたが、ベルテルスやミルゾエフ等のソビエト学者はフィガーニー、ウルフィー説を否定し、ヘラートにおけるスルタン・フサイン・バイカラー宮廷におけるジャーミーやその他の詩人たちの影響によってインド・スタイルは生まれたと主張し、民族的・地理的要素よりも社会的・経済的環境を重要視しており、イタリアのバウザーニ教授もこの説を支持している。一方、アズィーズ・アフマドはこのスタイルをムガル朝時代のペルシア詩人に限定せず、十一世紀後半、ガズニー朝治世下のパンジャーブにおける著名な詩人、ルーニーやマスウーデ・サアデ・サルマーンに起源を求めようとしている。しかし彼の説は必ずしも広く受け入れられていない。ペルシア詩全般の流れから見れば、インド・スタイルの詩人たちはホラサーン・スタイルやイラーク・スタイルの詩人たちに較べて遠く及ばないとはいえ、イランにおける文学衰退時代に彼らが果した役割は大きいと言えよう。

4　散文の諸作品

文学衰退時代においては詩の分野ばかりでなく、散文分野においても衰退が顕著であった。この時代の散文作品は歴史書、伝記が主であり、ここではインド史に関するペルシア語文献は割愛する。まずサファヴィー朝に関する史書から述べよう。近年イランにおいて同朝の研究が盛んに行われ、それに伴って多くの史料、研究書が刊行されたが、ここでは同時代の史書として特に注目すべきものを挙げるに留める。同朝の始祖シャイフ・サフィー(一三三四没)の生涯については弟子イブン・バッザーズが師の死後二十四年を経て執筆した『サフワトッ・サファー』がある。同朝創設者シャー・イスマーイールから第三代イスマーイール二世に至る史書としては、ハサン・ルームルーが一五七二年に著わした『最も美しい歴史《アフサヌッ・タワーリーフ》』がある。彼はキズィル・バーシュ貴族の孫で、元来十二巻から成る通史執筆を意図したが、現存するのは第十一巻と第十二巻だけである。第十一巻ではティームール朝シャー・ルフ即位一四〇五年から一四九四年に至る歴史が記述され、第十二巻は一四九五年から一五七七年に至るサファヴィー朝初期の歴史である。年代記形式のこの史書は文体が簡素で、史料的価値も高い。末期五年の記述は後で追加されたものである。シャー・イスマーイールの治世については一六七五年著者不詳の史書『世界を飾る《アーラム・アーラーエ》シャー・イスマーイール』があり、公文書集『シャー・イスマーイール・サファヴィー』も刊行されている。第二代シャー・タフマースプは自ら簡略な自叙伝を書き、公文書集も出版されている。

同朝最大の英主アッバース大帝の歴史に関しては同時代のイスカンダル・ベグ・トルコマーン（一六二八没）が執筆した有名な史書『世界を飾るアッバースの歴史』（ターリーヘ・アーラム・アーラーエ・アッバースィー）があり、著者は大帝に秘書として仕えた。三巻から成る本書は大帝の治世末に至るサファヴィー朝史として最も重要な史料で、特に第二、三巻においては大帝の即位から四十二年に及ぶ治世が年代記形式で詳述されている。尚、本書の『増補《ザイル》』としてムハンマド・ユースフは大帝の後継者サフィー一世（在位一六二九－四二）の治世に関する史書を著わした。サフィー一世の後継者アッバース二世（在位一六四二－六六）の治世についてはムハンマド・ターヒル・ヴァヒードが華麗な文体で書いた『アッバースの書』があり、サファヴィー朝末期に関しては『ハズィーンの歴史』がある。イスファハーン出身の詩人ハズィーン（一七六六没）がアフガン族に包囲されたイスファハーンを脱出し、各地を放浪の末、インドに辿りつき、一七四二年自分の生涯を回顧した回想録で、サファヴィー朝末期からナーディル・シャーのデリー遠征に至る歴史と当時の社会・知的生活がよく描かれている。

ナーディル・シャーの歴史としては、彼に秘書・歴史家として仕えたマフディー・ハーンがワッサーフの史書に倣って華麗な文体を駆使して主君の偉業を讃えた史書『世界征服者ナーディルの歴史』と『稀なる真珠《ドッラエ・ナーディレ》』があり、内容は両書とも略々一致しているが、後者は前者よりはるかに技巧を凝らした文体で書かれ、十八世紀前半の代表的な散文作品とされている。ゼンド朝に関しては、創設者カリーム・ハーンの治世についてアリー・レザーが執筆した『ゼンド朝史』、アブル・ハサンがナーディル・シャー殺害後三十五年間の出来事を一七八二年にまとめた『歴史の要約』等がある。

地方史としては一五九六年ミール・シャラフ・ハーンが執筆したクルディスターン地方の歴史『シャラフの書《ナーメ》』、マリク・シャー・フサインが一六一八年に至るスィースターン史を書いた『諸王の復活《イフヤーウル・ムルーク》』が主なものである。伝記・詩人伝としては、まず王子サーム・ミールザー（一五六六没）が一五五〇年頃に完成した『サームの贈物』があり、十五世紀後半から十六世紀にかけての詩人伝である。ヌールッラー・シューシュタリーがラホールで一六〇二年に完成した『信徒たちの集い《マジャーリスル・ムーミニーン》』は二巻から成り、シーア派神学者、詩人等の伝記集として知られている。著者はイランからインドに移り、アクバルによってラホールの法官に任命された学者であった。アミーン・アフマド・ラーズィーが六年かかって一五九三年に完成した『七つの地域《ハフト・イクリーム》』もよく引用される詩人伝で、出身地域を七つに分類し、約一五六〇人の詩人、名士の伝記を述べている。カズヴィーン出身のアブドゥン・ナビーがパトナで一六一八年に執筆した『酒場《メイ・ハーネ》』もこの時代の注目すべき詩人伝である。彼は主として

「酌人の賦《サーキー・ナーメ》」を作詩したイラン、インドの詩人約八十人を選んで伝記と作品をまとめたので『酒場』と命名した。

この時代に価値ある文学作品はきわめて乏しく、強いてあげるならば、ヘラート宮廷で活躍したフサイン・ワーイズ・カーシフィーの息子サフィー（一五三二没）が執筆した『諸階層の滑稽集《ラターイフッ・タワーイフ》』がある。社会の各階層を王者、貴族、軍人、学者、法官、占星術師、詩人、泥棒、奴隷、狂人等に分類して、彼らにまつわる逸話や笑話を集めた書で、文学的には大した価値はないが、当時の世相を知る一助にはなろう。サンスクリット文学『鸚鵡七十話』は一三三〇年ナフシャビーによってペルシア語に訳され、『鸚鵡物語《トゥーティー・ナーメ》』と名付けられたが、十七世紀にはムハンマド・カーディリーによって要約された。従来はこの二種の訳しか知られていなかったが、最近最も古い訳が発見された。それはハルジー朝スルタン、アラー・ウッディーンに仕えたイマード・ビン・ムハンマドが一三一五年頃に訳した『物語の宝石《ジャワーヒルル・アスマール》』と題する『鸚鵡物語』である。四十九夜、八十六話から成るこの書は『鸚鵡七十話』を主たる底本とし、さらに『カリーラとディムナ』や『カターー・サリット・サーガラ』からも物語を取り入れている。

六　近代文芸の流れ

1　十九世紀の宮廷詩人

アーガー・ムハンマドはゼンド朝を倒して新王朝カージャール朝（一七七九—一九二五）を創設し、首都をテヘランに定め、イラン全域を平定し、中央集権を確立して一世紀半にわたる王朝の基礎を確立した。彼の後継者ファタ・アリー・シャー（在位一七九七—一八三四）の治世に二度にわたるロシアとの戦いに敗れて北辺の領土を奪われ、国威は完全に失墜し、その後イランは十九世紀を通じて次第にロシア、イギリスの帝国主義の餌食と化していったが、文学の見地からすると、ファタ・アリー・シャーは中世以来の伝統的な宮廷詩人の制度を復活し、詩人の保護と奨励に努めたので、彼の宮廷は詩人たちの華やかな活躍の舞台となり、ペルシア詩は三世紀間にわたって続いた衰退・停滞時代から脱却することができた。この時代の詩人たちはいずれも「復帰運動」の熱心な支持者として、インド・スタイルとは訣別し、古典派に属する詩人であった。宮廷詩人の擡頭によって、数世紀の長きにわたり抒情詩にその地位を奪われてきた頌詩が復活したのもこの時代の大きな特色であった。宮廷詩人の活躍はファタ・アリー・シャーの治世にとどまらず、後継者たち、ムハンマド・シャー（在位一八三四－四八）、ナーセル・ウッディーン・シャー（在位一八四八－九六）と十九世紀を通じて続いた。

イランの近・現代文学については、十九世紀初めから今日に至るまでの歴史を詳述したアーリヤン・プール著『サバーからニーマーまで』と題する全二巻、約千頁に及ぶ大著があり、彼は第一巻を「復帰―覚醒」、第二巻を「自由―再生」と命名して、各時代の文芸思潮を特色づけている。前者は立憲革命運動に至る文学であり、後者はそれ以降、今日に至る文学である。文学の衰退時代と異なり、近・現代文学について詳述すれば相当な量に達するが、筆者はあくまでもペルシア文学全体の流れを考慮して詳述をさけ、新しい時代、社会の要求に応じて、西欧文化の強力な衝撃を受けながらいかにペルシア文学が変容し、いかなる新しい流れをたどったか、その大略を述べるにとどめる。しかし、十九世紀の宮廷詩人に関する限りでは、ペルシア詩は全般的に中世の延長であって、ペルシア詩の内容に大きな変化が現れるのは立憲革命時代とそれ以降であった。

次に十九世紀の宮廷詩人を展望しよう。王朝創設者アーガー・ムハンマドに仕えた詩人、サバーの師として名高いのがサバーヒー（一八〇三没）で、頌詩、悲歌に秀でた詩人であった。師をはるかに凌駕したのが、ファタ・アリー・シャーに仕えて桂冠詩人の地位を占め、真の頌詩詩人と評せられたサバー（一八二二没）である。カーシャーン出身の彼はゼンド朝に仕えていたが、後にカージャール朝に仕え、宮廷詩人として活躍したばかりでなく、しばらくクム、カーシャーンの知事を務めたこともあった。頌詩における復帰運動の代表詩人であった彼はアンヴァリー、ハーカーニー等古典時代の一流詩人のスタイルに倣って頌詩を作り、カージャール朝宮廷詩人の基礎を築いた。さらに彼は復帰運動において、イラーク・スタイルをホラサーン・スタイルに変えた詩人と評されている。彼は頌詩の他に、フィルドウスィーの『王書』に倣って、ファタ・アリー・シャーと王子アッバース・ミールザーを讃えた約四万句の叙事詩『帝王の書《シャーハンシャー・ナーメ》』を作詩し、当時は非常に高く評価されたが、今日では全く問題にされない。ファタ・アリー・シャーの宮廷を飾った四人の詩人は、サバーの他に、サハーブ、ミジュマル（一八一〇没）、ナシャート（一八二八没）であったが、かつてガズニー朝スルタン・マフムードの宮廷に仕えた偉大な頌詩詩人に較べれば遠く及ばない存在であった。

ムハンマド・シャーの治世には、カージャール朝最大の詩人で、十九世紀を代表する詩人として名高いカーアーニー（一八五四没）の活躍が目立った。彼は一八〇八年詩人グルシャンの子としてシーラーズに生まれ、十一歳で父を失い苦境に陥ったが、その才能を認めたファールス州の太守の援助で郷里やイスファハーンにおいて学問を修めた。その後彼はファールス州太守としてシーラーズに赴任した王子ハサン・アリー・ミールザーに認められて保護を受け、苦境を脱した。王子が太守としてイラン各地を転任する度に彼は同行して各地の詩人、学者と接触し、教養を高め、詩人としての名声は各地に広まった。ムハンマド・シャーの即位とともに彼は王の知遇を受けて宮廷詩人の列に

カーアーニー

加わり、後に桂冠詩人の地位を得たが、晩年には阿片と酒で健康を害しテヘランで没した。

彼が十九世紀最大の詩人と評せられるのは、サバーに倣って古典スタイルで伝統的ペルシア詩を当時としては最高の域に達せしめたばかりでなく、遂にはカーアーニー・スタイルとして知られる優雅で調子のよい独特のスタイルを生み出したからである。彼は西欧語、特にフランス語に通じた最初のペルシア詩人としても知られ、十九世紀前半、西欧の文化、思想がイランに導入されるにつれてわずかではあるがその影響を受け、当時の社会悪を批判する詩も少しは作ったが、西洋詩の直接の影響は作品に殆ど認められず、彼は伝統的なペルシア詩人であった。頌詩において卓越し、享楽的な性格の持ち主であったけれど、彼は抒情詩においては優れていなかった。ある夜、宴席でサアディーの抒情詩を聞いた彼は感動のあまり自分の抒情詩集を煖炉に投げすて燃やしてしまったと伝えられている。古典時代の一流詩人に対する十九世紀の詩人の気持を示す興味ある一エピソードといえよう。彼は散文作品『乱れの書』（キターベ・パリーシャーン）の著作でも知られている。これは一八三六年、サアディーの『薔薇園』やジャーミーの『春の園』に倣って執筆された作品で、この中で彼は自作の詩を織り混ぜながら約百二十の逸話を述べ、約八十から成る王子への忠言で書を結んでいる。

カーアーニーと同時代の注目すべき詩人にはヴィサール（一八四六没）、フルーギー（一八五七没）、ヤグマー（一八五九没）の三人がいた。彼らは公式の宮廷詩人ではなかったが宮廷となんらかの関係を有した。ヴィサールはシーラーズ出身で、詩人としてばかりでなく名筆家、音楽家としても知られ、神秘主義に強く惹かれていた。完全な古典派に属した彼は頌詩でファタ・アリー・シャーやムハンマド・シャーを讃え、抒情詩をサアディー、ハーフィズに倣って作り、叙事詩では『ヴィサールの宴』を作詩した他、ヴァフシーの未完の叙事詩『ファルハードとシーリーン』を完成させたことでも知られる。ビスターム出身のフルーギーははじめカージャール朝の王、王子への頌詩を作っていたが、後に隠退して神秘主義抒情詩に没頭した。サファヴィー朝以来久しく絶えていた神秘主義抒情詩は彼によって復活し、彼は十九世紀における抒情詩の最大の詩人であった。ヤズドの北方ジャンダクの貧しい家に生まれたヤグマーは諷刺詩人で知られる特異な存在であった。若い頃からあまたの苦労を重ね、托鉢僧としてイラン、イラクを放浪の末、後にムハンマド・シャーの宮廷に頌詩人として仕えたが、当時の社会の腐敗・堕落を見るに忍びず、多くの諷刺詩を抒情詩形式で作詩した。この他に、カルバラーの悲劇を悼《いた》みモハッラムの行列で歌われる挽歌として、民衆に即した新しい宗教挽歌の作詩者としても名高い。彼は当時の宮廷詩人と異なり、アラビア語の素養があまりなかったので、アラビア語の表現を用いる代りにペルシア系語彙を駆使したので、後にペルシア語純化の先駆者とも見做された。

ムハンマド・シャーの後継者として十九世紀後半約五十年にわたって在位したナーセル・ウッディーン・シャーの治世当初、一八四八年から五〇年にかけて宗教・社会改革を目指すバーブ教徒の乱が起り、イラン全土を震撼させた。彼らはイラン各地で蜂起して政府軍と戦い、徹底抗戦の末に鎮圧された。一八五二年バーブ教徒が王の暗殺を企てたのを機に政府側の弾圧と迫害は熾烈をきわめ、多数の教徒が犠牲になったが、その中の一人として同年処刑されたのが美貌の女流詩人クッラトル・アインであった。カズヴィーンの名家に生まれた彼女はバーブの教えに共鳴し熱心な運動推進者として活躍したが、女流詩人としても名高く、女性のベール着用の風習に反対し、女性解放を唱えた最初のイラン女性であった。彼女の詩にはバーブの教えに関する宗教詩が多いが、抒情詩や社会問題を扱った詩もある。

　ナーセル・ウッディーン・シャーの治世は宮廷詩人の伝統が真に保たれた最後の時代であった。王に「詩人の太陽」の称号を授けられたイスファハーン近郊出身のスルーシュ（一八六八没）は十九世紀後半を代表する最も著名な宮廷詩人で、ファッルヒー、ムイッズィーの流れをくむ古典派に属する頌詩詩人であった。彼は頌詩の他に抒情詩、叙事詩も作詩し、その比喩はかなり独創的で思想は明快と評せられている。ヒダーヤトと号したレザー・クリー・ハーン（一八七一没）も当時の有名な詩人、学者であった。イラン最初の近代的な学校ダールル・フヌーンの初代校長を務めた彼は多くの作詩の他に文学史の著作でも名高い。全六巻から成る詩人伝『雄弁なる者たちの集合場所《マジュマウル・フサファー》』は中世以来続いた一連の詩人伝の集大成ともいうべき作品で、この膨大な著作を要約したのが『神秘主義者の園《リヤーズル・アーリフィーン》』であり、両書とも文学史研究に非常に重要な作品とされている。ヒダーヤトの友人で、詩人・歴史家として知られたのがスィピフル（一八八〇没）である。古典詩人に倣ってさまざまな作詩をした他、全八巻から成る通史『歴史の撤廃者《ナースィフッ・タワーリーフ》』を著わした。しかし価値があるのはカージャール朝に関する記述部分だけである。十九世紀末に没した最後の注目すべき詩人はカーシャーン出身のシャイバーニー（一八九〇没）であった。彼は王や国政、社会を批判する詩を作ったことで知られ、その作品には悲観と絶望がみなぎっている。やがて迫り来る立憲革命時代の先駆者とも見做すことができ、ペルシア詩の変容を予想した詩人の一人であった。

以上で十九世紀における主要な詩人の記述を終え、この世紀における散文の大きな流れをたどろう。イラン文化の近代化と普及に大きな貢献をしたのは印刷所の設立であった。一八一六年イランで初めてタブリーズに印刷所が設立され、その後テヘランにも設立されて文化・思想の伝達に大きな役割を果すことになった。テヘランで最初に印刷されたのは『ハーフィズ詩集』であったという。いかにハーフィズがイラン人に愛唱されていたかが明らかである。西欧文化の摂取に大きく貢献した者にファタ・アリー・シャーの皇太子アッバース・ミールザー（一八三三没）とナーセル・ウッディーン・シャーの宰相アミーレ・カビール（一八五二没）がいた。皇太子はロシアとの戦いで敗北を喫した結果、自国の後進性を痛感して改革と西欧文化導入の方針を積極的に推進し、ロシアや西欧へ留学生を派遣した。印刷所の設立も彼の発意による。皇太子に才能を認められ登用されたカーイム・マカーム（一八三五没）はサナーイーと号し詩人、政治家としても知られるが、近代ペルシア文学史上に特筆

クッラトル・アイン

されているのは散文改革者としてである。詩においては既述のように十八世紀後半から復帰運動によって復活・改革が試みられ新たな生命が吹きこまれたが、散文の改革はかなり後れ、カーイム・マカームによって初めて着手された。彼は数世紀にわたってペルシア散文の主流を占めてきた華麗な表現・文体を廃して、文体の簡素、明快化に努め、特に書簡文体の改革に重点を置いて、冗長な称号や前文の削除、同意語重複や比喩、隠喩の廃止、文章の短文化等を強く提唱した。彼は近代ペルシア散文の父と評せられ、その書簡集は近代散文の礎石を置いたといわれる。アッバース・ミールザーやカーイム・マカームによって始められた近代化・改革運動はカージャール朝随一の名宰相と評されるアミーレ・カビールに受け継がれた。彼のさまざまな改革の中で文化面のみを採り上げると、一八四八年にイラン最初の新聞ともいうべき『出来事の日誌』と題する官報を発行し〔正しくは設立年が一八四八年、第一号発行は一八五一年〕、さらに四年後〔一八五一年末〕にはテヘランにイラン最初の西欧近代的な学校ダールル・フヌーンを設立した。ここでは主として外人教師によって上流社会の子弟に近代諸学が教育され、さまざまな分野にわたる西欧の書物が教科書としてペルシア語に訳され、近代散文に多大の影響を及ぼすとともにイランの教育・文化の向上に非常な貢献をした。

2　立憲革命時代の文学

立憲革命時代とは十九世紀末葉から今〔二十〕世紀初めの十年に至る期間を指す。ナーセル・ウッディーン・シャーの治世末期一八九〇年、王がイランにおけるタバコの全利権をイギリスの一会社に譲渡することを決定したのを契機として、かねてより王の専制打破と英・露帝国主義支配からのイラン民族解放を企図していた聖職者《ウラマー》をはじめとする知識人や商人たちがジャマール・ウッディーン・アフガーニー〔アサダーバーディーとも〕の強い影響を受けて一斉に王の措置を抗議し、タバコ・ボイコット運動を全土にくりひろげ、民衆の熱烈な支持・協力を得て遂に王に利権譲渡を撤回させた「イラン人の覚醒と団結」に立憲革命運動の種子が芽生えた。タバコ・ボイコット運動はやがて専制打倒の立憲革命運動へと大きく発展し、十数年の立憲革命準備期を経て、一九〇五年聖職者とバザールの商人の強力な指導の下に、専制への抗議と憲法制定を要求する大規模な市民運動が最高潮に達した結果、ナーセル・ウッディーン・シャーの後継者ムザッファル・ウッディーン・シャー（在位一八九六—一九〇七）は遂に強力な市民運動に屈して、一九〇六年八月憲法制定の詔勅を発布し、立憲革命運動は一応成功したかのように見えた。しかし発布の翌年に王が病没すると、後継者ムハンマド・アリー・シャー（在位一九〇七—九）は反動政策を採って立憲制を破棄し、議会を砲撃して解散し、いわゆる「小専制」を実現した。この結果、反立憲派と護憲派との対立は激化し、護憲派は「小専制」に抗議してタブリーズやラシュト等で市民武装蜂起して第二次立憲革命運動を行い、遂に一九〇九年に立憲制は回復し、第二国民議会が選出された。以上が立憲革命運動の大筋であり、詳しくは加賀谷寛著『イラン現代史』（近藤出版社）を参照されたい。ここにおいてはイラン人の啓蒙・覚醒に大きな役割を果した新聞、小説等を中心に詩人の活躍を加え、立憲革命時代前後半世紀にわたるペルシア文学の動向について述べよう。

十九世紀後半の立憲革命準備期においてイラン人の政治・社会意識の覚醒に最も大きな貢献をしたのはイラン国外に住むイラン人によって発行されたペルシア語の新聞であった。国内においては検閲がきびしく、政治、社会の批判は到底できなかったので、国外のイラン知識人がそれぞれの居住地において新聞を発行し、国内の同胞に強く覚醒を訴える手段を採った。これらの新聞は政府の厳しい禁止措置にも拘わらず、旅行者等を通じて国内に多く持ち込まれ、反体制、改革派の商人や知識人たちに熱心に読まれた。彼らはこれらの新聞を通じて西欧社会の進んだ実状を知るとともに、自国の後進性、政治、社会の腐敗・堕落を強く意識し、改革を求める国外からの強い呼びかけに共鳴・奮起した。この種の新聞としてはまずイスタンブール在住イラン人、ムハンマド・ターヒル・タブリーズィーが一八七五年から九七年まで発行した『アフタル』（星）紙がある。タバコ・ボイコット運動の端緒もこの新聞が論説でタバコ専売利権の弊害を最初に指摘したことによる。同紙の執筆陣には一八九六年ナーセル・ウッディーン・シャー暗殺事件に連座して処刑された革命家ミールザー・

アーガー・ハーンやシャイフ・アフマド・ルーヒーが含まれていた。

『アフタル』紙に次ぐ当時の有力な新聞はミールザー・マルコム・ハーン（一九〇八没）が一八九〇年から三年間ロンドンで発行した『カーヌーン』（法律）紙である。彼はかつて王朝側の重臣でイギリス公使を務めたが、政府を批判したため罷免され、その後西欧に留まって『カーヌーン』紙を通じて同胞に専制打破と立憲制の必要性を呼びかけ、さらに西欧の政治、社会思想を簡素な文章、新鮮な文体で表現したので、イラン人に多大な影響を及ぼした。それ故、彼はE・G・ブラウンに「政治・文学ルネッサンスの最も主要な発議者であり、ペルシア革命の告知者であった」と評せられた。彼は政治啓蒙思想の貢献者であるとともに、近代ペルシア散文史上、カーイム・マカームに次いで散文の改革に大きな役割を果したことで高く評価されている。彼の明快・直截にして優雅・新鮮な文体はこれ以降の散文に多大の影響を及ぼすことになった。

『アフタル』、『カーヌーン』紙以外に国外で発行された注目すべき新聞には、『アフタル』執筆者の一人であったミールザー・マフディー・ハーンが一八九七年からカイロで発行した『ヒクマト』紙、ミールザー・アリー・ムハンマド・ハーンがカイロで発行した週刊紙『ソライヤ』（一八九九－一九〇〇）、日刊紙『パルヴァリシュ』（一九〇〇－一）、さらにサイイッド・ジャラール・ウッディーン・カーシャーニーが一八九三年からカルカッタで発行した週刊紙『ハブルル・マティーン』（強い縄）があった。

立憲革命後に検閲が廃止されたため、イラン国内でも新聞の発行が自由に行われ、イラン各地で大小の新聞が多数発行され、「祖国」「祖国の声」「政治の鍵」「平等」「イスラームの声」「人道」「幸福の花園」「希望」「同胞愛」「文化」「正義」「燈火」等さまざまな名前がつけられたが、「小専制」から第二次立憲革命運動にかけて再びきびしい試錬を受けることになった。この間に発行された文学的にも価値がある新聞は次の通りで、これらの大きな特色は政治、社会への痛烈な諷刺であった。まず一九〇六年ムハンマド・クリーザーデがカフカーズのティフリスで発行を始めた『ムッラー・ナスル・ウッディーン』がある。古くからトルコ、イランに伝わる笑話、頓智話の主人公を紙名としたこの日刊紙において、専制、圧迫と戦う武器は有意義な諷刺であるとして専制を鋭く諷刺するとともに、イラン同胞を鼓舞激励した。これよりもはるかに有名だったのは一九〇七年からイランにおいてミールザー・カーセム・ハーンがアリー・アクバル・デホダー（一八七九－一九五六）の協力で発行した週刊紙『スーレ・イスラーフィール』であった。二年にわたって刊行されたこの週刊紙でデホダーが「チャランド・パランド」（たわごと）と題して執筆した一連の諷刺エッセイは非常な注目を浴びた。彼はこれらのエッセイにおいて立憲制に反対するさまざまな反動分子を対象に激しく非難するとともに巧みな諷刺によって嘲笑の的にした。彼は近代ペルシア文学に諷刺という新しいジャンルを導入したばかりでなく、民衆の慣用句や諺を豊富に取り入れ、文学と民衆との大きな隔たりを狭めようと努力した。彼は後にペルシア語最大の『デホダー辞典』を編集し、若き日のエッセイとともに現代ペルシア文学に大きな足跡を残した。

以上で立憲革命前後における主要な新聞の記述を終え、次に散文作品に移ろう。この時代にイラン人の覚醒に大きく寄与した最初の文学作品は英語小説『イスファハーンのハージー・バーバーの冒険』のペルシア語訳であった。これはファタ・アリー・シャーの時代に外交官として滞在したＪ・モリエルがイラン宮廷や社会の頽廃や悪習をテーマに主人公ハージー・バーバーの体験を通して描いた小説で、一八二四年にロンドンで出版された。訳者ミールザー・ハビーブ・イスファハーニー（一八九七没）は改革論者として一八六〇年祖国を追われ、イスタンブールで革命家たちと親交を結び、祖国改革への熱情を燃やした。この間に彼は原著の仏訳に拠ってペルシア語に訳し、出版しようとしたが検閲のためにできなかった。初版は彼の死後一九〇五年立憲革命前夜にカルカッタで出版され、小説を社会批判の武器としたのはこの作品が最初であるといわれる。彼は必ずしも忠実な訳をしたのではなく、当時のイラン社会の実状に即してかなり自由に取捨選択して訳し、自作の詩も織り込んで完全なペルシア語作品としたので、文学的にも高く評価されている。

マラーゲ出身のザイヌル・アービディン（一九一〇没）が執筆した『イブラーヒーム・ベーグの旅行記』は西欧の小説をモデルにして書かれた最初のペルシア語作品とも評され、イラン人の覚醒・啓蒙に大きく貢献した革命文学書として大きな位置を占めた。改革論者の彼は祖国を逃れて各地を遍歴し、遂にイスタンブールに定住して財を成した商人で同地で革命家たちと協力した。三巻から成るこの小説の第一巻は一八八八年（一説では一八九四年）アフタル紙社から出版され、第二巻は一九〇七年カルカッタで、第三巻は一九〇九年イスタンブールで出版された。中でも特に興味深いのは第一巻でその内容は次の通りである。アゼルバイジャーン出身でエジプトに移住した大商人の子、主人公イブラーヒーム・ベーグは子供の頃から父に祖国愛を鼓吹され、父の死後その遺言によって未だ見ぬ祖国イランへ非常な憧れと希望を抱いて家庭教師とともに旅立つが、期待に反して祖国の実状はあまりにもひどく、各分野にわたって腐敗・堕落に満ち満ちているのに失望し、当時のイランの政治、社会を痛烈に批判・諷刺するのが大筋である。イスタンブール在住イラン人とともに啓蒙思想に大きく貢献したのはカフカーズに移住したイラン人で、中でもタブリーズ出身のターリブーフ（一九一〇没）は優れた存在であった。彼は近代科学知識と進歩的な政治思想を平易な分かりやすい文章で大衆に理解させた先駆者として名高い。彼の代表作には『アフマドの書』と『慈善者の道』がある。前者においては架空の息子アフマドとの対話形式で著者は物理、化学等の新しい発明・発見を説明するとともにイランの後進性をするどく指摘し、政治、社会、教育の改革を説いている。後者においてはデマーヴァンド山への架空の旅をテーマとして、参加した五人の科学者が道徳、社会、教育等について語り合う会話形式で記述され、するどい社会批判が行われている。アフマド・カスラヴィーは名著『イラン立憲革命史』において『イブラーヒーム・ベーグの旅行記』とターリブーフの著作を特筆し、イラン人覚醒に及ぼした大きな影響を認め、讃えている。

散文のジャンルは異なるが、既述の三人の先駆者として活躍したアーホンド・ザーデ（一八七八没）

も注目に値する存在であった。アゼルバイジャーン出身の商人の子としてカフカーズに生まれた彼は若い頃ペルシア語で作詩もしたが、一八五〇年から五七年にかけてアゼルバイジャーン地方の言語アーザリー語で六篇の喜劇を書いて、「コーカサスのゴーゴリー」とか「東洋のモリエール」と呼ばれて名声を博した。彼は喜劇を通して社会を諷刺し専制主義に反対した。彼の作品は一八七〇年代末まで、後に立憲革命運動の重要な拠点になったアゼルバイジャーンで学童たちによって上演され、民衆に大きな影響を及ぼしたという。一八七一年にはペルシア語に訳され、近世ペルシア文学における最初のオリジナルな劇として評価が高い。

立憲革命準備期から革命期にかけての散文学は既述のようにイラン人の啓蒙・覚醒を目的として、政治・社会の改革思想を鼓吹し、時の支配者、指導者層を痛烈に批判・諷刺したもの、いわゆる今日イランで「立憲革命文学」として出版されている作品が主で、他の作品はこの間に殆ど現れず、政治・社会情勢がこれほど文学に著しく反映したことはかつてなかった。しかし立憲革命後から一九二〇年代初期にかけて散文学の主流をなしたのは古代・中世イランの栄光をテーマとした歴史小説であった。前世紀末葉から今世紀初頭にかけて西欧文学、特にフランス文学作品、例えばA・デュマやJ・ベルヌ、さらにアラブの歴史小説家ジュルジー・ザイダーンのいくつかの作品がペルシア語に訳されたが、これらの翻訳に刺激され、さらに立憲革命によって高揚された愛国心が過去の栄光に向けられた結果、ペルシア歴史小説が出現するに至ったのであろう。この間に活躍した主な歴史小説家は四人おり、彼らの作品は必ずしも文学的に価値が高いわけではないが、立憲革命文学とやがて一九二〇年代以降に擡頭する真の散文学との中間に位置する過渡期の文学作品として、一応の役割を果たしたといえよう。

歴史小説の最初の作家はムハンマド・バーキル・ホスラヴィー（一九一九没）で、旧貴族出身とはいえ立憲革命運動に参加し、後に田舎に隠退してイル・ハン国を舞台にしたロマンスをテーマに三巻から成る歴史小説、第一巻『シャムスとトグラー』（一九〇九）、第二巻『ヴェニスのメアリー』（一九一〇）、第三巻『トグリルとホマーイ』（一九一〇）を発表した。第二の歴史小説家シャイフ・ムーサーは古代ペルシアの栄光を同胞に知らせる目的で、『愛と権力』を一九一九年に発表した。副題「キロス大帝の征服」が示すようにキロスのアケメネス帝国創設の偉業をテーマとしたもので、第二巻『リディアの星』（一九二四）、第三巻『バビロンの王女の物語』（一九三二）は歴史ロマンスである。ハサン・バディーウ（一九三九没）もムーサーに倣ってキロスをテーマに一九二一年に『古代物語』を発表した。歴史小説分野で最も多作な作家はケルマーン出身のサナティー・ザーデで、注目される作品に『陰謀者たち』（一九二二）と『画家マーニー物語』（一九二七）があり、ともにササーン朝を舞台とした作品である。

次にこの時代の詩に移ろう。詩も散文と同じように立憲革命時代を境として大きく転換した。既述のように、ナーセル・ウッディーン・シャーの治世末期まで十九世紀のペルシア詩人は宮廷詩人が主で、王侯貴族への頌詩が主流を占めてきたが、同世紀末、立憲革命運動の波が高まるにつれて、宮廷詩人の存在は急速に影がうすれ、彼らの詩は殆ど注目されなくなり、彼らに代って登場した詩人たちは王の専制打破、同胞の覚醒、愛国心、政治・社会の改革、婦人解放、国民の団結、帝国主義反対等をテーマに詩を作って同胞に強く呼びかけ、訴えるようになった。かくして詩は貴族階級のためではなく、一般民衆のために作られ、詩人と民衆との密接な関係が始まった。詩発表の場も大きく変り、かつての宮廷や貴族の狭い文学サロンに代って、大衆に広く読まれる新聞、雑誌が発表の場を提供して大きな役割を果すことになった。この結果、詩は散文に劣らず、この時代において伝統的に詩を熱烈に愛好するイラン国民の覚醒と鼓舞に大きな影響を及ぼした。このようにこの時代を境としてペルシア詩人の性格や詩の内容はそれ以前と較べて大きく変化し、ここにペルシア詩は新しい時代を迎えることになったが、詩形、スタイルにおいてはイラン人の好みに最も即した古典詩の手法が主として用いられ、古い革袋に新しい酒を盛った詩人が多かった。ここでは主として一九三〇年代までに死去した主要な詩人を採り上げ、偉大な詩人バハール等については次の節で述べることにする。

ムザッファル・ウッディーン・シャーからアディーブル・ママーリクの称号を受け、アミーリー（一九一七没）と号したファラーハーニーは若くして宮廷に仕えた旧体制派の詩人であったが、国民の覚醒と立憲制の必要を提唱した初期の詩人の一人として知られる。彼は主として頌詩形で政治、社会、祖国等をテーマに作詩し、ムハンマド・アリー・シャーへの諷刺詩も作り、さらに日露戦争につ

イーラジ・ミールザー

いても作詩して日本人の勇気を描きイラン人の奮起を促した。今日、彼は愛国詩人の先駆者と評されている。

イーラジ・ミールザー（一九二六没）は古典詩人の最後、近代詩人の初めと評される詩人で、ファタ・アリー・シャーの流れをくむ名門出身として若い頃から宮廷に仕えたが、後に辞し官吏として各地を転任し、失意のうちに晩年を過ごした。彼は平易、簡素、流麗なスタイルで作詩した最初の詩人として知られ、後のペルシア詩の流れに大きな影響を及ぼした。約五千句から成る彼の詩集には、当時の詩人アーレフを諷刺するとともに社会・政治問題について詠んだ叙事詩「アーレフの書」、文学改革の必要を説いた叙事詩「文学の革命」や彼が最も関心を抱いた女性解放、母性愛をテーマとした多くの詩が収められている。次の「母」と題する断片詩は「母の書」の一部として名高い。

母が私を生み給うた時
乳首のくわえ方を教えてくれた
夜、私の揺り籃の傍にいて
寝らずに、眠り方を教えてくれた
私の唇に微笑《えみ》を投げかけて
薔薇の蕾に綻び方を教えてくれた
一言《こと》、また一言と私の口に
言葉をおき、話し方を教えてくれた
私の手を取り、一歩一歩と
進み、歩み方を教えてくれた
私が今在《あ》るのは母のおかげ
生きている限り私は母を愛す

インドのペシャーワル出身のペルシア詩人アディーブ（一九三〇没）は後にテヘランに移り、帝国主義に強く反対した詩人として知られ、代表作『皇帝の書《カイサル・ナーメ》』は第一次世界大戦を背景にドイツ皇帝を讃えた約一万四千句の叙事詩で、ドイツ戦士を自由の闘士と信じた彼はこの詩を通してイラン国民に反帝国主義闘争を強く訴えた。

薄幸・短命の革命・愛国詩人エシュキー（一九二四没）はハマダーン出身で、三十年の短いながらも波瀾に富んだ生涯を送った。第一次大戦中、急進派の民族運動軍に身を投じ、英、露の介入に反対したが、一九一五年英軍に敗退したため同志とイスタンブールに逃れ、亡命の途中バグダード近郊でサーサーン朝の都クテスィフォンの廃墟を訪れて深い感銘を受け、亡命中に『イラン帝王の復活』と題するペルシア語最初のオペラを執筆し、さらに『新春の書』を作詩した。大戦後に帰国した彼は再び民族運動に加わり、一九一九年英・イ協定を「イランを英国に売渡す取引き」と激しく反対して投獄された。釈放後の彼は急進的な新聞に次々と詩を発表して、政府、議会を攻撃し、一九二一年レザー・ハーンのクーデター直後は一時新政府に希望を抱いたが、やがて軍部独裁体制が強化するにつれて再び鋭い攻撃の鋒先を向け、一九二四年レザー・ハーンの共和制運動を独裁強化として激しく反対し痛烈な諷刺詩を発表したため、まもなく暗殺された。彼は大衆にこよなく愛された詩人で、その葬儀には三万に及ぶ多くの市民が参加したという。彼の作品には既述のものの他に、イランの過去の栄光を讃え、ササーン朝滅亡を悼んだ幻想的な詩「黒い経帷子」、政治、社会の根本的変革を強く訴えた『理想』等がある。フランス系学校で教育を受けた彼の作品にはフランスのロマンス、象徴詩の強い影響が指摘されている。

エシュキーと略々同時代に活躍した革命詩人がカズヴィーン出身のアーレフ（一九三四没）であった。立憲革命運動の熱烈な支持者として「自由の伝言」「万歳」等の抒情詩を多く作詩、作曲して国民に愛唱され、立憲革命期最初の吟唱詩人と評された。第一次大戦中は急進派に加わってイスタンブールに亡命したが、やがてトルコにも批判的になって帰国し、吟唱詩人として各地を放浪の末、一九二一年ホラサーン地方においてタキー・ハーンが率いた革命政権に参加し、テヘラン進撃を鼓舞する詩を作り、民族運動の昂揚に努めた。革命政権はまもなく崩壊し、首を狩られ敢えない最期を遂げたタキー・ハーンの葬儀で彼は次の四行詩を詠んで慟哭《どうこく》した。

指導者の徴《しるし》たるこの首は
今日、生存の枷《かせ》から放たれた
教訓の眼《まなこ》にてこの首を視よ
これぞ愛国者の最期の姿

彼は普通の詩人と異なり、タスニーフと呼ばれる民謡、演歌調の詩を作り、作曲して自ら歌ったので民衆の間に非常な人気を博した。

3　二十世紀の詩人たち

さきに述べた立憲革命時代から第一次大戦にかけて活躍した詩人たちも二十世紀の詩人ではあるが、ここでは主としてそれ以降から現代に至るまで、すなわち現王朝パフラヴィー朝〔一九二五-七九〕治世下における注目すべき詩人について述べよう。この間の歴史の大きな流れをたどると、一九二一年二月クーデターに成功したレザー・ハーンは次第に軍部独裁制を強化して実権を握り、一九二五年カージャール朝廃止を決議した国民議会の推戴によってレザー・シャーとして現王朝パフラヴィー朝を創設し、翌年春に戴冠式を催した。彼の治世〔一九二五-四一〕は一部から独裁制、言論の抑圧、民主主義運動の弾圧等のレッテルがはられ厳しく批判されているとはいえ、イランの近代化に彼が果した大きな役割は一般に国の内外で高く評価されている。

第二次大戦中、一九四一年八月英・ソ軍のイラン侵入によってレザー・シャー体制は崩壊し、翌月現国王ムハンマド・レザー・シャー・パフラヴィーが即位してイランは新しい時代を迎えた。言論の自由が復活し、民主主義運動が活発になり、同年イラン共産党「トゥーデ党」も結党された。しかし四九年二月国王狙撃事件を契機に同党は非合法化され、国王の権限が強化された。五一年から五三年にかけて石油国有化運動をめぐって、国王派とモサッデクが率いた民族主義国民戦線が激しく対立し、五三年八月国王はしばらく国外に脱出したが、結局同月国王派軍隊のクーデターで反国王派の勢力は倒され、国王の親政体制が一層強化された。その後、六〇年代前半まで政治、経済、社会面で混乱が続き、きわめて不安定な状態であったが、六三年に発足した国王指導型の「白色革命」によって農地改革、文盲撲滅等に着実な成果を収め、七〇年代に入って石油収入の増大に伴い、中東における安定勢力、石油大国として飛躍・発展の時代を迎え今日に至っている〔同王朝は一九七九年イラン革命により崩壊〕。

まず今世紀〔二十世紀〕の代表詩人、愛国詩人として定評があるバハール（一九五一没）から述べよう。彼は本名をムハンマド・タキー、バハールと号し、メシェッドでイマーム・レザー聖域の桂冠詩人サブーリーの子として一八八六年に生れ、七歳から作詩を始めた天才詩人であった。一九〇四年父の死後、十八歳の彼は時の王ムザッファル・ウッディーン・シャーから父と同じ称号、桂冠詩人《マリクッ・シュアラー》を授けられたが、二年後に立憲革命運動が起ると宮廷との関係を絶って運動に身を投じた。一九〇七年の「小専制」に際しては「国王への忠告」と題して、ムハンマド・アリー・シャーに、

王よ、英知の目を開け
この結末を初めに考えよ

バハール

で始まる叙事詩を作って鋭く王を批判した。一九〇九年、メシェッドにおける、「人民民主党《デモクラート》」の機関紙として『ノウ・バハール』（新しき春）を創刊し、イラン政治へのロシアの介入に激しく反対し多くの愛国的な詩を発表したため、創刊後一年有余で発行を停止された。例えば一九一一年ロシアがアメリカ人財政顧問シャスター追放と立憲派新聞閉鎖の最後通牒をイラン側につきつけた時、バハールは『ノウ・バハール』紙に「イランは汝らのもの」と題する詩を発表し同胞に強く訴えた。

おおイラン人よ、祖国はいまや禍の渦の中
ダリュウスの国がニコライの生贄《いけにえ》
王国の中心は竜の口の中
イスラムの熱情いずこ、民族の動きはいずこ
勇敢な同胞よ、この弱気はなにゆえか
イランは汝らのもの、イランは汝らのもの
……

一九一三年彼は第三議会の代議士に選出されると、『ノウ・バハール』紙を翌年からテヘランで発行し、民族運動派の新聞として指導的役割を果した。さらに彼は一九一五年からテヘランで「知

識の館」と称する文学サークルを結成し、政治分野での活躍とともに文学界の指導者としても華々しく働いた。一九二一年のクーデターでは三か月投獄され、翌年からはアッバース・エクバール、アフマド・カスラヴィー等著名な学者の協力を得て、『ノウ・バハール』を文学雑誌として発刊した。一九二六年パフラヴィー朝創設時に、代議士に選出されたが、二年後には政界を隠退して詩人、学者としての余生を過ごすことにしたが、その後も政治、社会への批判をやめなかったのでレザー・シャーの怒りにふれ、二、三回投獄された。晩年の彼は作詩、著述、教育と多忙な日々を送り、一九四六年には一時政界に復帰してカワーム内閣で文部大臣を務めたがほどなく辞任し、その後は国際平和運動の指導者として知られた。

このように彼は動乱の二十世紀前半のイランにおいて詩人、文学者、政治家、教育者として広い分野にわたり大きな足跡を残した。彼の死後数年して編集・刊行された二巻から成る『バハール詩集』には頌詩、抒情詩、叙事詩、断片詩等さまざまな詩形による約四万句に及ぶ作品が収められているが、高く評価されているのは頌詩形による詩で、作品の半分以上を占めている。学者によっては彼を過去数世紀間における最大のペルシア詩人とも評している。彼のスタイルは古典詩人の伝統的なスタイルであったが、流麗・優美・魅惑的な用語と清新・明快な内容は多くの人々の心を惹きつけ、奮い起たせた。彼は生涯に自分が体験した殆どすべての出来事を作詩しているので、その詩集は二十世紀前半イランの政治・社会の反映と見做すことができる。彼は詩集の他に、優れた文学者と

パルヴィーン

してもペルシア文学研究に多大の貢献をし、代表作として三巻から成る名著『ペルシア散文文体論《サブク・シナースィー》』を執筆した他、多くの古典作品を校訂・出版し、さらに政治家としては『イラン政党史』を執筆した。多年にわたって新聞、雑誌等に発表した各分野にわたる貴重な彼の論文の中、文学関係百篇の論文は『バハールとペルシア文学』（二巻、一九七二）と題して刊行された。

　レザー・シャーの治世に薄命の佳人として令名を謳われた女流詩人がパルヴィーン・エテサーミー（一九四一没）であった。タブリーズに生れ、幼い時文学者・詩人であった父とテヘランに移り、アメリカ系の学校で教育を受け、父から古典詩を指導された彼女は作詩に専念して三十有余年の短い生涯を終えた。バハールが序文を書いて激賞した『パルヴィーン詩集』には頌詩、叙事詩形の作品を主として二百九篇が収められている。彼女は古典詩人のスタイル、特にナースィレ・ホスローやサアディーの影響を強く受け、金持ちの横暴や貧乏人の惨めさ、女性の権利、孤児の悲しみ等社会問題をテーマとした詩を作り、当時の社会を批判し、広く愛唱されたが、レザー・シャー体制下で制約をうけたこともあった。代表作の一つ「傷ついた心」を紹介しよう。

子供が母の裾にすがって泣きじゃくり
「通りでどの子も僕に見向きもしない
ある子は何もしない僕を傍から追払う

嘲《あざけ》りの矢は針よりひどく僕を傷つける
みんなはなぜ僕と遊ぶのを嫌うの
父のない子はほかにいなかったの
今日、先生は僕の勉強を見てくれない
貧乏人の努力は実を結ばないかのように
昨日、遊びの中で子供らの王は
ぼろ服を着ていなかった子供だけ
靴が欲しくて僕は多くの涙を流したが
涙も願いもなぜか効き目がない
泥道と雨の中、靴をはかず
帽子もかぶらないのはただ僕だけ
僕と町の子らとの違いは一体なに
子供はみんな同じはずなのに
うちの台所では薪が燃えたことはなく
蠟燭もこれより明るく点《とも》らない
隣の人たちは小羊や鳥の肉を食べるのに

うちで二人の食べ物は心の血だけ
つぎはぎの僕のシャツはひとに笑われる
父さんはお金を持っていなかったの」
母は笑って答え「お前の貧しさを嘲る者は
涙の真珠の価値を識らない人
父さんの人生を聞かないでおくれ
持っていたものはつるはしと鎌と手斧だけ
この古い蓙《ござ》は父さんが苦労して買ったもの
その服には時に袖、時には裏地もなく
いくら骨折ってもひとに認められず
土地も金もなく、人に知られずに生きた
貧しい子が願いや望みを抱くのは間違い
雹で折れた枝には実がつかない
この広い仕事場で運命の機織りが
わたしらに織るのは粗末な布地だけ」

ヤズド出身のファッルヒー（一九三九没）は生涯を専制・独裁への反対闘争と祖国の自由、社会正義の確立に捧げた革命詩人で、一九〇九年反政府の詩を書き、ヤズドの知事に唇を縫い合わされて投獄されたが、二、三か月後に脱獄してテヘランに逃れ、革命運動に身を投じた。第一次大戦中はイギリス軍に追われてイラクに逃がれ、一九一九年英・イ協定に反対の詩を書いて投獄された。一九二一年クーデター以降一貫してレザー・ハーン（シャー）の独裁体制に反対し続け、『トゥーファーン』（嵐）という社会主義新聞を創刊し政府を非難・攻撃した。一九三〇年第七議会に選出されたが、追放されてベルリンに逃がれ、赦されてテヘランに戻った後も体制の批判をやめず、投獄され遂に毒殺された〔後の研究によれば、静脈への空気注射により殺害された〕。祖国の真の自由・独立の熱情を五十年の生涯にわたって燃やし続けた彼は雅号ファッルヒーで明らかなように古典スタイルで作詩したが、憂国の熱情に溢れ、特に抒情詩に秀でていたと評されている。

ケルマンシャー出身のラーフーティー（一九五七没）も革命詩人・共産主義詩人として名高い。若くして反政府・民族運動に加わり、投獄されたが逃亡して一九一四年から数年間イスタンブールに亡命し、同地で共産主義者になった。一九二一年の恩赦で帰国したが、翌年タブリーズの反乱に加わって敗北した後ソビエトに亡命し、それ以降死ぬまでソビエトに留まって国外からイランの共産主義・民族運動を指導・支援し続けた。この間彼はウズベク、タジク共和国の社会・共産主義運動に貢献し、三八年以降は主としてモスクワにおいてイラン共産党の代表として政治・作詩活動を行った。

一九四六年生誕六十年を記念して『ラーフーティー詩集』がモスクワで出版され、古典スタイルの抒情詩、四行詩が高く評価された。

既述の詩人たちは政治、社会問題をテーマに作詩したが、その詩形、スタイル、韻律等においては主として古典詩人のそれを踏襲していた。しかしこの間にあって第一次大戦ごろからペルシア詩においても数は少なかったが、古典・伝統派に挑戦して、新たな手法による自由詩、すなわち詩の革新を主張する現代詩人が現れ始めた。現在に至るまで古典派が主流を占めているとはいえ、古典詩の詩形、韻律から脱却した自由詩はペルシア詩に新たな動きを起したものとして注目に値する。この自由詩運動の先駆者・指導者がニーマー・ユーシージ（一九六〇没）で、マーザンダラーンの寒村に生れた彼は十二歳の時家族とともにテヘランに移り、フランス系の学校で学んだ。彼も初めは古典派の手法で作詩したが、フランス詩の影響を強く受けて古典詩と訣別し、伝統的な詩形、韻律に代えて言葉のリズムに基づく作詩に努力した。一九二一年に発表した「アフサーネ」（物語）という長篇恋愛詩はフランス・ロマンス派詩人の手法を採り入れた彼の最初の代表作である。それ以降彼は伝統派の詩人たちから批判・嘲笑されながらも信念を変えることなく一貫して自由詩を作り、特に若い世代に多くの支持者を得た。彼は悲哀、人道主義の詩人として知られ、「おお夜よ」「兵士の家庭」「牢獄」等庶民の悲しみをテーマとした詩が多い。

第二次大戦後にも多くの詩人が輩出したが、注目に値するのはシャハリヤール（一九〇六生）、P・N・

ハーンラリー（一九一四生）、F・タヴァッラリー（一九一七生）、H・ヤグマーイー（一九〇一生）、ヤーセミー（一九五一没）、スーラトガル（一九六九没）等で、彼らは現代西欧文学の影響を受けながらも、古典派の伝統を保持し、文芸雑誌『ソハン』『ヤグマー』等に多くの詩を発表してきた。

4　現代散文学の群像

『現代ペルシア散文傑作集』を編集した碩学サイード・ナフィースィー（一九六九没）はその序において現代散文を四つの分野、すなわち小説、古典文学研究、政治・社会評論、翻訳文学に分類し、それぞれの分野で活躍した主要な作家、学者、評論家、翻訳者を三、四十人ずつ挙げている。しかし本書ではこれらの各分野について述べる余裕がないので、小説の分野に限定し、しかも特に注目に値する作家を数人紹介するにとどめる。二十世紀ペルシア散文学の大きな特色は小説のジャンルが確立され、特に短篇小説が高度の水準に達したことである。作家たちは従前の歴史、ロマンスのテーマに代って、現実の社会に生きる市民、労働者の日常生活における喜怒哀楽や女性の諸問題、現代社会に苦悩・苦悶する青年等を好んでテーマとし、社会批判を混じえながら描くようになった。それ故、社会小説が現代ペルシア散文学の主流を占めるに至った。大衆の生活を如実に描写するために新しく導入された手法は、従来文学表現には不適当とされ、蔑視されてきた俗語、口語、卑語の豊富な使用であった。これによって散文の表現領域は非常に拡大され、文学と民衆との密接な繋がりができるようになった。この分野で最も偉大な足跡を残した二人の作家、ムハンマド・アリー・ジャマールザーデとサーデク・ヘダーヤトを中心に述べ、次いでその他の主要な作家を略述することにしよう。

ジャマールザーデ（一八九一頃―一九九七）は立憲革命時代の著名な運動家サイイッド・ジャマール・ウッディーンの子としてイスファハーンに生まれ、ベイルートで初等・中等教育を受け、さらにパリを経てスイスのローザンヌで学び、一九一四年にディジョン大学で法律の学位を取得した。その後ベルリン、バグダードに移り、第一次大戦中はイラン民族主義者たちと協力して大国の介入に反対する政治運動に加わったが、ベルリンに帰った後は有名な文学誌『カーヴェ』の編集に協力したり、雑誌『科学と芸術』を発行し、一九三一年にジュネーヴの国際労働機関（I・L・O）の職員になり、約二十五年間その職に留まり、退職後から今日まで同地でドイツ系妻と静かな余生を送り、高齢ながらも本国の雑誌等に執筆活動を続けている。彼はこのように人生の大部分を国外で過ごし、この間数度短い期間母国を訪れたにすぎない。

現代ペルシア散文学の創立者とも、革命をもたらした作家とも評されている彼の最初の作品は、一九二一年ベルリンのカーヴェ出版社から刊行された六篇の短篇小説集『むかしむかし《イェキー・ブード・イェキー・ナブード》』であった。この作品はその文体、用語、内容、思想の面から当時のイラン文学界のみならず、宗教界や社会に多大の衝撃を与えた。彼はこの書の序において、現代ペルシア文学革命宣言ともいうべきものを執筆し、「今日イランは文学の領域において世界の大半の国々よりもはるかに後れている。他の諸国においては文学は時代の推移とともに変化し、文学はまさしくこの変化の光明によって国民全ての階層の心を征服し、老若男女、富者貧者を問わず全ての者を読者に惹きつけ、国民各個人の精神的向上の因になっている。しかるにわがイランにおいては不幸にも一般的に先人の手法からの逸脱は文学破滅の源と考えられ、世界に悪名高いイラン専制政治の本質が全般的に文学の本質においても見られる……」と述べてペルシア文学の後進性を鋭く指摘し、文学民主化の必要を強調し、このために

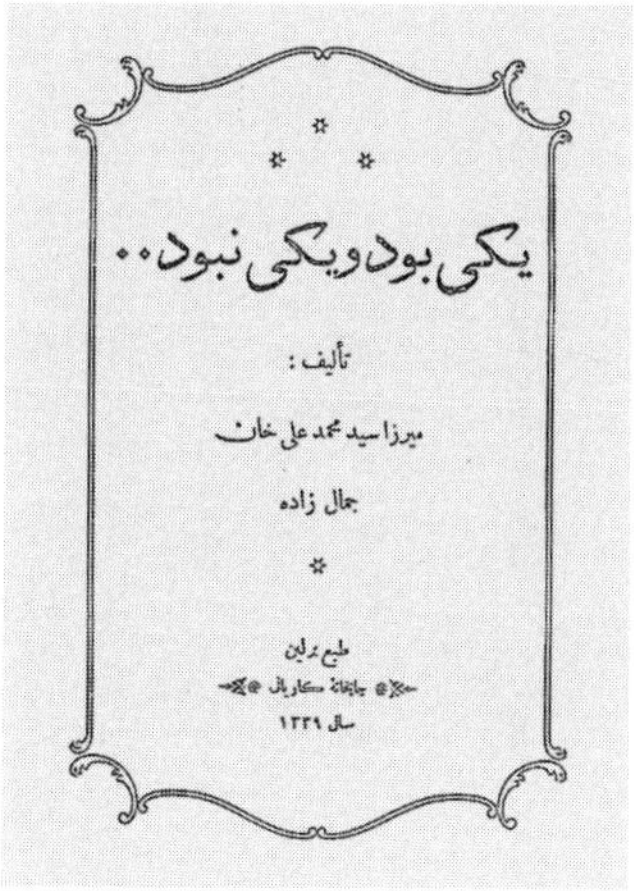

『むかしむかし』初版

は民衆が容易に理解できる文体と用語を使い、民衆の興味を惹くテーマ、すなわち彼らの生活に密着したテーマを採り上げる必要を説き、さらに文学における小説の大きな役割を力説し、従来の修辞学に則ったような詩的散文を廃して、民衆の生きた言葉である俗語を豊富に混じえた話し言葉による散文によってこそイランにおいても文学を大衆化できると熱情をこめて述べている。この主義に基づいて彼が執筆し、この短篇集に収めた「ペルシア語は甘美である」「政治家」「ヘルセ伯母の友情」（以上三編は『ジャマールザーデ短編集』に収録）「ムッラー・クルバーン・アリーの心痛」等六篇はそれぞれ当時のイランの政治、社会、宗教、西欧化主義者等への痛烈な批判・諷刺であり、文体、用語、テーマのいずれの面からもこれらの作品は非常な影響を及ぼし、今世紀ペルシア散文学の大きな流れの方向を決めたが、その反面、その痛烈な内容は宗教界や保守主義者たちを憤激させた。これが原因で彼はレザー・シャー独裁体制下の約二十年間、殆ど完全に沈黙を守り、国王退位後、一九四二年から再び活発な創作活動を始め、長い間の沈黙を埋合わせるかのように次々と数多くの長篇小説や短篇小説集を発表した。長篇小説としては、精神病院に入院している狂人たちを主人公に、その異常性格を描き心理を分析した『精神病院』（一九四二）が長篇の傑作と評され、この他に、テヘランを舞台に第一次大戦を背景として善を代表する商人ハージー・シェイフと悪を代表するコルタシャン・ディーヴァーンとの多年にわたる葛藤を中心に社会を批判した『コルタシャン・ディーヴァーン』（一九四六）、最後の審判を幻想的に描いた『復活の荒野』（一九四七）、水道の修理をめぐり、テヘランの下町に住む六家族を中心にくりひろげられる庶民生活を描いた『水道物語』（一九四八）、イランで過ごした子供時代を回想し、二十世紀初期におけるイスファハーンのさまざまな出来事を描いた『同じ色合』（一九五六）等が主要な作品である。短篇集には、『ホセイン・アリー伯父物語』（一九四二）、『苦みと甘み』（一九五六）、『古さと新しさ』（一九五九）、『神の他にだれもいなかった』（一九六〇）、『空と綱』（一九六四）等があるが、個々の作品について述べる余裕がないので短篇集の名を挙げるに留める。以上のように彼には多数の作品があるが、一部の批評家は『むかしむかし』を彼の最高作品と見做している。確かに彼が現代ペルシア散文学に最も大きな影響を与えたのは最初のこの作品を通じてであった。故国を長く離れているため、彼の後の作品には初期の作品のような自然さに欠け、また俗語を強調するあまり言葉を玩ぶ傾向があるとも一部では評されているが、彼は今日に至るまで一流作家の地位を占めている。

ジャマールザーデが提唱した散文学の新しい基本路線を受け継ぎ、さらに発展させて今世紀最大のイラン作家と評せられているのがサーデク・ヘダーヤト（一九〇三―五一）である。それ故、カームシャードも『現代ペルシア散文学』の約三分の一をヘダーヤトの記述に当てている。彼はテヘランの名門に生まれ、祖父は十九世紀の著名な学者であった既述のレザー・クリー・ハーンであり、一門には高位高官が輩出し、ヘダーヤト家は前王朝時代から有数の名家の一つであった。テヘランのフランス系学校で教育を受けた後、彼は一九二六年から三〇年までベルギーやフランスに留学し、この間にいくつかの作品を執筆した。帰国後、彼は一門の勢力を利用して高位を得ようとする当時の

サーデク・ヘダーヤト

風潮を嫌い、小市民として自活の道を選び、小官吏、会社勤務の道を歩みながら文筆活動を続けた。帰国から数年間、彼は最も充実した創作活動に従事し、この間当時の若い文学者たち、ボゾルグ・アラヴィー、M・ミーノヴィー、M・ファルザードと有名な文学サークル「ラブエ」（四人組）を結成し、喫茶店を本拠にしばしば集って熱心な文学論議を交わしたり、新文学発展のために互いに協力した。レザー・シャーの独裁体制が強化されるにつれて、彼は次第に息苦しさを感じ、一九三七年インドに赴き、約一年ボンベイに滞在し、主としてパールスィーの学者から中世ペルシア語（パフラヴィー語）

を学び、帰国後数年にわたってパフラヴィー語文献の研究成果を数点発表したが、この間創作の発表は殆どなかった。これは明らかにレザー・シャー体制の重圧の結果であった。一九四一年レザー・シャーが退位すると、ヘダーヤトは新しい時代を迎え、自由な空気の中で再び活動を始め、数年の沈黙時代に執筆しておいた作品を発表したり、新たな作品を執筆し、政治活動にも関係してトゥーデ党の強化に援助もしたようであるが、一九四六年アゼルバイジャーン自治共和国潰滅以降、彼は次第に挫折感を味い、イラン社会に絶望し、精神的苦悶の末、遂に一九五〇年新たな世界を求めてフランスに渡ったが、翌年四月パリのアパートでガス自殺して四十八年の生涯を終えた。

彼の自殺直後に創刊された雑誌『知識と人生』においてヘダーヤト論を書いた作家ジャラール・アーレ・アフマドがその冒頭に「ヘダーヤトの存命中、だれも彼を識らなかった」と述べているように、彼の名声は死後一躍にして高まったといえよう。存命中、彼の作品をあまり高く評価しなかった新聞や雑誌は、自殺のニュースが伝わるや一斉に「ペルシア文学界における最大の損失」とか「現代イランの偉大な作家ヘダーヤト逝く」とかの大見出しでその死を悼み、作品を採り上げ始めたのは皮肉である。彼は生前作品によって生計を立てることは殆ど不可能であったといえよう。今日においても古典文学を研究する学者を除いて、創作活動のみで生計を立てている作家は殆どいないのが現状で、作家は定職を有し、余暇に執筆活動をしている。このことから現代イラン社会における古典文学と現代文学との占める比重が明らかである。ヘダーヤトの活動分野は非常に広く、小説、戯曲、古典文学、民俗学、パフラヴィー語文献研究、翻訳と多くの領域にわたり、それぞれの分野で注目すべき業績を残し、著作は約三十冊にも達するが、ここでは主として小説分野に限定し主要な作品について述べよう。

　彼は留学時代に執筆した作品と、一九三〇年帰国後に執筆したものとをまとめて、同年最初の短篇集『生埋め』を発表し、次いで一九三二年短篇集『三滴の血』、さらに翌年短篇集『明暗』を相次いで発表し、短篇作家としての地位を確立した。初期の代表作であるこれらの短篇集には二十数篇の作品が収められ、彼はこれらにおいて都市社会の底辺に悲しく生きる人々を主人公に、インテリの傍観者としてではなく、彼らの立場に自らを没入させ、深い洞察力と同情心をもって彼らの心理状態を俗語を駆使しながら実に生き生きと描写している。今世紀前半におけるイランの都市下層社会の悲惨な状態を彼ほど如実に描いた作家は他にいないといえよう。彼は下層社会の問題ばかりでなく、迷信打破を目指した幻想的、空想的な作品も執筆したが、全般的に彼は現代ペルシア文学におけるリアリズムの指導者と見做されている。

　彼の作品の顕著な特色は『生埋め』第一篇の副題「ある狂人の思い出」からすでに現れたように精神的苦悩、苦悶の心理分析と描写である。カフカの強い影響を受けながら、このテーマをシュール・リアリズムの手法で表現し、彼の最高傑作とされているのが『盲目の梟《ブーフェ・クール》』である。彼はこの作品を一九三五年頃テヘランで執筆したが、厳しい検閲のために出版できず、一九三七年ボンベイにおいて謄写印刷により限定出版した。イランにおいては検閲が廃止された四一年に初めて新聞に連載され、後に単行本として出版された。西欧、特にフランスの文学界で激賞されたこの作品は原典で百二十八頁（一九五二年版）の比較的短い小説で、「私」を主人公にした作家へダーヤト自身の人生の苦悶と現世への悲観・絶望を告白した心理小説で、現実と空想・想像の両世界が過去と現在にわたって複雑に交互している。中村公則氏が月刊『シルクロード』（一九七六、九・十月号）に全訳を発表している。レザー・シャー体制の厳しい言論統制下において苦悶するイラン人インテリの悲痛な叫びをも読みとることができよう。

　この作品発表以降、数年間独裁体制の強化とともに文芸批評、パフラヴィー語文献研究を除いて創作を発表しなかったが、四一年独裁体制崩壊とともに再び活動し、短篇集『野良犬』（一九四二）、『うわさ話』（一九四四）に次いで一九四五年には第二の長篇『ハージー・アーガー』を発表した。彼はこの作品において商人の主人公ハージー・アーガーを当時のイラン社会における悪徳のシンボルとして描き、レザー・シャーやヒトラーを礼讃する主人公を通して独裁体制を強く批判した。この作品はイラン政治・社会に対する痛烈な諷刺と見做され、イランにおいては現在発禁になっている〔その後、数度出版されている〕。この作品への評価は両極端に分かれ、彼の最上の作品と評する者もいれば、最悪の作品と評する者もいる。第二次大戦後、彼は創作として二つの短篇を発表しただけで、四六年には印刷工場における労働者の苦悩を描いた『明日』、翌年には現在発禁の『真珠の大砲』を発表した。

ヘダーヤトの流れをくんだ名高い作家サーデク・チューバク（一九一六―一九九八）は大戦後にデビューし、国営イラン石油会社に勤務のかたわら執筆活動を続けている。テヘランのアメリカ系学校で教育を受けた彼はヘダーヤトばかりでなく英米の短篇作家の強い影響を受けて執筆し、短篇集『人形芝居』（一九四五）発表以来、今日までに短篇集『主人が死んだ猿』（一九五〇）、『墓場の最初の日』（一九六五）、長篇小説としては『タングスィール』（一九六三）、『忍耐の石』（一九六六）を発表して文壇における地位を確立した。彼は今日イランで最も人気ある作家の一人で、俗語を駆使し、人間行動の内面的動機への鋭い洞察力で知られている。

ムハンマド・ヘジャーズィー（一九七四没）は第一次大戦から第二次大戦にかけて非常に人気ある作家であった。彼は政府の要職を歴任した高官であり、作家としても多くの短篇・長篇小説を執筆した。長篇代表作はイラン上流社会の女性をテーマにし、それぞれの女主人公の名を小説の題名とした三部作、『ホマー』（一九二七）、『パリーチェフル』（一九二九）、『ズィーバー』（一九三一）で、特に第三作は現代ペルシア文学の傑作の一つに数えられている。前途有為な地方出身の青年シェイフ・ホセインと、政界との繋がりをもつ美しく浮気な娘ズィーバーを主人公にして、当時の腐敗した官僚社会を如実に描いた小説である。彼は短篇小説約二百五十篇を、『鏡』、『思考』、『酒杯』、『願望』、『微風』、『メロディー』等短篇小説集で発表し、下層社会をテーマに多くの作品を執筆したが、政府高官として上流社会に属した彼は下層社会への冷淡な傍観者に過ぎず、彼らの社会を真に理解していないと評されている。

彼とほぼ同時代の作家、アリー・ダシュティー（一八九六―〔一九八二〕）はかなり異なる道を歩んだ。イラクにあるシーア派聖地カルバラーで生まれた彼は一九一八年に祖国に移り、政府批判の筆を振るい、一九二一年クーデター後も反政府危険分子として三か月間投獄された。この獄中生活を回想録形式にまとめ、同年出版したのが、彼の最初の作品『獄中の日々』で、自由闘士の思想の鏡として非常に愛読された。レザー・シャー体制下では新聞編集、代議士、獄中の生活を繰返し、一九四一年以降、現国王治世下においても反骨精神は衰えず投獄されたが、四八年からは体制に順応し、五三年以降上院議員に選ばれ今日に至っている。彼は上流社会の女性をテーマとした『フェトネ』（一九四三）や文学・社会評論集『蔭』、短篇集『魔法』、『ヘンドゥー』を発表したが、今日では作家としてよりも古典文学評論家として名高く、一九五〇年代後半からペルシア古典詩人について相次いで執筆した五篇の文学評論『ハーフィズの肖像』（一九五七）、『シャムス詩集への散策』（一九五八）、『サアディーの領域』（一九五九）、『難解な詩人《ハーカーニー》』（一九六二）、『ハイヤームとの一瞬』（一九六六）によって一流文学者、評論家としての地位を確立した。

優れた左翼作家としてその作品が現在イランで発禁になっている〔イラン革命後、一部を除き出版されている〕のがボゾルグ・アラヴィー（一九〇七―〔一九九七〕）である。彼は一九二二年ドイツに留学し、帰国後は左翼政治活動に従事したため、一九三七年の大弾圧で五十二人の同志とともに逮捕され、四一年まで獄中にいた。釈放後にトゥーデ党創設者の一人になり、共産・民族主義運動の指導者として活躍したが、五三年モサッデク政権崩壊後ヨーロッパに亡命し、現在東独の大学で教鞭をとっている。彼は三四年に短篇集『旅行カバン』を発表して文壇にデビューし、ヘダーヤトの「四人組」の一人でもあった。四一年釈放後に彼は活潑な創作活動を再開し、同年に短篇集『牢獄の紙きれ』、翌年に獄中記『五十三人』等を発表したが、代表作は一九五二年に発表した小説『彼女の目』で、レザー・シャー独裁体制下における地下運動を描き、現代小説の傑作の一つとされている。彼の作品には、第一作の短篇集を除いて、政治的左翼思想が強く反映しており、信念の作家ともいわれている。

チューバクの最初の作品発表と同じ年、一九四五年に短篇集『相互の訪問』を発表して文壇にデビューしたジャラール・アーレ・アフマド（一九六九没）は主として迷信の打破、都会生活の諸悪、下層社会等をテーマに五四年までに四つの短篇集を発表し、その後は方言、民俗学等の研究で注目すべき成果を挙げたが、五八年には代表作とされている小説『校長』を発表した。一地方の校長を主人公にイランの教育行政の欠陥を指摘しつつ社会を批判した作品である。

現代イランの小説は長篇とはいえ百数十頁の比較的短い小説が主であるが、一九六一年それまで全く無名の存在であったムハンマド・アリー・アフガーニー（一九二五－）が約九百頁に及ぶ長篇小説『アーフー・ハーノムの夫』を発表してイラン文学界にセンセイションをまきおこし、多くの文学者、批評家の注目を浴びた。彼は陸軍士官であったが反政府政治運動に関係したため一九五四年に死刑を宣告され、後に終身刑になり、さらに一九六〇年恩赦によって釈放され、現在テヘランである商社に務めているという。この大作はレザー・シャーの治世末期十年における地方都市ケルマンシャーを舞台に、親切で正直なパン屋サイイッド・ミーラーンとその妻アーフー・ハーノム、ミーラーンを誘惑しようとする若くて浮気な女ホマーとの三角関係を中心にして、妻の苦境や家庭生活、さらにさまざまな社会問題を俗語表現を駆使して地方色豊かに写実主義の手法でまとめあげた作品である。

注

＊1　拙稿「フィルドウスィー以前のシャー・ナーメ」（『東京外国語大学論集』十四号）
＊2　拙稿「ペルシアの宮廷詩人」（『オリエント学論集』）
＊3　岡田恵美子「ペルシア頌詩詩人アンワリーについて」（『イスラム世界』八号）
＊4　拙稿「近世ペルシア文学における神秘主義詩人」（『オリエント』七号三－四）
＊5　拙稿「神秘主義詩人アッタールと鳥の言葉について」（『イスラム世界』一号）
＊6　岡田恵美子「叙事詩ヴィースとラーミーン研究」（『オリエント』十三号一－二）
＊7　拙稿「ニザーミーのハムセについて」（『オリエント』十二号三－四）
＊8　岡田恵美子「ニザーミー著ホスローとシーリーンについて」（『オリエント学論集』）
＊9　拙稿「シーア派の思想と運動」（『岩波講座世界歴史』8）
＊10　拙稿「ナーセル・ホスローの生涯と作品」（『東京外国語大学論集』八号）
＊11　井筒俊彦『イスラーム思想史』（岩波書店）
＊12　拙稿「ペルシア文学におけるカリーラとディムナ」（『オリエント』十二号一－二）
＊13　ナスル、黒田・柏木訳『イスラームの哲学者たち』（岩波書店）
＊14　拙稿「ペルシア文学におけるジャムの酒杯」（『オリエント』十七号二）
＊15　小田淑子「ルーミーの宗教思想」（『オリエント』十八号一）
＊16　拙稿「ナスィール・ウッディーン・トゥースィーの生涯と業績について」（『オリエント』九号二－三）
＊17　岡田恵美子「ペルシア諷刺詩人ウバイド・ザーカーニー（『オリエント』十号三－四）

さらに知りたい人のための文献案内

ペルシア文学史の概説書として編纂された『ペルシア文芸思潮』の刊行から四十四年あまりが過ぎた。本書の刊行後、ペルシア語の文学研究・翻訳は日本においてもイラン本国・欧米においても飛躍的に進み、本書の記述にも更新の必要な箇所があるのは事実である。とはいえ、本書冒頭の「増補新版にあたって」でも触れたように、イスラーム期以降現代にいたるまでのペルシア文学史を記述した日本語の書籍はわずかであり、本書はそのなかで最も有用な一書であることに変わりはない。また、ブラウンやサファーのペルシア文学史がいずれも複数巻におよぶのに対し、それらの先行研究に基づく内容を一冊にまとめた本書は、今後もペルシア文学に関心をもつ読者や文学研究を志す人々にとって格好の入門書でありつづけるだろう。

以下は本書が刊行された一九七七年以降のペルシア文学研究の流れについての若干の補足である。ペルシア文学史の全面的な更新は今後の研究に期待することとし、ここでは、本書を読んで関心をもった読者のため、日本語で読めるペルシア文学作品と、ペルシア文学史をよりよく理解するための文献について、主要なものを紹介することにしたい。これらの文献の解説や参考文献を辿ることで、ペルシア文学のさらに広大な領野が開けてくるはずである。

なお、文献リスト作成にあたって、初版の「参考文献」はすべて取り入れ、表記の方式を統一した。
＊印は旧版の参考文献に記載されたものである。ペルシア語・アラビア語のローマ字転写方式については、四二二頁の解説を参照されたい。

古典作品の翻訳について

現在、日本語で読むことのできるペルシア文学作品として、本書の著者である黒柳恒男による『王書』（一九六九、一九七八）のほか、岡田恵美子による岩波文庫版の散文訳『王書』も広く普及している。日本で最も知られたオマル・ハイヤーム『ルバイヤート』の訳書は英語からの訳も含めると数十点におよぶ。英語からの訳書はここでは割愛するが、森亮、矢野峰人らの優れた訳がある。また新版の竹友藻風訳（二〇〇五）には杉田英明・藤井守男による詳しい解説が付されている。ペルシア語原典に基づいた翻訳書として、広く知られた小川亮作訳のほか、黒柳訳、岡田訳、陳舜臣訳がある。

ペルシア文学の華ともいえるロマンス叙事詩の分野では、ニザーミー五部作のうち岡田訳による

『ホスローとシーリーン』、『ライラとマジュヌーン』、黒柳訳『七王妃物語』がある。イスラーム期以前に起源をもつグルガーニーの『ヴィースとラーミーン』、神秘主義文学の色彩ももつジャーミーの『ユースフとズライハ』が岡田訳により近年までに刊行された。

この間飛躍的に研究が進んでいるイスラーム神秘主義に関わる作品として、アッタール『神秘主義聖者列伝』（藤井訳）、『鳥の言葉』（黒柳訳）、『神の書』（佐々木あや乃訳）の翻訳がある。神秘主義に関する研究書も数多く現れているが、本書の著者も勧めている井筒俊彦『イスラーム思想史』に加え、ニコルソン『イスラムの神秘主義』（中村廣治郎訳）を挙げておきたい。ルーミーの作品では井筒訳『ルーミー語録』（『フィーヒ・マー・フィーヒ』の翻訳）があり、『シャムセ・タブリーズ詩集』および大著『精神的マスナヴィー』の本格的な邦訳が待ち望まれている。ペルシア文学作品の翻訳が単に語学的知識だけでなく、研究に基づいた原文への深い知識を要するものであることについては、『翻訳百年』の「ペルシア文学」の章（藤井二〇〇〇）に具体的な記述がある。

ペルシア文学の教養書として世に知られるサアディーに関しては、蒲生礼一による『薔薇園』の翻訳と研究があり、岩波文庫の沢英三訳も親しまれている。『薔薇園』に並ぶ韻文作品『果樹園』も黒柳訳により刊行された。サアディーの抒情詩については蒲生、黒柳による抄訳があるが、今後のまとまった翻訳・刊行が期待される。

イランで最も敬愛される詩人ハーフェズ（ハーフィズ）の抒情詩集については、蒲生による先駆的研究と翻訳の後、黒柳による精緻な全訳がなされた。個々の詩の解釈や独特のキーワードについて、本書「あとがきにかえて」の著者である佐々木による多年にわたる研究と紹介があることも触れておきたい。

以上はペルシア文学史の中核をなす作品群であるが、歴史、思想、言語といった諸分野からも注目される著作は数多くある。黒柳の初期の訳業である『ペルシア逸話集』に収録されたカイ・カーウース『カーブースの書』およびニザーミー・アルーズィー『四つの講話』はともに当時の生活・文化を知るうえで興味深い逸話を含んでおり、文学研究や歴史研究にも利用されている。また、鑑文学の代表作の一つである、セルジューク朝の大宰相ニザームル・ムルクの『統治の書』は井谷鋼造・稲葉穣訳により刊行された。伝ウマル・ハイヤーム著『ノウルーズの書』(守川知子・稲葉訳)には同書からの影響が指摘されている。歴史・思想研究など多方面から注目されてきた詩人ナーセル・ホスロー(ナースィレ・ホスロー)の『旅行記』は北海道大学ペルシア語史料研究会により訳され『史朋』数号にわたって掲載された。なお本書の記述には触れられていないが、セルジューク朝期のペルシア語の博物学の書『被造物の驚異と万物の珍奇』も守川の監訳により日本語で読むことができる。そのほか、本リストでは割愛したものの、『カリーラとディムナ』のようにペルシア文学に関わりの深いアラビア語著作も少なくない。アラブ文学との比較の観点では杉田英明による広範な文学・文化研究、山中由里子によるアレクサンドロス伝承に関する研究がある。

近現代文学の翻訳・紹介について

ペルシア文学といえば古典文学を指し、そのなかでも詩を重んじる傾向はイラン本国で長く続いてきたが、十九世紀および二十世紀以降、徐々に近代的散文や小説が書かれるようになり、詩にも変化が生じた。第六章で触れられたイランの近現代文学に関しては、作品・研究ともに日本でいまだ紹介されていないものや抄訳に留まっているものが数多くあり、それらの紹介には別途書物が書かれる必要があるが、現在のところ参照できる文献はおよそ以下のものである。

イラン近代小説の先駆的作家たちであるジャマールザーデ、ヘダーヤトの作品の一部は中村公則による翻訳が大学書林および白水社から刊行されている。ヘダーヤトの作品としては『盲目の梟』がとりわけ重要作とされるが、ほかに石井啓一郎訳『生き埋め』および短編小説集も日本語で読むことができる。またアーレ・アフマド『地の呪い』(山田稔訳)は一九六〇年代のイランの農村社会の現実を描出した作品で、王政時代の格差と社会矛盾に対する二十世紀知識人の視点を窺うことができる。イランの小説と現代社会との関わりの点では山田による考察(一九九九)が示唆に富んでいる。北原圭一の論考（二〇一三）では、さらに幅広く近代イラン文学における「西洋の衝撃」から、二〇〇〇年代のシャフリヤール・マンダニープール（一九五七－）によるポストモダン小説までが紹介されている。

近現代文学を理解する上でイランの政治・社会を知ることは重要である。本書の著者も挙げている加賀谷寛『イラン現代史』のほか、近年刊行された政治史としては、吉村慎太郎『イラン現代史』および羽田正編『イラン史』を挙げておきたい。

近現代に関しては、新たな思想潮流への視座も欠かせない。イラン社会に大きな衝撃を与えたアーレ・アフマド『西洋かぶれ』（未訳）、現代のイスラーム思想家として支持を集めたアリー・シャリーアティー（一九三三－七七）の著作も、イスラーム革命に至る思想の展開を考えるうえでヒントになるだろう。一九七〇年代までのイラン文学は概ね政治的立場が重視され、社会派の文学が主流を占めた。児童文学など異なるジャンルへの評価は遅れがちであったが、アーザリー系作家サマド・ベヘランギー（一九三九－六七）の革命を志向する詩的な文学作品は、ほぼ唯一の例外として評価を得た。また本書の関わる分野の一つである民俗学・民話研究の分野では、奥西峻介によるヘダーヤト「不思議の国」の翻訳や、竹原新による口承文芸の研究も進められた。

詩の流れに目を転じてみると、本書で触れられているニーマー・ユーシージの自由詩運動はその後若い詩人たちの支持を集め、現代詩の一大潮流となった。日本では、鈴木珠里、前田君江らにより現代詩人たちの紹介が行われ、『現代イラン詩集』には二十世紀を代表する十二人の詩人の作品が収録されている。現代詩の展開については同書の解説が参考になる。また主流からは逸れるが、宰相ガーエムマガーム（カーイム・マカーム）の流れを汲む、近代の女性詩人ジャーレ（一八八四－一九四六）は没後に評価を得、ザフラー・ターへリーによる解説を付して邦訳が刊行された。

一九七九年の革命を境に、文学の傾向にも変化が現れ、それまで陰に隠れがちであった女性たちの文学が脚光を浴びた。藤元優子訳『天空の家』には革命前から人気を博したスィーミーン・ダーネシュヴァル（一九二一－二〇一二）をはじめ、七人の女性作家の短編が翻訳されている。またアルメニア系の女性作家ゾヤ・ピールザード（一九五二－）の短編集『復活祭前日』も大同生命国際文化基金により刊行された。イランにおける女性文学の展開については、藤元（二〇〇五）による論考に詳しい。

文学史研究について

日本におけるペルシア文学史の研究・紹介は、本書に触れられている通り荒木茂『ペルシヤ文学史考』に始まり、八木亀太郎の言語・文学研究や、蒲生礼一の『イラン史』『ペルシアの詩人』などの研究と著作がそれを引き継いだ。蒲生の後を継いだ本書『ペルシア文芸思潮』が綿密な研究と準備に基づいて書かれた後には、同じ著者による『ペルシアの詩人たち』（一九八〇）が上梓された。これは本書で扱われた詩人のうち十人を取り上げた評伝で、本書と重複する部分もあるが、詳しい解説と詩の翻訳があり、巻末には個々の詩人に関する基礎文献が紹介されている。現在文学研究を志す人々にとってこれらの蓄積はおおいに助けとなっている。日本語による文学史関連の研究はリストに譲るが、イラン本国および欧米のペルシア文学史研究の進展に関しては、『イスラーム研究ハンドブック』所収の藤井による良質な文献ガイド（一九九五）、アラブ文学も含む比較文学的な視点から記述したものとして杉田による文献案内（二〇〇八）が有益である。

ペルシア語による文学史研究は枚挙にいとまがないが、本書刊行後に完結したサファーの文学史（Ṣafā 1953-）、近代文学についてはアーリヤンプールの『サバーからニーマーまで』（Āryanpūr 1971）、後に刊行されたその第三巻『ニーマーから我々の時代まで』（Āryanpūr 1995）がある。二十世紀の自由韻律詩に関してはシャフィーイー・キャドキャニーの『ペルシア詩の時代区分』（Shafīʻī Kadkanī 2004）に時代ごとの特徴が整理されており、アーベディー『二十世紀ペルシア詩序説』（ʻĀbidī 2015）には近現代の主要な二十五人の詩人の概説がある。また散文においては近代小説を網羅的に解説するミール・アーベディーニーの労作『イラン物語文学の百年』（Mīr ʻĀbidīnī 1998）が必須文献であり、これらは事典的な参考書としても役立つ。

イランにおけるペルシア文学史観に関しては、民族・言語の問題や歴史認識をめぐって文学者・研究者たちの間で今日まで異なる見解が出されてきた。文学史の背後にある思想の底流を知るうえで、十一〜十三世紀の詩人を扱い現代イランに通じる思想・文化的問題を論じた『アジア文学』所収の藤井によるエッセイ（一九九九）、また同著者によるヘダーヤト論（一九九〇）は重要な示唆を含んでいる。

文学史観を考える上では、本書でも触れられているザッリーンクーブ『沈黙の二世紀』（Zarrīn'kūb 1951）がイランの民族的意識を表明した代表的な書物といえる。また本書の後半にあたる近世以降の記述、特にサファヴィー朝期の「衰退」と「インド・スタイル」の関係や、「復帰運動」と近代文学の関係については、イランという一国の文学史を基準にした見方が顕著である。しかしながら同時代のインド亜大陸や中央アジア、オスマン朝下アナトリアのペルシア文学を考慮に入れるならばまた違った見方が可能であろう。リプカの『イラン文学史』（Rypka 1968）にも見られるように、ペルシア文学史の記述は複数の執筆者によって時代や地域ごとに書き分けるのが今日までの主流となっている（Morrison ed. 1981; Yarshater 1988; Yarshater 2009-）。

これと並行して、歴史学の分野を中心に「ペルシア文化圏」ないし「ペルシア語文化圏」を指すPersianateという概念（ホジソンが『イスラームの冒険』（Hodgson 1974）において用いた造語に由来）が用いられ、国境や民族的な区分に囚われない研究の枠組みとして用いられるようになってきている（森本二〇〇九、近藤二〇一一）。こうした枠組みを用いて十八〜十九世紀のペルシア語文学史を検討した一つの例としてSchwartz（2020）を挙げておきたい。ペルシア文学がペルシア語文化圏の外に伝播していった例として、近藤信彰の「ハムザ物語」に関する研究もある。

とはいえ、我々がイランという国との間に有している関係の重要性を考えるならば、イランという枠組みでその文学史を考えることも有効である。イランのインテリが自国の文学史をどのように捉えているかということは、彼らの依って立つアイデンティティや、その延長線上にどのような未来を思い描いているかを知るうえで重要である。批評的な文学研究の例としては、『沈黙の二世紀』の著者ザッリーンクーブによる『ペルシア詩散策』(Zarrīn'kūb 1984) その他の諸論考、シャフィーイー・キャドキャニーの『ペルシア詩における想像の形象』、『詩の音楽性』などのテーマ別の文学史研究 (Shafī'ī Kadkanī 1987; 1989)、知性主義というキーワードから文学史を読み解くモヘッバティー『スィーモルグはカーフ山を探して』(Muḥibbatī 2003) などがある。

日本語に翻訳されたペルシア文学作品

ここでは、詩、物語作品の邦訳を中心に、本書の構成に合わせて時代別に列挙する。量が膨大になるため、雑誌・紀要に収録されたもの、児童書・絵本、また欧文等からの重訳は割愛したが、本書で言及されている作家のものや重要と思われるもののみ収録した。

「ペルシア文芸復興」

フィルドゥスィー『王書（シャー・ナーメ）――ペルシア英雄叙事詩』黒柳恒男訳、平凡社東洋文庫、一九六九年。＊
『ペルシアの神話――王書より』黒柳恒男編訳、泰流社、一九八〇年。
フェルドウスィー『王書（シャー・ナーメ）――ソホラーブ物語』黒柳恒男訳、大学書林、一九八七年。（対訳）
フェルドウスィー『王書――古代ペルシャの神話・伝説』岡田恵美子訳、岩波文庫、一九九九年。

「トルコ族支配時代の文芸」

カイ・カーウース、ニザーミー『ペルシア逸話集――カーブースの書／四つの講話』黒柳恒男訳、平凡社東洋文庫、一九六九年。＊
ニザーミー『七王妃物語（ハフト・パイカル）』黒柳恒男訳、平凡社東洋文庫、一九七一年。＊
ニザーミー『ホスローとシーリーン』岡田恵美子訳、平凡社東洋文庫、一九七七年。＊
ニザーミー『ライラとマジュヌーン』岡田恵美子訳、平凡社東洋文庫、一九八一年。
アッタール『イスラーム神秘主義聖者列伝』藤井守男訳、国書刊行会、一九九八年。
アッタール『鳥の言葉――ペルシア神秘主義比喩物語詩』黒柳恒男訳、平凡社東洋文庫、二〇一二年。
アッタール『神の書――イスラーム神秘主義と自分探しの旅』佐々木あや乃訳、平凡社東洋文庫、二〇一九年。
グルガーニー『ヴィースとラーミーン――ペルシアの恋の物語』岡田恵美子訳、平凡社、一九九〇年。
オマル・ハイヤーム『ルバイヤート』小川亮作訳、岩波文庫、一九四八年。＊
オマル・ハイヤーム『ルバーイヤート』黒柳恒男訳、大学書林、一九八三年。（対訳）
オマル・ハイヤーム『ルバーイヤート』岡田恵美子訳、平凡社ライブラリー、二〇〇九年。

オマル・ハイヤーム『ルバイヤート』陳舜臣訳、集英社、二〇〇四年。

オマル・ハイヤーム『ルバイヤート――中世ペルシアで生まれた四行詩集』エドワード・フィッツジェラルド英訳、竹友藻風邦訳、マール社、二〇〇五年。

伝ウマル・ハイヤーム著『ノウルーズの書（附ペルシア語テキスト）』守川知子、稲葉穣訳注・校訂、（東方學資料叢刊）京都大学人文科学研究所附属東アジア人文情報学研究センター、二〇一一年。

ニザーム・アルムルク『統治の書』井谷鋼造、稲葉穣訳、（イスラーム原典叢書）岩波書店、二〇一五年。

「ナースィレ・フスラウ著『旅行記（Safarnamah）』訳註」（一）‐（四）北海道大学ペルシア語史料研究会訳『史朋』第三五号（一‐一九頁）・第三八号（一三‐五〇頁）、二〇〇三‐二〇〇五年。

「ムハンマド・ブン・マフムード・トゥースィー著『被造物の驚異と万物の珍奇』」（一）‐（一一・完）守川知子監訳・ペルシア語百科全書研究会訳注『イスラーム世界研究』第二巻二号（一九八‐二二八頁）‐第一一巻（三三一‐三八六頁）、二〇〇九‐二〇一八年。

「モンゴル族支配時代の文芸」
ルーミー『ルーミー語録』井筒俊彦訳・解説、岩波書店、一九七八年。
サアディー『薔薇園（グリスターン）――イラン中世の教養物語』蒲生礼一訳、平凡社東洋文庫、一九六四年。＊
サアディー『ゴレスターン』沢英三訳、岩波書店、一九五一年。＊
サアディー『薔薇園（ゴレスターン）』黒柳恒男訳、大学書林、一九八五年。（対訳）
サアディー『果樹園（ブースターン）――中世イランの実践道徳詩集』黒柳恒男訳、平凡社東洋文庫、二〇一〇年。

「ティームール朝時代の文芸」
ハーフィズ『ハーフィズ詩集』黒柳恒男訳、平凡社東洋文庫、一九七六年。＊
ハーフィズ『ハーフィズ抒情詩集』黒柳恒男訳、大学書林、一九八八年。（対訳）
ジャーミー『ユースフとズライハ』岡田恵美子訳、平凡社東洋文庫、二〇一二年。

「近代文芸の流れ」〜現代
J・モーリア『ハジババの冒険』岡崎正孝、江浦公治、高橋和夫訳、全三巻、平凡社東洋文庫、一九八四年。
ゼイノル・アーベディーン・マラーゲイー「エブラーヒム・ベクの旅行記（一）」八尾師誠訳『イスラム世界』第三五・三六号、三九―一四九頁。
ジャーレ（アーラム＝タージ・ガーエムマガーミー）『古鏡の沈黙――立憲革命期のあるムスリム女性の叫び』ザフラー・ターヘリー解説、中村菜穂、鈴木珠里訳、未知谷、二〇一二年。
『ジャマールザーデ短篇集』中村公則訳注、大学書林、一九八七年。（対訳）
サーデク・ヘダーヤト『盲目の梟』中村公則訳、白水社、一九八三年。
『サーデク・ヘダーヤト短篇集』中村公則訳注、大学書林、一九八五年。（対訳）
サーデグ・ヘダーヤト『生埋め――ある狂人の手記より』石井啓一郎訳、国書刊行会、二〇〇〇年。
サーデグ・ヘダーヤト『サーデグ・ヘダーヤト短篇集』石井啓一郎訳、慧文社、二〇〇七年。
A・J・ハーンサーリー、サーデク・ヘダーヤト『ペルシア民俗誌』岡田恵美子、奥西峻介訳註、平凡社東洋文庫、一九九九年。（ハーンサーリー「コルスムばあさん」、ヘダーヤト「不思議の国」を収録）
サマド・ベヘランギー『ちいさな黒いさかな』香川優子訳、ほるぷ出版、一九八四年。
ジャラール・アーレ・アフマド『地の呪い』山田稔訳、アジア経済研究所、一九八一年。

アリー・シャリーアティー『イスラーム再構築の思想——新たな社会へのまなざし』櫻井秀子訳・解説、大村書店、一九九七年。

イラン革命以降

『現代イラン詩集』鈴木珠里、前田君江、中村菜穂、ファルズィン・ファルド編訳、土曜美術社出版販売、二〇〇九年。

『中東現代文学選二〇一二』中東現代文学研究会編、コームラ、二〇一三年。

『中東現代文学選二〇一六』中東現代文学研究会編、中東現代文学研究会、二〇一七年。

パリヌッシュ・サニイ『幸せの残像』那須省一訳、書肆侃侃房、二〇一三年。（英語版からの翻訳）

『天空の家——イラン女性作家選』藤元優子編訳、段々社、二〇一四年。

ゾヤ・ピールザード『復活祭前日』藤元優子編訳、大同生命国際文化基金、二〇一九年。

その他

『アラビア・ペルシア集』（世界文学大系）筑摩書房、一九六四年。＊
『モッラー・ナスロッディーン物語——イラン笑話集』黒柳恒男、日下部和子訳注、大学書林、一九八九年。

ペルシア文学史を知るための参考文献

『アヴェスター』伊藤義教訳、ちくま学芸文庫、二〇一二年。

『アヴェスタ——原典完訳』野田恵剛訳、国書刊行会、二〇二〇年。

足利惇氏『ペルシア宗教思想』弘文堂、一九四一年。＊
荒木茂『ペルシヤ文学史考』岩波書店、一九二二年。＊
井筒俊彦『イスラーム思想史』岩波書店、一九七五年。（中公文庫として再刊、一九九一年）＊
伊藤義教『古代ペルシア』岩波書店、一九七四年。＊
大塚修『普遍史の変貌――ペルシア語文化圏における形成と展開』名古屋大学出版会、二〇一七年。
岡田恵美子、北原圭一、鈴木珠里編著『イランを知るための六五章』明石書店、二〇〇四年。
加賀谷寛『イラン現代史』近藤出版社、一九七五年。＊
蒲生礼一『イランの歴史と文化』博文館、一九四一年。＊
――『イラン史』修道社、一九五八年。＊
――『ペルシアの詩人』紀伊國屋書店、一九六四年。＊
北原圭一「ペルシア文学における「ポティファルの妻」――ヨセフ物語の展開」『オリエント』第四二巻第二号、一九九九年、一五九－一七二頁。
――「イランの現代小説と欧米世界」『文芸思潮』第四九号、アジア文化社、二〇一三年、一六－二七頁。
黒柳恒男『ペルシア語入門』泰流社、一九七三年（改訂版一九七八年）。＊
――『ペルシアの詩人たち』東京新聞出版局、一九八〇年。
――『ペルシア語四週間』大学書林、一九八二年。
――『ペルシア語の話』大学書林、一九八四年。
近藤信彰編『ペルシア語文化圏史研究の最前線』東京外国語大学アジア・アフリカ言語文化研究所、二〇一一年。
近藤信彰「アジアにおける『ハムザ物語』――イスラム、ペルシア語、フロンティア」『歴史評論』第八二六号、二〇一九年、五－一六頁。

佐々木あや乃「ペルシア文学における自然描写の発生とその展開――いわゆるサブケ・ホラーサーニー派の詩人を中心に」『オリエント』第三五巻第二号、一九九二年、五六–七一頁。

――「ペルシア韻文の変遷――特に恋愛抒情詩ガザルを中心として」『アジア文学』第五号、アジア文化社、一九九九年、一二〇–一二八頁。

――「ハーフェズ詩注解（一）」『東京外国語大学論集』第六八号、二〇〇四年、九九–一二八頁。（以降定期的に同誌に掲載）

ジョン・R・ヒネルズ『ペルシア神話』井本英一、奥西峻介訳、青土社、一九九三年。

杉田英明『事物の声絵画の詩――アラブ・ペルシア文学とイスラム美術』平凡社、一九九三年。

――「文学史」小杉泰、林佳世子、東長靖編『イスラーム世界研究マニュアル』名古屋大学出版会、二〇〇八年、一九九–二〇七頁。

竹原新『イランの口承文芸――現地調査と研究』溪水社、二〇〇一年。

柘植元一「ペルシャ詩のリズム」小泉文夫・星旭・山口修責任編集『日本音楽とその周辺――吉川英史先生還暦記念論文集』音楽之友社、一九七三年、二五一–二八四頁。

――「ペルシャのリズム――韻律と拍節―西アジア」川田順造、徳丸吉彦編『口頭伝承の比較研究二』弘文堂、一九八五年、五九–八〇頁。

R・A・ニコルソン『イスラムの神秘主義――スーフィズム入門』中村廣治郎訳、平凡社ライブラリー、一九九六年。

服部麗「ゾフーリー・トルシーズィー作品にみられるインド様式的特徴」『イラン研究』第一五号、二〇一九年、五七–七一頁。

羽田正編『イラン史』山川出版社、二〇二〇年。

藤井守男「デホダーと立憲革命――『チャランド・パランド』について」『東京外国語大学論集』第三四号、一九八四年、二一七–二三四頁。

――「サーデク・ヘダーヤト Ṣādeq Hedāyat（一九〇三－五一）のイラン文化認識をめぐって」日本オリエント学会編『オリエント学論集――日本オリエント学会創立三十五周年記念』刀水書房、一九九〇年、四一五－四三三頁。

――「『神秘の花園』*Golshan-e rāz* のイラン文化史的位相」『オリエント』第三七巻第二号、一九九四年、一〇八－一二六頁。

――「ペルシア文学」三浦徹、東長靖、黒木英充編『イスラーム研究ハンドブック』栄光教育文化研究所、一九九五年、二八四－二八九頁。

――「ペルシア文学再考」『アジア文学』第五号、アジア文化社、一九九九年、一二一－一二九頁。

――「ペルシア文学」原卓也、西永良成編『翻訳百年――外国文学と日本の近代』大修館書店、二〇〇〇年、二五五－二七四頁。

藤元優子「イラン大衆小説の歩み」『イラン研究』第一号、二〇〇五年、一一八－一三四頁。

――「物書く女たちの系譜――イラン現代文学における女性作家」『学士会会報』第九三四号、二〇一九年、四五－四九頁。

森茂男編『イランとイスラム――文化と伝統を知る』春風社、二〇一〇年。

森本一夫編著『ペルシア語が結んだ世界――もうひとつのユーラシア史』北海道大学出版会、二〇〇九年。

山田稔「現代文学点描――隠喩の陰に」上岡弘二編『イラン』河出書房新社、一九九九年、一〇六－一二二頁。

山中由里子『アレクサンドロス変相――古代から中世イスラームへ』名古屋大学出版会、二〇〇九年。

吉村慎太郎『イラン現代史――従属と抵抗の一〇〇年』（改訂増補）有志舎、二〇二〇年。

〈主な雑誌特集〉

「特集イラン文学と詩」『アジア文学』第五号、アジア文化社、一九九九年、一〇－一一九頁。

「特集イラン女性文学――現代のシェヘラザードたち」『すばる』十二月号、二〇〇八年、二〇七－二五二頁。

「特集イラン文学と詩」『文芸思潮』第四九号、アジア文化社、二〇一三年、一二二－一六九頁。

Arberry, A.J. *Classical Persian Literature*. London, 1958. *

Bausani, A. *Storia della letteratura persiana.* Milano: Nuova accademia editrice, 1960. *

Blochmann, H. *The Prosody of the Persians According to Saifi, Jami and Other Writers: A Critical Study and Exposure of the Theory and Practice of Metres and Versification in Persian.* Amsterdam: Philo Press, 1970. *

Boyle, J.A., ed. *The Cambridge History of Iran.* Vol. 5, The Saljuq and Mongol Periods. London: Cambridge University Press, 1968. *

Browne, E.G. *A Literary History of Persia.* 4 vols. London: T. Fisher Unwin, 1902-1924; Cambridge University Press, 1928. *

Elwell-Sutton, L.P. *The Persian Metres.* London: Cambridge University Press, 1976. *

Frye, R.N. *The Cambridge History of Iran.* Vol. 4, The Period from the Arab Invasion to the Saljuqs. London: Cambridge University Press, 1975. *

Ghanoonparvar, M. R. *Prophets of Doom: Literature as a Socio-Political Phenomenon in Modern Iran.* Lanham, MD: University Press of America, 1984.

Hodgson, Marshall G.S. *Venture of Islam: Conscience and History in a World Civilization.* 3 vols. Chicago: The University of Chicago Press, 1974.

Jackson, A.W. *Early Persian Poetry: From the Beginnings Down to the Time of Firdausi.* New York: Macmillan, 1920. *

Kamshad, H. *Modern Persian Prose Literature.* London: Cambridge University Press, 1966. *

Karimi-Hakkak, A. *An Anthology of Modern Persian Poetry.* Boulder; Colorado: Westview Press, 1978.

Karimi-Hakkak, A. *Recasting Persian Poetry: Scenarios of Poetic Modernity in Iran.* Salt Lake City: University of Utah Press, 1995.

Lazard, G. *Les premiers poètes persans (IXe-Xe siècles): fragments rassemblés, édités et traduits.* Paris: Département d'iranologie de l'Institut franco-iranien, 1964. *

Levy, R. *Persian Literature: An Introduction.* London: Oxford University Press, 1923. *

Levy, R. *An Introduction to Persian Literature.* New York: Columbia University Press, 1969. *

Massé, H. *Anthologie persane (XIe-XIXe siècles).* Paris: Payot, 1950. *

Morrison, G, ed. *History of Persian Literature from the Beginning of the Islamic Period to the Present Day.* Leiden: E.J.Brill, 1981.
Ricks, Thomas M., ed. *Critical Perspectives on Modern Persian Literature.* Washington, D.C.: Three Continents Press, 1984.
Rypka, J. *History of Iranian Literature.* Ed. Karl Jahn. Dordrecht: D. Reidel, 1968. *
Schwartz, Kevin L. *Remapping Persian Literary History, 1700-1900.* Edinburgh: Edinburgh University Press, 2020.
Yarshater, Ehsan, ed. *Persian Literature.* New York: Bibliotheca Persica, 1988.
Yarshater, Ehsan, ed. *A History of Persian Literature.* London: I.B. Tauris, 2009-（全二十巻の予定で現在刊行中）

ʿĀbidī, K. *Muqaddimah'ī bar shiʿr-i Fārsī dar sadah-yi bīstum-i mīlādī.* Tihrān: Jahān-i Kitāb, 2015.
Āryan'pūr, Y. *Az Ṣabā tā Nīmā.* 2 vols. Tihrān, 1971. *
Āryan'pūr, Y. *Az Nīmā tā rūzigār-i mā.* Tihrān: Zavvār, 1995.
Bahār, M. *Sabk'shināsī.* 3 vols. Tihrān: Amīr Kabīr, 1942. *
Furūzānfar, B. *Sukhan va sukhanvarān.* 2 vols. Tihrān, 1923-1933. *
Humā'ī, J. *Tārīkh-i adabīyāt-i Īrān az qadīmtarīn ʿaṣr-i tārīkhī tā ʿaṣr-i ḥāẕir.* 2 vols. Tihrān, 1961. *
Ḥuqūqī, M. *Shiʿr-i naw: az āghāz tā imrūz.* Tihrān: Shirkat-i Sahāmī-i Kitābhā-yi Jībī, 1972/3.
Langarūdī, Sh. *Tārīkh-i taḥlīlī-i shiʿr-i naw.* 4 vols. Tihrān: Markaz, 1999/2000.
Maḥjūb, M.J. *Sabk-i Khurāsānī dar shiʿr-i Fārsī [...].* Tihrān, 1966. *
Mīr ʿĀbidīnī, Ḥ. *Ṣad sāl-i dāstān nivīsī-i Īrān.* 2nd ed. 4 (in 2) vols. Tihrān: Chishmah, 1998.
Muḥibbatī, M. *Sīmurgh dar justujū-yi Qāf: dar āmadī bar sayr-i taḥavvul-i ʿaqlānīyat dar adab-i Fārsī.* Tihrān: Sukhan, 2003.
Nafīsī, S. *Tārīkh-i naẓm va naṣr dar Īrān va dar zabān-i Fārsī.* 2 vols. Tihrān: Furūghī, 1965. *
Ṣafā, Z̲. *Tārīkh-i adabīyāt-dar Īrān.* 5 (in 8) vols. Tihrān, 1953-1974. *
Shafaq, Ṣ. R. *Tārīkh-i adabīyāt-i Īrān.* Tihrān, 1934. *
Shafīʿī Kadkanī, M. *Ṣuvar-i khiyāl dar shiʿr-i Fārsī.* 3rd ed. Tihrān: Āgāh, 1987.
Shafīʿī Kadkanī, M. *Mūsīqī-i shiʿr.* 2nd ed. Tihrān: Āgāh, 1989.
Shafīʿī Kadkanī, M. *Advār-i shiʿr-i Fārsī: Az mashrūṭīyat tā suqūṭ-i salṭanat.* Tihrān: Sukhan, 2004/5.

Shafīʻī Kadkanī, M. *Bā chirāgh va āyinah: dar justujū-yi rīshah'hā-yi taḥavvul-i shiʻr-i muʻāṣir-i Īrān.* Tihrān: Sukhan, 2013/4.
Shiblī, N. *Shiʻrul ʻAjam.* (Urdu) 5 vols. Lahore: 1924.
Zarrīn'kūb, ʻA. *Dū qarn-i sukūt.* Tihrān, 1951.
Zarrīn'kūb, ʻA. *Sayrī dar shiʻr-i Fārsī.* Tihrān, 1984.

中村菜穂・徳原靖浩

『ペルシア文芸思潮』増補新版　あとがきにかえて

佐々木あや乃

二〇一七年四月某日、私立大学の出版会に勤める卒業生からの一通のメールを受け取ったことから、本書『ペルシア文芸思潮』の増補新版に向けての活動が開始した。そのメールには、「『ペルシア文芸思潮』はコンパクトでありつつペルシア語詩作品の翻訳なども盛り込まれ、現段階で、日本語で読めるペルシア文学史として、最良の本だと感じました。また、周りと話していても、せっかくなのにもったいないという声もあり、何らかの形で「復刊」などができないかと思うようになりました。」とあった。その真っ直ぐな思いに胸を打たれ、その丁寧な文面に感得したと同時に、背中から水を浴びせかけられたような気がした。ペルシア語・ペルシア文学に携わる教員として、『ペルシア文芸思潮』を毎年参考書として学生に紹介し、授業中にその内容を引用し、また論文執筆の際にも傍らに置き、本書の価値を深く知っていて誰よりその恩恵に与っていたはずなのに、私は本書の復刊を考えてみたこともなかったからである。

『ペルシア文芸思潮』は、東京外国語大学外国語学部ペルシア語科の初代主任教授、現ペルシア語専攻の祖、黒柳恒男先生が一九七七年に出版なさった、日本語で読むことのできる唯一のペルシア文学史の概説書である。黒柳先生が、日本人のペルシア語学習者、ペルシア語学科に入ってくる学生そして研究者の育成のために、おそらくは新学科設置に向けてご多忙を極める日々を送られている時期に、ペルシア語や欧米の多くの文献資料を丹念に読み込まれたうえで執筆された書である。ササン朝が滅びアラブがイラン高原を征服する七世紀中葉の言語・文化事象から、イラン王政期の一九六〇年代の小説を中心とした現代文学に至るまでを概観することのできるたいへん貴重な書であるにもかかわらず、その後出版社の消滅で絶版となり、古書店か図書館でしか手に取ることのできない幻の書物である。

私が学部三年生になって初めて黒柳先生の日本語による講義を受けた時（それまで黒柳先生の授業は厳しいペルシア語の語学の授業のみだったと記憶している）、その授業の教科書がこの『ペルシア文芸思潮』だった。学生が輪番で音読し、先生の解説を聴きながらノートをとったものだった。そして、この授業と『ペルシア文芸思潮』を通して、Z. Ṣafā、E. G. Browne、J. Rypka、G. LazardやA. J. Arberryといったイランや西欧の研究者の名に初めて触れ、ペルシア文学には語り尽くせぬほど多くの詩人たちとその豊潤な作品、それを育んだ長い歴史があるということを徐々に、しかし確実に理解していったのである。つまり、私にとって本書は、ペルシア文学史という広大な海の見える海岸へと案内してくれたのみならず、そこから遥かなる海路の旅へと誘ってくれた兄姉のような存在であり、自分が教える立場となった今では、時間と共に旅の道連れ、よき相棒となった存在といえるのである。

かれこれ十数年になるだろうか、私は母校東京外国語大学で、本書をテキストに用いてペルシア文学・文化史の講義を担当している。最初のうちこそ、私自身の不勉強も祟ってか、受講者の数は僅少、ペルシア語専攻生に限られていたのだが、昨今では、多少の増減はあるものの、毎年三十名近くの学生が、専攻言語や地域を問わず受講してくれるようになった。かつて、とある英文学研究者に「ペルシア語の文学など存在するのか？」と問われた悔しさを胸に秘め、それをバネに、なんとかして豊穣なるペルシア文学を日本人に知らしめたいと躍起になってきた私は、ここ数年漸く努力が報われてきたような気がしている。学生たちは、自分の専攻言語や専攻地域の文人や文学作品、文化現象、あるいは日本の文学と比較したりしながら、毎回の授業後のレスポンス・シートを通じて、率直な感想や思いもよらない質問を寄せてくれ、それが大いに私の励みになっている。例えば、本書のファッルヒーの色彩鮮やかな詩の訳を紹介すれば、学生たちは「まるでペルシア絨毯みたい！」「華やか！」「沙漠の無機質な描写かと思いきや、自然が豊かな地域！」と驚愕とともに感想を述べてくれる。また、殆ど唯一と言っても過言ではない諷刺詩人の作品の訳を紹介すれば、「辛辣すぎて笑える」「この調子では多くの敵を作ってしまって生きづらくなりそう」「当時の社会が垣間見える」「二十一世紀にも通じる社会批判」などと、各自思い思いに血の通った言葉を直接寄せてくれる。

ペルシア語文化圏からの視点に基づいて、隣接するアラブ地域やインド文化圏での事象に言及する『ペルシア文芸思潮』は、アラビア語やウルドゥー語を専攻し、特にその地域の文化現象に興味を抱く学生にとっても、新たな視点や気づきのきっかけを生んでいる。また、ウズベク語や中央アジアを専攻する学生も、『ペルシア文芸思潮』を読むことによって、現在の国境区分では見えづらい「ペルシア語文化圏」というものを明確に意識することができる。毎年一学期内の授業期間では、本書に盛り込まれた内容すべてを講義することは時間的にも叶わず、ササン朝末期から話し始めると十四世紀あたりで時間切れとなってしまうため、イスラーム前や十五世紀以降現代に至るまでのペルシア語文化圏の詩人や作家、その文学作品、さらには彼ら彼女らを取りまく文化事象に興味を抱き、自主的に調べ出す学生も少なくないように見受けられる。

このように、長年授業で本書を活用してきていながら、実に恥じ入るべきことに、本書で紹介されている詩作品の翻訳は紹介してきていたものの、私自身、引用されたペルシア詩の原文に触れることなく時が過ぎてしまっていた。そこへ、冒頭の卒業生からのメールである。この卒業生をはじめ、増補新版の企画書を提出してくれた卒業生である若手研究者たちの強い要望も寄せられたことをきっかけに、現役大学院生らにも声を掛け、二〇一七年より、本書に紹介されている全詩作品をペルシア語で読む会が毎月一回開催される運びとなった。ひとつひとつの作品を原文で読む時間は、地味になかなかの骨折り作業ではあったものの、ペルシア詩の父たるルーダキーの作品から二十世紀の女流詩人パルヴィーン・エテサーミーに至るまで、古典詩の形式を有する詩人たちの作品をじっくりと時間をかけて鑑賞し、訳語・訳文の検討を重ね、意見を交換できた、たいへん貴重な時間となった。参考文献から類推して詩集や資料を探しても見当たらなかった詩も、メンバーで互いに協力し合い、苦労の末になんとか見つけ出してテキストにしたこともあった。また、月に一度顔を合わせておこなってきた読書会も、二〇二〇年からのコロナ禍により、オンラインでの実施を余儀なくされた。二〇二一年夏まで長きにわたり読書会に参加し、支えてくださった方々には、この場を借りて深く謝意を表したい。

『ペルシア文芸思潮』が出版された一九七七年から三十年以上の時が流れ、イランにおいてもここ十年ほどの間に新たなペルシア文学史の編纂が始められている。長らくサファーの八巻本『イランにおけるペルシア文学史（*Tārikh-e adabiyāt dar Īrān*）』が君臨し、その地位は不動のものではあるものの、大学で学生が文学史をコンパクトに学べるようにとの配慮であろうか、フェルドウスィー大学（在マシュハド）やイスファハン大学等で手軽に持ち運べるサイズの新たなペルシア文学史の教科書が用いられるようになってきている。古典詩一辺倒だった記述も、新体詩をはじめ、戯曲や文芸批評、さらには近年のイラン社会の多様な文学状況を反映して、児童文学、物語文学、女流文学についての言及も付加され、二十一世紀の今を生きる若者がもっと気軽に文学史に親しめるようにとの配慮が感じられる内容へと様変わりしている。

また、各時代や詩人・文人とその作品についてのイラン国内や欧米での研究が進んだことにより、これらの新しく編纂された文学史には詳細な参考文献リストが付加されている。この点も、さらに深く学びたい学生や研究者にとってはたいへん有用である。

ペルシア文学はなかなか日本においては裾野が広がらない研究分野ではあるものの、一九七七年以降数々のペルシア文学作品が日本語に翻訳されてきた。F・A・グルガーニーの『ヴィースとラーミーン』やニザーミー・ガンジャヴィーの『ユースフとズライハー』、アッタールの『イスラーム神秘主義聖者列伝』、『鳥の言葉』、『神の書』、陳舜臣氏訳をはじめとする数々のオマル・ハイヤームのルバーイヤート訳、さらには『現代イラン詩集』や『復活祭前日』といった女流現代小説に至るまで、豊かな詩や散文作品の抄訳・全訳が出版されてきた。こうした日本をはじめとする世界におけるペルシア文学研究の新しい動きを踏まえ、そう遠くない将来、日本語による新たなペルシア文学史、一九七〇年代以降現在に至るまでのイランの文学状況についても言及した文学史の執筆が望まれる。日々進展するイラン国内・海外のペルシア文学研究の状況を、研究者たちと緊密に連携を図りつつ、可能な限りアップデートしていく努力が不可欠であろう。

本書の本文は、一九七七年の初版時の内容をほぼ踏襲し、黒柳先生の地の文章をできるだけ生かす形をとり、誤植や著者の意にそぐわない誤表記等の訂正に留まった。最も集中力を求められる本文の確認作業は、東京大学附属図書館特任助教の徳原靖浩氏と東京外国語大学非常勤講師の中村菜穂氏、編集者として敏腕を振るってくださった卒業生の相馬さやか氏、フリーで校正もされている卒業生の愛甲恵子氏に担当していただいた。多くの労力を割いて丹念に作業にあたってくれた若いペルシア文学研究者と文学愛好者の方々にはいくら感謝してもしきれないほどである。徳原・中村両氏には、「さらに知りたい人のための文献案内」も付け加えていただいた。ペルシア文学研究に精通する、気鋭の両氏ならではの労作である。後進の向学の契機、さらには道標となることを確信している。また、紙幅の関係上お一人ずつお名前を挙げることは叶わないものの、今回の作業にあたり、ご協力・ご教示を賜った他分野のイラン研究者の方々にもお礼申し上げたい。

本書の増補新版に際しては、黒柳先生のご息女、鹿取道代様と藤本文枝様に出版をご快諾いただき、話が持ち上がってから出版までの長い期間、絶えず温かく見守っていただいた。この場を借りて深く感謝の意を表する。

また、今回の出版は東京外国語大学のペルシア語教育研究支援基金の援助によるものである。本基金設立のきっかけとなり、ペルシア語専攻を応援してくださっている篤志家のＩ氏へも衷心より感謝申し上げたい。

末筆ながら、『ペルシア文芸思潮』の価値をご理解いただき、増補新版というアイディアによって、今回の出版を実現へと導いてくださった東京外国語大学出版会へも、この場を借りてお礼申し上げたい。まことにありがとうございました。

二〇二一年九月三十日

1952	ボゾルグ・アラヴィーの小説『彼女の目』出版
1956	学者デホダー没
1957	革命詩人ラーフーティー没
1957-66	アリー・ダシュティー古典文学評論出版
1960	自由詩人ニーマー・ユーシージ没
1961	アフガーニー長篇小説『アーフー・ハーノムの夫』出版
1969	文学者サイード・ナフィースィー没。作家アーレ・アフマド没
1974	作家ムハンマド・ヘジャーズィー没
1977	文学者ミーノヴィー没
1979	イラン革命
1980-88	イラン・イラク戦争
1982	作家アリー・ダシュティー没
1984	詩人ヤグマーイー没
1985	詩人タヴァッラリー没
1988	詩人シャハリヤール没
1990	詩人・学者ハーンラリー没
1997	作家ボゾルグ・アラヴィー没。作家ジャマールザーデ没
1998	作家チューバク没

*1979年以降は「増補新版」の編者により作成

1779	カージャール朝創設(−1925)
1781	詩人伝『火殿』のルトフ・アリー・ベグ没
1783	詩人ハーティフ没
1803	宮廷詩人サバーヒー没
1822	復帰運動代表詩人サバー没
1835	散文改革者カーイム・マカーム没
1846	詩人ヴィサーレ・シーラーズィー没
1852	バーブ教徒・女流詩人クッラトル・アイン処刑。宰相アミーレ・カビール殺さる
1854	宮廷詩人カーアーニー没
1857	抒情詩人フルーギー没
1868	宮廷詩人スルーシュ没
1871	詩人・学者レザー・クリー・ハーン没
1878	劇作家アーホンド・ザーデ没
1880	歴史家スィピフル没
1891頃	現代作家ジャマール・ザーデ生れる
1905-11	イラン立憲革命
1908	マルコム・ハーン没
1910	啓蒙思想家ターリブーフ没
1917	愛国詩人先駆者アミーリー没
1919	歴史小説家ホスラヴィー没
1921	ジャマール・ザーデ短篇集『むかしむかし』出版
1924	愛国詩人エシュキー殺さる
1925	パフラヴィー朝創設
1926	近代詩人イーラジ・ミールザー没
1930	詩人アディーブ没
1934	吟唱詩人アーレフ没
1937	サーデク・ヘダーヤト『盲目の梟』ボンベイにて限定出版
1939	革命詩人ファッルヒー殺さる
1941	女流詩人パルヴィーン・エテサーミー没
1945	サーデク・チューバク文壇に登場
1951	詩人・学者バハール没 作家サーデク・ヘダーヤト自殺

1390	大抒情詩人ハーフィズ没
1400	神秘主義詩人カマール・ホジャンディー没
1402	『クム史』ペルシア語訳成る
1404	シャーミーの『勝利の書』成る
1406	神秘主義詩人マグリビー没
1424	ヤズディーの『勝利の書』成る
1430	歴史家ハーフィゼ・アブルー没
1431	神秘主義者シャー・ネーマトウッラー没
1433	神秘主義詩人カースィメ・アンヴァール没
1467-77	ダワーニーの『ジャラールの倫理』成る
1468-85	ジャーミーの『七つの王座』成る
1478	ジャーミーの『親交の息吹き』成る
1482	歴史家アブドル・ラッザーク没
1487	ダウラトシャーの『詩人伝』成る
1492	神秘主義者・詩人ジャーミー没 ペルシア詩古典時代終る
1498	歴史家ミール・ハーンド没
1501	サファヴィー朝創設(−1722)。宰相・詩人アリー・シール・ナヴァーイー没
1505	宗教家・文人カーシフィー没
1534	歴史家ハーンダミール没
1572	サファヴィー朝史『最も美しい歴史』成る
1587	悲歌詩人ムフタシャム・カーシャーニー没
1590	インド・ペルシア詩人ウルフィー没
1593	詩人伝『七つの地域』成る
1602	神学者・詩人伝『信徒たちの集い』成る
1618	詩人伝『酒場』成る
1628	歴史家イスカンダル・ベグ・トルコマーン没
1640	哲学者ムッラー・サドラー没
1677	抒情詩人サーイブ没
1721	インド・ペルシア詩人ビーディル没
1736	アフシャール朝創設(−1748)
1766	詩人ハズィーン没

1201	頌詩詩人ザヒーレ・ファールヤービー没
1202	セルジューク朝史『心の憩い』成る
1209	大ロマンス詩人ニザーミー没
1210	『タバリスターン史』成る
1210-25	『マルズバーンの書』成る
1220	アウフィーの詩人伝『心の精髄』成る
1221頃	神秘主義詩人アッタール没
1237	頌詩詩人カマール・ウッディーン・イスマーイール没
1256	イル・ハン国創設（-1353）
1257	サアディーの『果樹園』成る
1258	サアディーの『薔薇園』成る
1260	ジュワイニーの『世界征服者の歴史』成る
1261	ルーミー『精神的マスナヴィー』作詩始める
1273	大神秘主義詩人ルーミー没
1274	大学者ナスィール・ウッディーン・トゥースィー没
1283	歴史家ジュワイニー没
1289	神秘主義詩人イラーキー没
1292	実践道徳の大詩人サアディー没
1306	ラシード・ウッディーンの『集史』成る
1318	歴史家ラシード・ウッディーン殺さる
1320	神秘主義詩人シャビスタリー没
1325	インド・ペルシア詩人アミール・ホスロー没
1330	ムスタウフィーの『選史』成る
1334	歴史家ワッサーフ没
1338	神秘主義詩人アウハディー没
1349	歴史家ムスタウフィー没
1352	神秘主義詩人ハージュー没
1368	宮廷詩人イブネ・ヤミーン没
1370	ティームール朝創設（-1500）
1371	諷刺詩人ウバイド・ザーカーニー没
1376	宮廷詩人サルマーン・サーヴァジー没

1072頃	叙事詩人アサディー没
1077	歴史家バイハキー没
1082	『カーブースの書』成る
1088	イスマーイール派詩人ナースィレ・ホスロー没
1089	四行詩人アンサーリー没
1092	大宰相ニザームルムルク殺さる
1111	大神学者ガッザーリー没
1111-36	医学書『ホラズム・シャーの宝庫』成る
1121	宮廷詩人マスウーデ・サアデ・サルマーン没
1125頃	宮廷詩人ムイッズィー没
1126	『歴史と物語の要約』成る
1128	『ブハーラー史』ペルシア語訳成る
1131	四行詩人オマル・ハイヤーム没
1141	神秘主義詩人サナーイー没
1144頃	ナスルッラーの『カリーラとディムナ』成る
1147頃	宮廷詩人アディーブ・サービル没
1148	宮廷詩人アムアク没
1156	『ハミードのマカーマート』成る
1156頃	『四つの講話』成る
1160	物語『スィンドバードの書』成る
1166	諷刺詩人スーザニー没
1170	歴史家イブン・フンドゥク没
1177-80	ニザーミーの『ホスローとシーリーン』成る
1178頃	『唯一性の秘密』成る
1182	宮廷詩人ヴァトヴァート没
1188	ニザーミーの『ライラーとマジュヌーン』成る
1189	物語『サマケ・アイヤール』成る
1189頃	頌詩詩人アンヴァリー没
1191	照明学派スフラワルディー没
1197	ニザーミーの『七人像』成る
1199	頌詩詩人ハーカーニー没

年表

西暦	事項
642	ネハーヴァンドの戦でササーン朝敗れる。 これよりアラブのイラン支配約2世紀に及ぶ
821	ターヒル朝創設(−873)
835頃	詩人ハンザラ・バードギースィー没
867	サッファール朝創設(−903)。ペルシア文学揺籃時代
874	サーマーン朝創設(−999)。ペルシア文芸復興始まる
937	詩人シャヒード・バルヒー没
940	ペルシア詩人の父ルーダキー没
948	アブー・シャクールの『祝福の書』成る
953	シーア派詩人キサーイー生れる
957	アブー・マンスールの散文『王書』成る
962	ガズニー朝創設(−1186)
963頃	『タバリーの歴史』ペルシア語訳成る
978頃	詩人ダキーキー殺さる
982	地理書『世界の境界』成る
1010	フィルドウスィーの『王書』成る
1025	大民族詩人フィルドウスィー没
1037	セルジューク朝創設(−1157)。宮廷詩人ファッルヒー没。 大学者イブン・スィーナー没
1039	桂冠詩人ウンスリー没
1040	詩人アスジャディー没。宮廷詩人マヌーチフリー没
1040-54	ロマンス叙事詩『ヴィースとラーミーン』成る
1048	大学者ビールーニー没
1049	神秘主義詩人アブー・サイード・ビン・アビル・ハイル没
1050頃	神秘主義書『神秘の顕われ』成る。ガルディーズィーの『歴史の飾り』成る
1055以降	四行詩人バーバー・ターヒル没
1066	アサディーの『ガルシャースプの書』成る
1072	タブリーズの詩人カトラーン没

アラビア・ペルシア文字の転写方式〔増補新版〕

ا	ʾ, a, i, u, ā	ر	r	ف	f
ب	b	ز	z	ق	q
پ	p	ژ	zh	ک	k
ت	t	س	s	گ	g
ث	s̲, th*	ش	sh	ل	l
ج	j	ص	ṣ	م	m
چ	ch	ض	z̤, ḍ*	ن	n
ح	ḥ	ط	ṭ	و	v, w, ū
خ	kh	ظ	ẓ	ه	h
د	d	ع	ʿ	ی	y, ī, á
ذ	z̲, dh*	غ	gh		

増補新版向けに新たな索引を作成するにあたり、ペルシア語およびアラビア語のローマ字転写方式を、国内外の大学図書館で広く使用されているアメリカ図書館協会・議会図書館（ALA-LC）の転写方式に変更した。索引の人名や書名に付されたローマ字表記からの図書館蔵書の検索を容易にするためである。この方式は本書の片仮名表記同様、母音には a、i、u だけを用いるが、欧米の研究書などで用いられるものとは若干異なる。例えば「王書」はShāhnāmahのように、現代ペルシア語で「e」の音になる語末の「ه」は「ah」と転写される。またエザーフェは i の音で転写される。詳しくはALA-LC Romanization Tables（https://www.loc.gov/catdir/cpso/roman.html）を参照されたい。CiNii Booksで検索する際は、ā や ḥ などの特殊文字は通常のアルファベット、すなわち a や h に置き換え、「ʾ」や「ʿ」は省略して良い。

ペルシア語とアラビア語で転写文字が異なるものについて、アラビア語で用いる転写文字に「*」を付した。

〔編者〕

ラ・ワ

マ

ヤ

ナ

ハ

タ

サ

カ

事項

ア

『愛と権力』('Ishq va salṭanat) 358
『愛の書』('Ishq'nāmah) 112
アイン・ジャールート('Ayn Jālūt) 188
アグラブ朝(Aghlab) 156
アケメネス朝(Achaemenes / Hakhāmanish) 47, 318
アーザリー語(Āẕarī) 13, 91, 357
『明日』(Fardā) 383
アゼルバイジャーン(Āẕarbāyjān) 11, 61, 63, 90, 91, 93, 94, 98, 126, 177, 199, 257, 356, 357, 381
アゼルバイジャーン派(詩)(Āzarbāyjān) 90, 94, 96, 120, 126
『アタバトル・カタバ』('Atabat al-katabah) 181, 182
アター・ベグ(朝)(Atabeg / Atābak) 63, 98, 99, 126
『アッタワッスル・イラル・タラッスル』(al-Tawassul ilá al-tarassul) 182
アッバース朝('Abbās) 5, 58, 188, 226, 241
『アッバースの書』('Abbās'nāmah) 337
アビーヴァルド地区(Abīvard) 81
アフガニスタン 57, 59, 120, 172, 227, 335
アフガン族(Afghānān) 318, 319, 330, 337
アフシャール族(Afshār) 319
アフシャール朝(Afshār) 317, 319, 320, 323
『アフタル』(Akhtar) 352, 353
『アーフー・ハーノムの夫』(Shawhar-i Āhū Khānum) 386
『アフマドの書』(Kitāb-i Aḥmad) 356
アームル(Āmul) 313, 334
アメリカ 70, 367, 370, 384
『アラー・ウッダウラへの学問の書』(Dānishnāmah-yi 'Alā'ī) 186
アラビア語('Arabī) 5, 8, 9, 11, 13-15, 18, 19, 35-38, 42, 45, 46, 50, 52-56, 61, 75, 88, 101, 113, 119, 120, 126, 145, 171, 173-176, 180-186, 214, 244, 252, 254, 264, 294, 312, 315, 321, 322, 330, 346
アラビア文字('Arabī) 9, 12, 14
『アラビヤン・ナイト』(Arabian Nights) 135, 175
アラム語(Arāmāyā / Ārāmī) 11
アラムート(Alamūt) 157, 247, 254
アラム文字(Arāmāyā / Ārāmī) 14
『蟻の言葉』(Lughat-i mūrān) 184
アルダビール(Ardabīl) 317
アルメニア 130
『アレクサンダーの英知の書』(Khiradnāmah-'i Iskandarī) 303
『アレクサンダーの鏡』(Ā'īnah-'i Sikandarī) 333
『アレクサンダーの書』(Iskandarnāmah) 134, 177, 304
アレッポ 176, 204, 292
『医学集成』(al-Ḥāwī) 54
『医学生指導の書』(Hidāyat al-muta'allimīn fī al-ṭibb) 54
『医学典範』(al-Qānūn fī al-ṭibb) 184
『生埋め』(Zindah bih gūr) 382
イギリス(英国) 222, 341, 351, 353, 362, 373
イスタンブール(Istānbūl) 352, 355, 356, 362, 363, 373
イスファハーン(Iṣfahān) 4, 11, 43, 86, 98, 99, 121, 145, 186, 198, 199, 252, 269, 276, 279, 290, 318, 323, 325-327, 330, 337, 343, 347, 376, 379
イスファハーン学派(Maktab-i Iṣfahān) 321

ヤ

ラ・ワ

マ

ハ

タ

ナ

サ

カ

索引〔増補新版〕

人名

ア

図版一覧

黒柳恒男《くろやなぎつねお》

一九二五–二〇一四年。ペルシア文学者、ペルシア語学者。東京外国語大学名誉教授。一九八八年には日本で初めての本格的な『ペルシア語辞典』（大学書林）を編纂、執筆。著書に『ペルシアの詩人たち』（オリエント選書、東京新聞出版局、一九八〇年）、『ペルシア語四週間』（大学書林、一九八二年）、『アラビア語・ペルシア語・ウルドゥー語対照文法』（同、二〇〇二年）など。翻訳に、フィルドゥスィー『王書――ペルシア英雄叙事詩』（平凡社東洋文庫、一九六九年）、カイ・カーウース、ニザーミー『ペルシア逸話集――カーブースの書／四つの講話』（同、一九六九年）、ニザーミー『七王妃物語』（同、一九七一年）、オマル・ハイヤーム『ルバーイヤート』（大学書林、一九八三年）、サアディー『薔薇園』（同、一九八五年）、『果樹園』（平凡社東洋文庫、二〇一〇年）、アッタール『鳥の言葉――ペルシア神秘主義比喩物語詩』（同、二〇一二年）などがある。

・増補新版「あとがきにかえて」
佐々木あや乃（東京外国語大学大学院総合国際学研究院教授）

・増補新版 編集
徳原靖浩（東京大学附属図書館アジア研究図書館上廣倫理財団寄付研究部門特任助教）
中村菜穂（大東文化大学・東京外国語大学非常勤講師）

増補新版　ペルシア文芸思潮

二〇二二年三月一日　初版第一刷発行

著者　黒柳恒男
発行者　林　佳世子
発行所　東京外国語大学出版会
〒183-8534　東京都府中市朝日町 3-11-1
TEL 042-330-5559　FAX 042-330-5199
Email tufspub@tufs.ac.jp

組版・装丁　しまうまデザイン
印刷・製本　モリモト印刷株式会社

ISBN978-4-904575-93-2　Printed in Japan